ON TUE LES VIEUX

DÉJÀ PUBLIÉ PAR DOMINIQUE PRÉDALI

Mortel consensus. Les manipulations dangereuses des médias, Alias etc., 2002.

Le Message d'Aristote (avec H. Hammel), BDLys, 2002.

Le Message de Descartes (avec H. Hammel), BDLys, 2002.

Ce Ben Laden, quelle aubaine !, Alias etc., 2002.

La Santé aux mains des prédateurs, Alias etc., 2001.

Piments et épices fortes, Aubanel, 2000.

Enquête sur les dessous de l'agroalimentaire. Votre caddie en otage, Dauphin, 2001.

Recettes religieuses. Nourritures terrestres et spirituelles, Trois Fontaines, 1999.

Cicéron, vivre, aimer et mourir, AZ Bridge, 1998.

Christophe Fernandez
Thierry Pons
Dominique Prédali
Pr Jacques Soubeyrand

On tue les vieux

Fayard

pour Patrick, Chantal
Johan et Virginie
à lire attentivement

en pensant à un
avenir peut être en-
core lointain ...

Anne

ISBN : 978-2-213-62933-9

Introduction
Pr Jacques Soubeyrand

Une des caractéristiques de notre époque dans les pays industrialisés est que l'on y vit plus vieux et pas forcément mieux. Le panorama du vieillissement a donc changé. Il n'est plus synonyme d'inactivité et d'involution, car des capacités opérationnelles de productivité et de créativité sont encore bien présentes, même s'il existe de fortes disparités individuelles. Les progrès de la médecine permettent de réaliser avec succès des démarches diagnostiques et thérapeutiques impensables il y a seulement quelques années. Ainsi, on voit réaliser des coronarographies après 90 ans et des greffes de moelle osseuse après 75 ans. On en arrive à un point où l'on peut même envisager de donner de la vie aux années sans pour autant rechercher forcément à donner des années à la vie. Il est temps, enfin, de réaliser et de prendre en compte cette évolution et d'accepter de changer notre vision du vieillissement. Il y a là un fait de société et l'on sait bien que les faits finissent toujours par avoir raison.

Comme souvent, la création artistique a déjà perçu cette nouvelle situation ainsi que sa traduction sociale : le ballet *Kontakthof* de Pina Bausch en est une parfaite illustration.

Il devient, par suite, impossible de rester silencieux et indifférent devant des décisions et des actes qui apparaissent en décalage avec une réalité qui, par l'évolution incontournable qu'elle connaît, exige d'être admise et non discutée. Les exemples d'une telle dérive sont nombreux : déshabiller un hôpital pour y mettre à l'écart les personnes âgées, sans plateau technique, ou avec un plateau technique à plusieurs kilomètres de distance ; appliquer une réduction du temps de travail sans avoir en pratique le personnel nécessaire, notamment infirmier ; annoncer officiellement, malgré tout, des quotas adaptés mais qui demeurent en fait purement théoriques ; demander à un personnel infirmier de doubler son temps de travail pour assurer une présence continue ; laisser fonctionner avec un laxisme coupable des établissements de soins où la prise en charge des seniors est plus que critiquable et ne respecte pas la réglementation. Il en va de même quand des institutions de santé chargées de la gériatrie arrivent à un degré de défaillance tel, du fait d'une crise imprévue – mais prévisible – comme la canicule, qu'elles sont amenées à se justifier. Quoi de plus efficace alors qu'un double langage pour crédibiliser leur fonctionnement et persuader une société que tout est mis en œuvre afin que l'ensemble du système fonctionne mieux... la prochaine fois.

les cas fréquents de maltraitance, de suicide de personnes âgées rapportés régulièrement par les médias locaux ou nationaux ; ou encore l'existence d'associations comme l'ADMD (Association pour le droit de mourir dans la dignité), dénonçant les conditions trop souvent désastreuses de fin de vie de nos seniors, qui meurent dans la souffrance, la solitude et l'indifférence.

Quelques chiffres pour mesurer l'importance du problème. D'après le rapport de la Cour des comptes de novembre 2005[1], sont considérées comme personnes âgées les personnes de plus de 60 ans. Cela pose déjà le problème de la pertinence de ce critère. En effet, les êtres de 60 ans et plus représentent une population qui est loin d'être homogène, au-delà de leur âge. Les conditions socio-économiques, les facteurs psychoaffectifs, l'environnement, les maladies, l'hérédité sont autant d'éléments influençant le vieillissement physiologique. Ce dernier, considéré pour lui-même, est aussi un facteur d'inégalité entre les individus. Certes, l'objectif de la médecine et de la santé publique est de réduire le plus possible cette inégalité. Il n'en demeure pas moins que cette dernière existe et que toutes les personnes âgées de 60 ans et plus n'ont pas une présentation physiologique et psychologique identique. On comprend dès lors que le seuil de 60 ans pris comme indicateur d'âge

1. « Les personnes âgées dépendantes », rapport public particulier de la Cour des comptes de novembre 2005.

avancé apparaisse comme un marqueur très relatif et discutable. Ainsi, pour l'OMS, le même repère est situé à 65 ans. Et l'on observe actuellement une tendance, non encore reconnue officiellement, à repousser ce seuil à 70 ans.

À partir de 60 ans, il existe d'ailleurs une ségrégation, essentiellement médicale et indiscutablement assez juste, conduisant à différencier, après le troisième âge, un quatrième âge intéressant les sujets de plus de 80 ans. Cette distinction est notamment justifiée par les problèmes spécifiques de dépendance qu'elle recouvre. Mais même si, dans cette population des plus de 80 ans, la disparité tend à se réduire, elle existe encore. Pour reprendre une expression populaire, comme toujours pleine de sagesse, on distingue ceux qui « font leur âge » de ceux qui ne le « font » pas, le « vieux » de 80 ans du « jeune » de 90 ans.

La gestion de cette disparité apparaît comme l'enjeu essentiel d'une prise en charge adaptée et cohérente des personnes âgées. Il n'en demeure pas moins que, une fois reconnue sa nécessité, celle-ci n'est pas simple à mettre en œuvre. En effet, elle fait intervenir de multiples paramètres, dont un traitement harmonieux, souhaitable mais malaisé. Cette difficulté se traduit par la profusion des structures qui, à des degrés différents, ont pour pôle d'intérêt la personne âgée. Elles sont si nombreuses que le recours à l'ordre alphabétique semble être la méthodologie la plus simple pour les présenter. On dénombre ainsi plus de cinquante structures et sigles[1]. Si le meilleur moyen de s'adapter à la disparité des personnes âgées est d'utiliser une stratégie aussi disparate, le but est atteint.

On ne peut que souhaiter une évolution vers une plus grande cohérence dans l'articulation de toutes ces structures. Leur situation actuelle montre une opacité qui ne peut qu'en pénaliser l'efficacité. De plus, ce fonctionnement trop souvent cloisonné aboutit à une dispersion des moyens, à un gaspillage d'énergie, à une rentabilité économique négative et à un gain médiocre pour les bénéficiaires supposés. Une simplification et une coordination de l'ensemble de ces structures sont plus que jamais nécessaires et urgentes. En effet, comme le remarque le rapport de la Cour des comptes, les personnes de plus de 60 ans représenteront dès 2020 près du tiers de la population totale – soit 17 millions de personnes – et 21,5 millions en 2040. Quant à la population de 80 ans et plus, celle du grand âge, elle

1. Ceux-ci vont de l'ALTP (allocation compensatrice pour tierce personne) à l'USLD (unité de soins de longue durée), en passant par la grille AGGIR (Autonomie gérontologique, groupes iso ressources), l'ADEHPA (Association des directeurs d'établissements d'hébergement pour personnes âgées), l'ALMA (Association Allô Maltraitance personnes âgées), l'APA (allocation personnalisée d'autonomie), l'AVTS (allocation aux vieux travailleurs salariés), le CLEIRPA (Centre de liaison, d'étude, d'information et de recherche sur les personnes âgées), le CLIC (Centre local d'information et de coordination gérontologique), le CNCG (Comité national de coordination gérontologique), l'EHPAD (établissement d'hébergement pour personnes âgées dépendantes), le GIR (groupe iso ressources, grille AGGIR), le GMP (GIR moyen pondéré), le GERS (GIR, soins)...

atteindra 4 millions en 2020 et 7 millions en 2040, soit trois fois plus qu'en 2000. Or cette dernière catégorie est la plus touchée par la dépendance, donc celle qui demande le plus d'ajustements pour une meilleure prise en charge.

La création de la CNSA (Caisse nationale de solidarité et d'autonomie) est une mesure qui va dans ce sens. Mais l'accentuation de la décentralisation et de la responsabilité médico-sociale des conseils généraux ne pourra pas se faire sans une période intermédiaire d'adaptation bien compréhensible, notamment à cause de l'obligation de trouver des financements supplémentaires. De même, l'adjonction à la grille nationale AGGIR, grille d'évaluation médico-sociale du degré de dépendance physique et psychique, d'un outil d'estimation médicale national des niveaux de soins (logiciel PATHOS) va dans la direction souhaitée.

C'est de la réussite et surtout de la rapidité de réalisation de cette restructuration que dépendra l'efficacité de la prise en charge des personnes âgées, pas seulement dépendantes. C'est cette réussite également qui conditionnera une gestion économique rationnelle jusque-là malsaine, et ce sans pénalisation de la qualité de la prise en charge. Au contraire.

Alors, vieillir puis mourir ? Vieillir ou mourir ? Le choix de nos seniors sera étroitement lié à la destinée de cette tentative. Oui à la première question en cas de succès, oui à la deuxième proposition en cas d'échec.

Cet ouvrage a la volonté de dénoncer tous les dysfonctionnements actuels liés à la prise en charge des personnes âgées. Certains paraîtront incroyables et pourtant il faudra les croire. Pour cela, on demandera aux lectrices et aux lecteurs du courage, de la compréhension et de la lucidité. On leur demandera également de ne voir là aucune démarche iconoclaste mais au contraire une volonté constructive de pointer du doigt des agissements intolérables et inadmissibles. Il en va ainsi de l'érection de la gestion des personnes âgées en instrument de rentabilité économique, ravalant l'être au stade d'objet et, qui plus est, d'objet de consommation. Un constat pessimiste, donc, mais pourtant bien réel. Le seul but des auteurs est de faire le bilan le plus fidèle possible d'une situation dont le principal danger réside dans un risque de banalisation, du fait qu'elle semble s'insérer dans un quotidien rassurant pour le citoyen non initié et non informé. La volonté permanente de ne pas être excessif pour ne pas être insignifiant tient au désir de ne tomber ni dans l'outrance ni dans l'ignorance.

Peu à peu s'est ainsi dégagée l'idée et même l'évidence que ce quotidien banal réunissant tous ces dysfonctionnements *a priori* peu spectaculaires faisait le lit d'une véritable maltraitance de nos seniors. Non pas une maltraitance faite de sévices apparents, physiques, psychologiques voire moraux, mais une maltraitance beaucoup plus dangereuse, car plus subtile et insidieuse. Toutes ces anomalies, ces événements apparemment anodins et peu dangereux, sont de petites rivières qui convergent pour former le grand fleuve de la maltraitance.

Il est par suite apparu utile de sensibiliser la conscience collective afin qu'elle se dégage d'une impassibilité encouragée par des discours officiels lénifiants et finalement faussement rassurants, car ils instillent le trouble dans la population en étant démentis par des faits inattendus tels qu'une canicule. S'il ne faut pas tomber dans l'excès, il est tout de même évident que les dysfonctionnements ici rapportés dénotent une situation sanitaire hexagonale instable et critique, qui peut concerner n'importe quel senior, n'importe quelle personne âgée, et ce à n'importe quel moment.

Critiquer est toujours facile. En fait, les auteurs en sont bien conscients, mais force est d'en passer par là si l'on veut dénoncer les insuffisances. En outre, il existe deux types de critiques : l'une positive, l'autre négative. Seule la première est à retenir, même si, quelle que soit la volonté exprimée, il y aura toujours d'irréductibles atrabilaires pour se complaire dans une démarche iconoclaste consistant à critiquer la critique sans réflexion préalable.

Des cas concrets, vécus, seront offerts aux lectrices et aux lecteurs. À ne pas prendre pour des histoires de chasse ou des exceptions dans la mesure où ce qu'il faut comprendre à travers elles, c'est la signification d'une situation d'ensemble.

En 1996, Jean de Kervasdoué [1] notait que la politique de santé était un tabou de la société française et qu'il n'y avait jamais eu de débat national à son propos. En 2006, et nonobstant quelques tentatives louables d'états généraux de la santé, la situation est toujours à peu près identique : on cherche désespérément une politique gériatrique nationale cohérente. Or il est à l'évidence des mots qui font peur, qui sont toujours aussi mal vécus par la population, qui sont souvent ressentis comme autant d'affections honteuses ou à cacher : épilepsie, psychiatrie, sida, cancer... et gériatrie.

Ils recouvrent pourtant une réalité, et vouloir les rejeter non seulement n'apporte aucune solution mais expose notre société à des lendemains à risque, instables et peut-être chaotiques. Ainsi en va-t-il pour la gériatrie, domaine dans lequel les statistiques avancées précédemment révèlent une situation de tsunami en puissance si l'on ne se décide pas enfin à mettre en place une politique nationale, rationnelle, opérationnelle, homogène et surtout courageuse. En espérant notamment que la canicule de 2003 n'aura pas été qu'un épisode vain, qu'un effet d'annonce sans suite.

En 2006, pourtant, on a encore toutes les raisons d'être inquiet à cet égard car, après une réaction spectaculaire, on a vu peu à peu la pression retomber et la gestion des personnes âgées être volontairement

1. Jean de Kervasdoué, *La Santé intouchable*, J.-C. Lattès, 1996.

banalisée et ravalée au rang du fait divers. Et puis un nouvel orage sanitaire éclatera, d'origine climatique ou autre – infectieuse, par exemple –, et tout recommencera comme si les leçons du passé n'avaient pas été retenues. Incorrigible esprit gaulois qui ne se complaît que dans les solutions d'aval ! Car, comme le dit Félicité Robert de Lamennais, « si l'on peut en finir du passé avec l'oubli, on n'en finit pas de l'avenir avec l'imprévoyance ».

Mais il y a plus encore. Cette situation néfaste pour les anciens dépasse largement le seul cadre de notre pays. Elle débouche sur un problème beaucoup plus vaste, celui d'une « Internationale de la maltraitance » qui touche des pays que l'on était en droit de considérer comme au-dessus de tout soupçon du fait de l'existence de mesures de protection des seniors, comme les États-Unis ou le Japon. Se profile alors une comparaison inévitable entre les nations dites développées et les autres, entre les sociétés industrielles et les sociétés traditionnelles, entre le Nord et le Sud, entre l'être et la matière. Et se pose, dans le champ d'une vision d'avenir, la question de la place qui sera véritablement réservée à cette multinationale du vieillissement, en sachant qu'il n'y aura pas de meilleur indicateur de la qualité du monde dans lequel nous vivons déjà et dans lequel nos descendants seront amenés à vivre que l'éthique qui présidera à la prise en charge de ce vieillissement auquel personne ne pourra, logiquement, échapper.

Les vieux, nos vieux, nos vieilles, ce sont nos parents, ceux et celles à qui nous devons la vie, notre éducation et notre avenir. Nos mères nous ont portés dans leur ventre, en leur sein et ont déjà souffert pour nous mettre au monde. Nos vieux, nos vieilles, ce sont aussi ceux et celles que nous deviendrons un jour. Alors, par amour ou par égoïsme, ou les deux à la fois, essayons au moins de leur offrir notre reconnaissance. Essayons de les traiter comme des êtres et non comme des choses. Essayons de leur conserver leur dignité en évitant, à la fin de leur vie, de les enfermer dans des ghettos ou autres « gériatoriums », en leur rendant au moins un peu de ce qu'ils nous ont donné, la plupart du temps sans restriction, et sans rien exiger en retour. Faisons en sorte que leur protection ne dépende pas seulement d'un droit de vote que d'aucuns savent si bien utiliser à chaque échéance électorale puis aussi vite oublier.

Sale temps pour les vieux

> « Seul un pays authentiquement moderne était capable de traiter les vieillards comme de purs déchets. »
>
> Michel Houellebecq, *La Possibilité d'une île*[1].

Personne n'a envie de finir ses jours dans une maison de retraite, et pourtant 650 000 personnes âgées sont hébergées dans ces institutions. Un chiffre qui va doubler dans les quinze années à venir, et, avec lui, celui de la maltraitance. C'est un sujet dont on parle peu ; quelques rares reportages télévisés osent montrer un univers effrayant que les pouvoirs publics préfèrent ignorer.

L'un d'entre eux, diffusé sur Canal + et tourné avec la collaboration de l'AFPAP (Association française de protection et d'assistance aux personnes âgées), a de quoi faire peur[2]. On y voit un

1. Michel Houellebecq, *La Possibilité d'une île*, Fayard, 2005.
2. *Personnes âgées. Le business des mouroirs*, réalisé avec la participation de l'AFPAP et diffusé dans l'émission *90 minutes*, sur Canal +, le 15 septembre 2003.

résident presque nu abandonné sur un fauteuil dans une salle à manger, des sonnettes d'appel d'urgence inaccessibles pour les résidents alités, des patients Alzheimer déambulant pieds nus sur un sol poisseux souillé par l'urine. Le reportage dénonce également les conditions de vie déplorables de certaines personnes âgées dépendantes hébergées dans des résidences clandestines insalubres. On y voit aussi des inspecteurs de la DDASS reconnaître leur impuissance à mettre au jour et à sanctionner la maltraitance.

Les représentants de l'État se sont indignés non pas de ce qu'ils ont vu, mais de la programmation du film. Et pourtant le pire n'a pas été montré : sur plus de trois heures de tournage, seules quelques minutes ont été diffusées. Les pouvoirs publics ont minimisé ce scandale par tous les moyens dont ils disposaient. Les plaintes déposées par les familles pour dénoncer les dysfonctionnements de ces établissements n'ont pas abouti. L'AFPAP en revanche a été sanctionnée pour avoir osé dénoncer des maltraitances et l'inaction des autorités face à ce fléau. En janvier 2004, en réaction à la diffusion du reportage de Canal +, Hubert Falco, secrétaire d'État aux Personnes âgées, a exclu l'association du Comité national de vigilance contre la maltraitance [1]. Pourtant, en 2002, il l'avait conviée à y siéger

1. Dans un courrier adressé à l'AFPAP, il écrit : « J'ai été informé qu'accompagné d'un représentant de l'association que vous présidez, et tenant compte du fait que celle-ci est membre du Comité national de vigilance, vous avez obtenu un entretien avec des agents des services de la DDASS de la Haute-Garonne,

en raison de ses compétences et de sa connaissance du secteur[1].

Depuis sa création en 2001 par Chrystèle Fernandez – conseillère sociale en gérontologie, très choquée par les conditions de vie déplorables des personnes âgées hébergées dans certains établissements qu'elle visitait –, l'AFPAP a recueilli un nombre effarant de plaintes. En 2005, pas moins de 6 000 appels, émanant de personnes âgées, de familles, de professionnels, pour signaler des actes de maltraitance et des dysfonctionnements dans les maisons de retraite et les hôpitaux. Les autorités affirment maîtriser la situation, contrairement à ce qui est dénoncé par les familles plaignantes qui contactent l'association. La convergence des témoignages mettant en évidence l'inaction des pouvoirs publics, malgré les multiples sollicitations, amène l'AFPAP à s'interroger sur la volonté des responsables politiques d'intervenir dans ce secteur. L'association a procédé à un grand nombre de signalements auprès des autorités. À ce jour,

entretien qui a été filmé en caméra cachée, à l'insu des agents précités. De telles pratiques remettent en cause la relation de confiance instaurée avec l'Association française d'aide et de protection des personnes âgées [*sic*]. Elles rendent désormais impossible sa participation au Comité national de vigilance et à ses réunions ultérieures. »

1. Le 30 octobre 2002, dans un courrier adressé au président de l'AFPAP, Hubert Falco indiquait : « Compte tenu de vos connaissances, de vos réflexions et des propositions que vous pourriez apporter [dans la lutte contre la maltraitance], je souhaiterais que vous puissiez être membre de ce comité [...]. »

aucune plainte ayant fait l'objet d'une enquête judiciaire n'a abouti.

Contre toute attente, en novembre 2002, Hubert Falco a le courage de dénoncer la maltraitance que subissent chaque année 800 000 personnes âgées en France. Le ministre délégué aux Personnes âgées s'indigne également des conditions de vie imposées aux pensionnaires dans certaines maisons de retraite. Il déclare que 200 000 lits sont indignes d'accueillir des personnes dépendantes, soit un tiers des lits en maisons de retraite. Cependant, très rapidement, il revoit ses chiffres à la baisse. En avril 2003, il ne parle plus que d'une proportion de 20 %. Et les établissements « déshonorants », les mouroirs qui mériteraient d'être fermés, ne représentent plus que 5 % de l'ensemble. Pourtant, la situation sur le terrain ne s'est pas améliorée. Questionné sur l'origine des chiffres qu'il avance, Hubert Falco reconnaît qu'ils lui ont été communiqués par les professionnels du secteur. Interrogé au cours d'un reportage télévisé, Pascal Champvert, président de l'ADEHPA (Association des directeurs d'établissements d'hébergement pour personnes âgées) [1], confirme, embarrassé, que ces chiffres sont fondés uniquement sur des conversations et des estimations échangées entre directeurs de maisons de retraite. Quant à Luc Broussy, alors délégué général du SYNERPA (Syndicat national des éta-

1. Elle représente les maisons de retraite publiques, mais surtout privées.

blissements et résidences pour personnes âgées)[1], il préfère ironiser sur la définition des mots : « Nous n'avons rien pour dire 5 %. Cela dépend où on met la barre. S'il s'agit des établissements où on bat les personnes âgées, il y en a 1 %. S'il s'agit de ceux où l'on ne les respecte pas et où il n'y a pas de personnel, c'est 5 %. Si l'on considère comme indignes les établissements où il faut gravir une marche pour aller de la chambre à la douche, alors c'est 20 %[2]. »

Les chiffres officiels sur le phénomène de la maltraitance sont tout aussi flous[3]. Ils sont issus de données collectées par l'ALMA (Allô Maltraitance des personnes âgées) à partir des statistiques établies sur l'année 2001. L'association indique que les cas de maltraitance sont plus fréquents au domicile : 67 % contre 29 % en établissements d'hébergement. Ce qu'elle se garde bien de préciser, c'est que, sur les 2,1 millions de personnes de plus de 80 ans, seulement 20 % sont hébergées en institution. La situation est encore plus alarmante lorsqu'on sait que les victimes sont rarement en état de se plaindre et que leurs familles hésitent à le faire. Elles craignent, à juste titre, que leur parent ne soit victime de représailles ou tout simplement renvoyé de l'établissement.

Il n'y a jamais eu d'enquête nationale sur la maltraitance. Seule une enquête départementale a été

1. Il s'agit du syndicat patronal des directeurs de maisons de retraite.

2. *L'Express*, 29 septembre 2003.

3. Discours d'Hubert Falco à l'occasion de l'installation du Comité national de vigilance contre la maltraitance des personnes âgées, 19 novembre 2002.

réalisée par une équipe hospitalière de Lille sur les violences ou négligences commises au domicile[1]. Toutes les formes de maltraitance sont représentées : psychologique, physique et financière[2]. Il en ressort que les trois quarts des victimes sont des femmes. En 2005, une étude menée au niveau national par la Direction de la recherche, des études, de l'évaluation et des statistiques (DREES) souligne elle aussi le lien entre dépendance et maltraitance[3]. Des chercheurs anglo-saxons confirment que les personnes âgées les plus maltraitées sont celles qui souffrent de démence et de la maladie de Parkinson. Des victimes qui ne risquent pas de dénoncer leurs agresseurs...

L'existence même de la maltraitance était niée, il y a peu d'années encore, par les acteurs du soin et du soutien social aux personnes âgées. Le National Institute on Aging américain (NIA – Institut national sur le vieillissement) estime que « la maltraitance des personnes âgées est probablement au stade où se trouvait la maltraitance des enfants il y a 30 ou 40 ans,

1. « La maltraitance des personnes âgées dans un cadre familial élargi. Enquête dans le département du Nord », *La Presse médicale*, 6 mai 2000.

2. En tête viennent les violences psychologiques (80 %), suivies par les violences financières (59 %), les négligences graves (36,3 %) et les violences physiques (30 %). L'enquête montre également que 95 % des personnes maltraitées sont physiquement dépendantes et que 73 % d'entres elles souffrent de troubles psychiques ou du comportement.

3. « Perceptions et réactions des personnes âgées aux comportements maltraitants : une enquête qualitative », *Études et résultats de la DREES*, n° 370, janvier 2005.

c'est-à-dire nulle part[1] ». Un enfant de 4 ans avec un bras cassé fera automatiquement l'objet d'un diagnostic différentiel prenant en compte la possibilité que la fracture ne soit pas accidentelle. Combien de femmes de 84 ans avec une fracture de la hanche sont soumises à une telle investigation ? La plupart des médecins ne sont pas formés à cette approche. La maltraitance est rarement reconnue comme telle. La première et rare référence à ce phénomène apparaît dans la presse anglo-saxonne en 1975 : on y parle de *granny battering* (mémés battues) et du « syndrome de la personne âgée battue ». Les informations sur ledit syndrome restent parcimonieuses et concernent surtout la maltraitance au domicile. Elles indiquent cependant que la maltraitance des personnes âgées entraîne des problèmes de santé physiques et psychologiques à long terme : dégâts physiques permanents, dépression, tendances suicidaires, une moyenne de douze journées d'hospitalisation par an en relation avec la maltraitance et un risque de décès multiplié par trois[2]. Aujourd'hui, les professionnels parlent du « syndrome gériatrique », un ensemble de symptômes qui regroupent diverses pathologies provoquées par la maltraitance et la négligence.

L'absence de politique gériatrique cohérente est une constante des différents gouvernements successifs. En 1962, le rapport de Pierre Laroque constate

1. *Journal of the American Association*, vol. 288, nº 18, 13 novembre 2002.

2. « The mortality of elder mistreatment », *Journal of the American Association*, vol. 280, nº 5, 5 août 1998.

que la population âgée a été, « dans une large mesure, sacrifiée par la politique sociale française des quinze dernières années ». Il dénonce « la misère et les souffrances de la population âgée [qui] ne sont plus supportables, ne sont plus dignes d'un pays civilisé [1] ». Le général de Gaulle, pour qui la vieillesse est un naufrage, fait enterrer ce rapport. Un quart de siècle plus tard, le discours est le même à gauche. Après avoir présenté au Conseil des ministres un dossier vantant l'intérêt d'une politique préventive de la perte d'autonomie, Théo Braun, alors ministre délégué chargé des Personnes âgées, est appelé dans le bureau de François Mitterrand : « La vieillesse, c'est une tare, lui dit le président. Par conséquent, ne parlez plus comme vous l'avez fait [2]. »

Quarante ans après le rapport Laroque, l'État décide la suppression de 103 millions d'euros de

---

1. « Cette population âgée a été, dans une large mesure, sacrifiée par la politique sociale française des quinze dernières années. La priorité donnée au cours de cette période à l'encouragement de la natalité, à la politique de la famille et de l'enfance, était à coup sûr légitime, car le redressement de notre démographie était la condition de l'expansion économique, et il eût été vain de vouloir améliorer le sort des vieux sans développer la population active, la production nationale, et, par là, les revenus à répartir. [...] Mais il est un moment où la misère et les souffrances de la population âgée ne sont plus supportables, ne sont plus dignes d'un pays civilisé. C'est un fait qu'une masse importante de personnes âgées ont des ressources insuffisantes pour s'assurer des conditions matérielles d'existence décentes et vivent dans des conditions psychologiques et morales déplorables, dans un état d'isolement et d'abandon générateur d'une détresse psychique plus grave encore que la détresse matérielle. »

2. Denis Labayle, *La Vie devant nous. Enquête sur les maisons de retraite*, Seuil, 1995.

crédits prévus en 2003 pour la médicalisation des maisons de retraite et la restriction de l'accès à l'allocation personnalisée d'autonomie (APA) pour les personnes âgées dépendantes. Contrairement à certains pays, comme l'Allemagne par exemple, la France refuse toujours de considérer la dépendance comme un accident de la vie. La canicule, qui joue le rôle de révélateur, montre que le problème des personnes âgées dépendantes n'est toujours pas une priorité politique, sociale ou économique.

De plus, l'État tente de minimiser l'ampleur de l'hécatombe. Les chiffres officiels font état de 15 000 morts en trois semaines mais, deux ans plus tard, certains n'hésitaient pas à multiplier ce chiffre par deux[1]. Les certificats de décès indiquent, dans la majorité des cas, une mort naturelle attribuée à une défaillance cardio-vasculaire, autrement dit un arrêt cardiaque. Selon l'étude de l'Institut médico-légal, ce « diagnostic de facilité ne [repose] sur aucun argument clinique, et ce d'autant que deux corps sur trois étaient en état d'altération importante et de putréfaction[2] ». La déshydratation et l'hyperthermie, principales causes des décès, n'y figurent pas comme causes directes de la mort. Et, parmi les antécédents médicaux, il a été relevé que les affections cardio-respiratoires ne concernaient que 26 % des victimes. Les certificats de décès

1. Guy Sorman, *Le Figaro*, 14 novembre 2005.
2. « Population domiciliée à Paris décédée durant la canicule 2003 et examinée à l'Institut médico-légal », *Bulletin de l'Académie de médecine*, n° 3, 2004.

utilisés pour comptabiliser les morts dues à la canicule, sujets à interprétation, permettent d'en diminuer le nombre. Et, par la même occasion, de minimiser la responsabilité et les manquements de l'État et des institutions qui prennent en charge les personnes âgées. Cette manipulation ne se limite d'ailleurs pas à la canicule. Des certificats de décès complaisants évitent parfois aux maisons de retraite d'être poursuivies pour délaissement ou défaut de soins.

Face à la crise politique provoquée par cette catastrophe, l'État incrimine les conditions météorologiques exceptionnelles et accuse les familles d'avoir abandonné ou négligé leurs vieillards. Or, en 2003, l'Institut de veille sanitaire (InVS) a publié une étude précisant que 63 % des personnes âgées décédées pendant cette période séjournaient dans des maisons de retraite, des établissements hospitaliers, des centres de long séjour ou des cliniques[1]. Le *Bulletin épidémiologique hebdomadaire* (*BEH*) confirme que près de la moitié des personnes mortes d'un coup de chaleur à l'hôpital étaient hébergées dans des maisons de retraite et des centres de long séjour[2].

François d'Aubert, député UMP de la Mayenne, a remis au gouvernement un rapport[3] confirmant

1. « Impact sanitaire de la vague de chaleur d'août 2003 en France. Bilan et perspectives », octobre 2003.

2. « Impact sanitaire de la vague de chaleur d'août 2003 : premiers résultats des travaux à mener », *Bulletin épidémiologique hebdomadaire*, n° 45-46, 25 novembre 2003.

3. Rapport de la commission d'enquête sur les conséquences sanitaires et sociales de la canicule d'août 2003.

ce bilan, ainsi qu'une liste noire des 40 maisons de retraite ayant eu une surmortalité de 20 à 45 % supérieure à la moyenne nationale durant la canicule. Le gouvernement a choisi de ne pas publier la liste parce que seules 65 % des maisons de retraite avaient répondu au questionnaire qui leur avait été envoyé – un taux de réponse jugé insuffisant pour valider la surmortalité.

Au lendemain de l'épisode de chaleur, l'État et l'INS (Institut national des statistiques) n'hésitent pas à déclarer que, même s'il n'y avait pas eu de canicule, la grande majorité des personnes âgées décédées à ce moment seraient mortes de toute façon. Pourtant, deux ans plus tard, les chercheurs de l'IND (Institut national de la démographie) démontrent qu'au moins 10 000 personnes âgées sont mortes prématurément. Deux tiers des victimes auraient pu vivre entre huit et dix années de plus. Une révélation qui suscite peu de commentaires de la part du gouvernement. Malgré l'effroyable hécatombe de l'été 2003, Philippe Bas, ministre délégué aux Personnes âgées, souhaite « tourner la page ».

L'hôpital est l'autre faille du système de prise en charge des personnes âgées révélée pendant la canicule. Le triste spectacle des patients « stockés » sur des brancards dans les couloirs a choqué la France entière pendant cet été meurtrier. Il n'y a pas eu d'autre catastrophe météorologique ou sanitaire depuis, mais la situation n'a guère changé dans la plupart des hôpitaux. La seule action gouvernementale a été, en mars 2004, une visite très médiatisée de Philippe Douste-Blazy, alors ministre de la Santé, aux urgences de l'hôpital Saint-Antoine à Paris.

Les personnes âgées dépendantes sont une charge pour l'État. L'ancien ministre de la Santé, Jean-François Mattei, souligne le surcoût considérable que le vieillissement de la population occasionne : « La Sécurité sociale doit répondre aux accidents de la vie. La vieillesse n'en est pas un [1]. » Avant lui, Georgina Dufoix, alors qu'elle était ministre de la Santé, avait expliqué, à propos des dépenses médicales multipliées par deux pendant les deux derniers mois de la vie, qu'elles étaient probablement justes « aux yeux du médecin ou de l'homme. La réponse est moins sûre pour la société [2] ». En clair, la gestion des pathologies liées à l'âge coûte trop cher à la médecine hospitalière.

Depuis que la Banque mondiale a réquisitionné la santé internationale [3], la vie d'un vieux ne vaut plus rien. La Banque propose un système d'évaluation de la santé en termes de « fardeau mondial de la maladie » mesuré en DALY (Disability Adjusted Life Years) ou années de vie indexées sur l'incapacité. La Banque attribue différentes valeurs aux années perdues en fonction de l'âge. Selon cet argus de cotation de la vie, la valeur pour chaque année

1. *Le Figaro*, 7 avril 2003.
2. Citée dans la pétition « Défendons notre service hospitalier », *Le Monde*, 20 avril 2004.
3. « Investing in Health », *The World Development Report*, 1993.

est de zéro à la naissance pour culminer à 25 ans, puis elle diminue au fur et à mesure que l'âge augmente. En termes économiques, la contribution des nouveau-nés, des personnes âgées et des personnes handicapées est moins importante. Ces catégories ont moins de valeur pour la société, par conséquent l'argent public ne doit pas être gaspillé en interventions coûteuses à leur profit. Il doit être alloué en priorité à des opérations présentant un bon rapport qualité-prix, donc concernant les catégories productives. Les usines des multinationales délocalisées dans les pays en développement appliquent ce principe à la lettre. Elles font travailler les enfants, tandis que les ouvriers adultes sont renvoyés à 25 ans car ils sont trop vieux.

La politique libérale du gouvernement français, inspirée du modèle américain, encourage un système de prise en charge fondé sur la recherche du profit. Les hôpitaux et les maisons de retraite sont gérés comme des entreprises à but lucratif quel que soit leur statut. L'exploitation de la vieillesse se traduit par des restrictions budgétaires dont les conséquences ont été visibles à l'échelle nationale pendant la canicule. Ce modèle économique tolère un nombre « acceptable » de problèmes. La déshydratation, la dénutrition et les escarres dans les structures d'hébergement sont récurrentes. Elles font partie de ces négligences inhérentes au fonctionnement naturel des établissements qui choisissent la rentabilité. Les économies réalisées au détriment de la santé et du bien-être des vieux, banalisées et rationalisées au quotidien, ne sont pas perçues comme des formes de maltraitance. De simples dysfonctionnements tout au plus. En septembre 2003, la mise en examen d'un directeur de maison de retraite après la mort de l'une de ses résidentes des suites d'une déshydratation mobilise l'ensemble de la profession. « Alors, nous sommes tous coupables, clament les directeurs pendant la manifestation de soutien, et il faut tous nous mettre en examen. » Les dirigeants de maison de retraite rejettent toute responsabilité dans le décès des personnes âgées placées sous leur protection pendant la canicule. Ils mettent en cause le manque de moyens et le manque de personnel dont souffre le secteur. Ils dénoncent l'État qui ne dégage pas les fonds nécessaires pour leur permettre d'embaucher le personnel dont ils ont besoin.

L'intervention de personnel peu ou pas qualifié et la délégation de certains actes médicaux à des personnels non habilités constituent un facteur de risque dans la prise en charge des personnes âgées. Combien de décès en France sont la conséquence de ces pratiques courantes ? Le Pr Alec Bizien[1] évoque le cas de certains CANTOU (centres d'activités naturelles tirées d'occupations utiles), ces petites unités psycho-gériatriques dans lesquelles les personnes âgées démentes sont censées être prises en charge par du personnel qualifié. « On

1. Chef du service de médecine interne gériatrique de l'hôpital Georges-Clemenceau à Champcueil (Essonne) et secrétaire du Syndicat national de gérontologie clinique (SNGC).

met de préférence quelqu'un avec un QI pas trop élevé pour leur faire éplucher des pommes de terre », explique le médecin. Et lorsque les déments sont confiés à du personnel non formé, « tous les abus sont possibles ». Ce que confirment des études américaines [1] sur le profil des maltraitants. Ils manquent de formation ou d'une formation adéquate pour affronter la démence, et ne savent donc pas interpréter ni gérer les comportements difficiles des résidents. Les attitudes négatives du personnel envers ces derniers sont un autre facteur important des abus psychologiques. Les employés qui maltraitent sont le plus souvent ceux qui ont une vision négative de la vieillesse et qui pensent que les personnes âgées se contentent d'attendre la mort. Pire, ils sont persuadés qu'elles ne font aucun effort pour se prendre en charge et sont de nature indisciplinée [2].

Si les fonds publics ne contribuent pas toujours à améliorer la prise en charge des pensionnaires, ils contribuent, selon les analystes boursiers, à améliorer la rentabilité des maisons de retraite [3]. La prise en charge des personnes âgées dépendantes, surtout si elle est cotée en Bourse, est un business

1. C. Hawes, « Elder abuse in residential long-term care facilities : what is known about prevalence, causes, and prevention. Testimony before the US Senate Committee on Finance », 18 juin 2002.

2. L. Nerenberg, « Abuse in nursing homes », *National Center on Elder Abuse Newsletter*, Special Research Review Section, mai 2002.

3. *Cercle finance*, 13 avril 2005.

extrêmement lucratif. Les vieux sont une source de profit considérable qui ne risque pas de s'épuiser de sitôt. Les marchés boursiers voient d'un œil satisfait ces arrivages réguliers de clients dans les maisons de retraite – avec la garantie d'un flux de capital constitué en grande partie par les fonds publics. Comme toutes les autres entreprises, les groupes cotés en Bourse augmentent leurs profits en réduisant le personnel ainsi que les salaires et en augmentant parfois illégalement le nombre de résidents accueillis, pour le plus grand bonheur de leurs actionnaires.

Ces formidables machines à broyer accélèrent, sans bruit et sans déranger trop de monde, la fin de milliers de vieux. Une pandémie tranquille qui ne fait l'objet que de ponctuelles inspections par la DDASS, d'occasionnelles enquêtes judiciaires et d'exceptionnels procès. Rarement reconnus comme des homicides, ces décès pourraient généralement être évités grâce à une prise en charge adaptée.

L'euthanasie économique

Les façades de béton poli où le verre, le zinc gris et les briques se marient avec la pierre abritent un joyau de la gériatrie parisienne. Les jardins séduisent les familles. Aux murs, des œuvres originales, créées par les patients qui font de l'art-thérapie, ajoutent une note de gaieté. Ce bel hôpital est spécialisé dans la prise en charge des personnes âgées très dépendantes, y compris celles qui souffrent de la maladie d'Alzheimer. De l'architecture adaptée au plateau technique ultramoderne, tout est conçu pour soulager les souffrances du grand âge et rassurer les familles.

Le décès a été constaté à 2 h 45 par le personnel pendant son tour de garde. Selon la formule consacrée, il est mort dans son sommeil. Et il est mort seul, comme la plupart des malades à l'hôpital, sans personne pour lui tenir la main. De toute évidence, cette fin avait été programmée par l'hôpital, qui n'a pas jugé opportun d'en informer la famille. Il était vieux et malade, alors inutile de s'acharner.

La décision de fin de vie a été prise par un médecin sans qu'il en ait fait part à la famille. Les véritables causes de la mort ne figurent pas sur le certificat de décès. Difficile en effet de déterminer précisément le moment où tout bascule, où la machine à broyer les vieux est lancée. Le plus souvent, c'est un petit accident banal, une entorse ou une fracture sans gravité qui déclenche le mécanisme. Pour Paul, c'est différent. Il n'a pas une forme olympique depuis des années ; loin de là. Cet ancien boxeur de 80 ans souffre, comme la plupart des personnes âgées, de plusieurs pathologies lourdes et invalidantes. Son appareil digestif lui donne du fil à retordre et son cœur est fatigué. Paul sait qu'il ne vivra pas centenaire et pense d'ailleurs qu'un jour ou l'autre son cœur finira par lâcher. En attendant ce jour fatidique, avec les contraintes que ses maladies lui imposent, il mène une vie calme, chez lui, avec son épouse.

L'engrenage insidieux se met en marche le jour où son généraliste, détectant une petite anémie, se fixe à tort sur l'éventualité d'un saignement digestif. Il demande à son vieux patient s'il a eu des selles noires. Paul, qui a pris du fer pendant plusieurs semaines et vient de terminer son traitement, répond naturellement par l'affirmative. Conforté dans son idée, le médecin téléphone à un confrère gastro-entérologue pour une hospitalisation rapide. Le spécialiste, qui suit le diagnostic du médecin traitant, envoie rapidement le malade dans la clinique où il exerce. L'admission se fait un samedi en l'absence du spécialiste, injoignable le week-end. Martine, la fille de Paul, elle-même médecin, ne pourra lui expliquer le quiproquo avec la prise de fer que le lundi. Le gastro-entérologue impose néanmoins un examen avec anesthésie générale, examen qui se révèle négatif mais qui épuise le patient physiquement et mentalement. Renvoyé rapidement chez lui, Paul se plaint de sensations de malaise. Cette fois, le médecin traitant diagnostique une baisse de tension. Martine lui suggère de supprimer quelques-uns des nombreux médicaments prescrits à son père et qui peuvent faire baisser la tension artérielle. Le généraliste refuse de prendre l'initiative de modifier la prescription du cardiologue de Paul. Un séjour à l'hôpital pour faire le point sur la petite anémie, la tendance à l'hypotension et les troubles du transit lui semble plus prudent. La perspective du passage obligé par les urgences, assorti de son attente interminable, effraie la famille. Finalement, elle se laisse convaincre du fait que l'hôpital pilote recommandé par le médecin ne peut qu'assurer les meilleurs soins à son malade. Aux longues heures passées à moitié nu sur un brancard dans le couloir en succèdent plusieurs autres pour passer des examens, dont quelques-uns sont très invasifs et fatigants, puis pour trouver un lit de libre. Le lendemain, le vieil homme totalement épuisé ne sait plus trop où il est ni ce qu'on lui a fait.

La chambre, très correcte et propre, fait bonne impression à la famille. Le premier diagnostic, « état confusionnel », en revanche, surprend quelque peu Martine, surtout de la part d'un gériatre. Avec l'après-midi et la nuit que son père vient de passer, rien d'étonnant à ce qu'il soit un peu déboussolé. Elle fait remarquer au médecin qu'un diagnostic d'« état d'épuisement chez un vieillard malmené et mal nourri depuis de très nombreuses heures » aurait été plus près de la vérité. Sans oublier l'état fébrile, qui impose la mise sous antibiotiques. Impossible pour un vieil homme fragile de s'en sortir sans séquelles.

De très faibles doses d'anticoagulants doivent être prescrites à Paul. Mais en dépit des indications précises données la veille au médecin des urgences, Martine évite de justesse un surdosage. Très inquiète après ce dérapage, elle prend soin de répéter au personnel du service les informations transmises à l'urgentiste : une peau extrêmement fragile qui impose la plus grande précaution ne serait-ce que pour ôter un sparadrap, une sensibilité aux anticoagulants et des risques d'infarctus avérés s'il n'en prend pas. Martine précise que son père a déjà fait un infarctus au cours d'une intervention chirurgicale. Les troubles digestifs qui l'obligent à aller aux toilettes plusieurs fois au cours de la journée et de la nuit sont également mentionnés. Pour conclure, Martine rappelle l'objectif initial de l'hospitalisation : explorer la petite anémie, réduire la dose de certains médicaments qui favorisent la chute de tension et essayer de stabiliser la pathologie intestinale. Le médecin-chef du service, apparemment peu convaincu de la nécessité de communiquer avec la famille, la prie de ne pas lui répéter les informations déjà données à l'interne.

Affaibli par ce premier parcours du combattant, Paul n'a plus la force d'aller sans aide aux toilettes. Par pudeur et pour ne pas le laisser seul dans la salle de bains, Martine fait plusieurs fois appel à l'aide-soignante, qui tarde toujours à venir. Très rapidement, cette dernière lui fait remarquer que le personnel ne peut pas passer son temps à conduire les malades aux toilettes. D'autant plus que Paul l'a déjà fait se déplacer « pour rien » dans la matinée. Elle ne reviendra plus l'accompagner. Martine explique patiemment que la maladie de son père peut provoquer de « fausses » envies qu'il ne maîtrise pas, et que c'est d'ailleurs pour traiter cette pathologie qu'elle le confie à un service hospitalier. Pour résoudre sans attendre le problème des toilettes, le port de couches est imposé au malade jour et nuit. La consigne d'utiliser les protections pour se soulager scandalise profondément Paul, qui déclare qu'il « préfère mourir plutôt que de subir ça ». Afin de trouver une alternative moins humiliante, Martine réclame un pistolet. Malheureusement, dans cet hôpital ultramoderne qui propose des consultations pour traiter l'incontinence, l'antique urinoir est relégué aux oubliettes. Peut-être parce que, cet instrument étant à usage unique, il est nécessaire d'en avoir plusieurs à disposition dans la chambre. Lorsqu'une âme charitable se décide enfin à aller en récupérer quelques-uns dans la réserve, l'état de Paul ne lui permet plus de les utiliser sans aide. Il se retrouve donc à la case départ.

Les tentatives du vieil homme pour se débrouiller seul se soldent par des chutes à répétition. Avec elles, il collectionne les traumatismes et les points de suture. Après une chute suivie d'appels sans réponse, Paul reste par terre pendant plusieurs heures avant qu'on ne vienne le relever. Il s'en plaint à Martine, qui demande des explications au personnel. L'interne nie les faits et conclut sans hésitation que Paul est désorienté et affabulateur.

Des soins peu précautionneux aggravent le délabrement cutané existant, au point de déclencher plusieurs hémorragies massives que des pansements compressifs ont du mal à maîtriser. La petite anémie se transforme rapidement en une anémie si importante qu'une transfusion s'impose. Comme il ne faut absolument pas que Paul saigne à nouveau, le médecin décide, avec une logique absolue, d'arrêter ses anticoagulants. Quelques accès de température soumettent le malheureux vieillard au plan « conduite à tenir en cas de fièvre ». Au-dessus de 38 °C, il a droit à un déshabillage presque complet qui le laisse en couche-culotte et tee-shirt, avec le drap pour cacher le tout. La couverture est mise hors de sa portée. Paul, très frileux, dort plusieurs fois presque nu et frigorifié, jusqu'à ce qu'une personne « autorisée » s'autorise à lui donner une couverture.

Au début, l'ancien boxeur réagit comme sur le ring. Lorsque ses appels restent sans réponse, il sonne encore et encore, puis il crie et adresse au personnel des noms d'oiseaux. Mais très vite il se rend compte que son combat est perdu d'avance. Les soignants le déclarent dément ou confus. À Martine qui leur prouve le contraire, ils se plaignent « que ce monsieur a dû être trop gâté chez lui ». Apparemment, la réponse au besoin d'aide des malades pose problème. Il est plus facile pour un patient de participer à un atelier de peinture ou d'écriture que de se faire retirer ses lunettes. L'aide pour manger est accordée sans plus d'enthousiasme que celle pour mettre les malades au lit. Le voisin de chambre de Paul confie à Martine, sous le sceau du secret, que Paul a supplié qu'on l'aide à se coucher. Il a attendu des heures avant que quelqu'un ne se décide enfin à le faire. L'une des rares demandes du malade auxquelles accède le personnel, c'est une coupe de cheveux. Paul est donc emmené au salon de coiffure de l'hôpital, dont il ressort pratiquement rasé. Heureusement, il lui reste assez d'humour pour faire remarquer qu'il est dans un hôpital de fous.

Le scanner abdominal programmé pour la prise en charge du problème digestif, principale raison de l'hospitalisation de Paul, est annulé sans explication. À cette occasion, Martine découvre de façon fortuite que la poursuite des examens, y compris le scanner, pouvait se faire en externe. Personne n'avait pris la peine de l'informer de ce détail. Elle demande aussitôt un rendez-vous avec le médecin de service pour organiser le retour de son père à la maison. Ce n'est pas lui qui reçoit la famille, mais un jeune médecin. Ce dernier indique que le malade est effectivement considéré comme « sortant ». Il ajoute, alors que la famille n'aborde à aucun moment le sujet, que si Paul avait présenté une complication relativement grave pendant son séjour, il ne se serait pas acharné. Très étonnée et en total désaccord avec ces propos, Martine ne fait pourtant aucun commentaire, car à ce moment précis sa seule priorité est de faire sortir son père au plus vite. Malheureusement, une pneumopathie importante se déclare, suivie d'un infarctus du myocarde lié à l'arrêt du traitement anticoagulant ne permet plus à Paul de quitter l'hôpital. Les médecins, qui ne cachent pas que son état s'est aggravé, ne demandent pas son transfert en soins intensifs.

Légalement, la « personne référente » est la personne choisie par le malade pour le représenter lorsque son état de santé ne lui permet pas de s'exprimer directement. Paul a informé l'hôpital au moment de son admission que cette personne serait Martine. Mais ce statut ne lui facilite en rien l'obtention d'informations. Lorsqu'elle les mendie dans le couloir, entre deux portes, on les lui donne au compte-gouttes et à contrecœur. L'état de Paul se dégrade très rapidement. Le médecin appelle Martine un samedi matin pour lui annoncer qu'il souffre d'un œdème aigu du poumon. Les informations qu'il donne sur le traitement classique mis en place sont toutes orientées vers le curatif. Martine en déduit que les médecins se sentent aptes à prendre son père en charge.

Le traitement semble avoir peu d'effet. Paul, sous forte dose d'oxygène, n'est plus capable de communiquer. En proie au doute, Martine pose des questions un peu plus précises. Le traitement n'aurait-il pas quelques points communs avec l'euthanasie ? L'interne semble choquée et nie farouchement : « Mais non, ce sont des soins ! » Martine interroge alors l'infirmière, qui refuse de lui indiquer le nom du médicament qu'elle vient d'injecter à son père. Après quelques heures d'investigation, elle finit par obtenir les données qui lui manquent. En plus de son traitement curatif, Paul reçoit de la morphine à forte dose, un autre médicament pour éviter le râle agonique du mourant et un anesthésiant pour provoquer une sédation prolongée. En d'autres termes, des traitements dits palliatifs sont administrés en même temps que les traitements dits curatifs, et l'effet des premiers va dans le sens opposé à celui recherché avec les seconds. La pratique dite du « double effet » est enclenchée. Par exemple, on administre à Paul un diurétique pour le faire uriner et, en même temps, de fortes doses de médicaments dont l'un des effets secondaires est la rétention d'urine. On lui donne des médicaments pour remonter sa tension artérielle avec un traitement palliatif qui la fait baisser. Le tout est accompagné d'un troisième traitement pour l'amener lentement vers l'arrêt respiratoire. Complètement groggy, le vieux malade ne bouge plus. Il ne semble plus souffrir.

La décision d'administrer ce traitement palliatif a été prise sans en informer la famille alors que la loi stipule qu'elle doit être tenue au courant, et *a fortiori* la personne référente. Le médecin est parti en week-end, ce qui exclut toute demande d'explication. Le soir, la mère de Martine, extrêmement fatiguée, demande à sa fille de la reconduire chez elle. Avant de quitter l'hôpital, elles passent voir l'infirmière, qui se contente de les rassurer : « Ne vous inquiétez pas, je vais m'en occuper ! » Elle ne leur demande pas de rester ou de revenir un peu plus tard pour accompagner Paul pendant ses derniers moments, pour qu'il ne meure pas seul.

Six mois plus tard, lorsqu'elle a enfin accès au dossier médical – ce qui, en dépit de la loi qui l'autorise, reste difficile –, Martine découvre que dès le début de la pneumopathie le médecin a inscrit en gros la directive : « Pas de transfert en soins intensifs. » En clair : on fait ce qu'on peut ici, mais il ne vaut pas la peine qu'on se batte pour essayer de le sauver ! L'entretien qu'elle obtient avec le chef du service de gériatrie dans lequel est mort son père n'apporte pas de réponse. Manifestement, le médecin tient à l'image de marque de son service. Il semble vexé que l'on puisse faire une telle description de la vie du malade dans son hôpital. Lorsque Martine aborde la question de la fin de vie, la directive de non-transfert en soins intensifs et le manque d'accompagnement de la famille et du malade, il parle de « quiproquo ». Bien évidemment, assure-t-il, il tiendra compte des remarques de Martine pour améliorer le fonctionnement de son service et pour que les faits décrits – s'ils se sont effectivement produits – ne se réitèrent pas dans son établissement. Un courrier de la direction de l'hôpital indique que les faits ainsi que l'« engrenage insidieux » dénoncés par Martine – et que tous semblent découvrir avec stupeur – les ont convaincus « de la nécessité d'intensifier leurs actions de formation en faveur de la bien-traitance des personnes âgées prises en charge à l'hôpital ». Le témoignage de Martine, toujours selon le courrier, sera précieux pour susciter auprès des équipes « une remise en cause constante de leurs pratiques professionnelles » ainsi qu'« une prise de conscience de la nécessité d'une bienveillante sollicitude ».

À la mort de son père, Martine envisage de porter plainte pour maltraitance physique par manque de surveillance, refus d'assistance et maltraitance psychologique du fait des humiliations subies. Mais elle se rend très vite à l'évidence : ce qu'elle a vu, ce que son père a vécu, les nombreux traumatismes et plaies consécutifs à des chutes et notés sur le dossier médical, rien de tout cela ne constitue une preuve de maltraitance au sens juridique du terme. Pourtant, si la famille de Paul avait voulu mettre fin à ses jours chez lui, elle ne s'y serait pas prise autrement. Il suffisait de ne plus l'aider dans ses déplacements pour qu'il tombe et de lui supprimer les anticoagulants qui lui étaient indispensables. Dans la tête de Martine, il ne reste que des questions : « Mais pourquoi ai-je été crédule avec ces médecins qui n'avaient aucun égard pour moi ? Pourquoi n'ai-je pas été plus impolie, n'ai-je pas exigé de savoir et fait un scandale parce qu'on ne le transportait pas en soins intensifs ? »

Des conditions d'accueil déplorables

On peut évidemment se rassurer en se disant que cette triste histoire est exceptionnelle, que c'est un cas isolé et que la même chose ne risque pas d'arriver à nos grands-parents ou à nos parents. Le drame, c'est que, malheureusement, le parcours de Paul n'a rien que de très banal. Il souffrait de plusieurs pathologies, mais il était dans les normes : la moyenne nationale est de 5,8 pathologies par vieux malade. Comme la plupart des personnes âgées, il prenait trop de médicaments. Son généraliste, de même que nombre de ses confrères, n'était pas formé à l'art délicat de la gériatrie. Rien d'étonnant à cela. D'abord parce que soigner un malade âgé, c'est compliqué. Il faut soigner un peu mais pas trop, soigner suffisamment le cœur mais sans provoquer de complications rénales. Et surtout parce que tous les CHU ne dispensent pas de cours de gériatrie. Le CHU de Caen, par exemple, faute de professeur, fait l'impasse sur cette discipline. Déconsidérée par les professionnels eux-mêmes, la spécialité est tellement peu glamour que les gériatres sont deux fois moins nombreux que les chirurgiens esthétiques. Cette « voie de garage[1] »

1. « La gériatrie : voie de garage », *Le Quotidien du médecin*, 15 octobre 2004.

n'est reconnue que depuis peu [1] et pas par tous. En tout cas pas par la CPAM de l'Essonne, si l'on en croit un courrier qu'elle adresse à l'hôpital Georges-Clemenceau, dans lequel elle indique que la « gériatrie ne constitue pas une spécialité ». Dans certains hôpitaux, elle est considérée comme la cuisine de la morgue, la poubelle de l'hôpital et le placard des syndicalistes. Ou un service fantomatique pour la direction [2].

1. La gériatrie n'est reconnue comme une spécialité médicale que depuis 1999.

2. La direction de l'Assistance publique des hôpitaux de Marseille a bloqué les demandes d'information du magazine *Sciences et Avenir* pour son enquête sur ce service menée avec le soutien de la Fédération hospitalière de France : « Spécial hôpital seniors : des urgences aux maisons de retraite, les meilleurs services ». Voici un échange de courriers entre le chef de service et le magazine *Sciences et Avenir* : « Sainte-Marguerite parle enfin : Chef du service de médecine interne et gériatrie des hôpitaux Sud de Marseille (Hôpital Sainte-Marguerite, l'Assistance publique des hôpitaux de Marseille), j'ai lu avec beaucoup d'intérêt votre dossier "Spécial Hôpital" avril 2003. Je l'ai trouvé bien fait et bien documenté, sauf en ce qui concerne l'hôpital Sainte-Marguerite de Marseille (cet établissement était absent de l'enquête). Aussi, je me permets de vous apporter les informations suivantes : le secteur hospitalier Sud de l'Assistance publique des hôpitaux de Marseille – avec en particulier l'hôpital Sainte-Marguerite – représente actuellement le pôle fort de la gériatrie, et devrait le représenter davantage encore dans l'avenir. Depuis plusieurs années, au sein de l'hôpital Sainte-Marguerite, a été mise en place à l'initiative de certains chefs de service une Fédération de neuro-géronto-psychiatrie regroupant, outre la neurologie et la psychiatrie, les urgences, la médecine interne et gériatrie, la radiologie. Depuis un an, une collaboration étroite s'est instaurée avec le Centre anticancéreux voisin. Les urgences ont développé un accueil et une compétence gériatriques qui se traduisent par la présence de deux médecins urgentistes spécialisés en gériatrie. Le service de médecine interne et gériatrie développe une

A priori, Paul avait pourtant plus de chances d'éviter les cases pièges de ce jeu de l'oie miné qu'un pauvre petit vieux isolé et sans ressources. Ou même qu'une personne âgée dans une petite ville, entourée par une famille sans connaissance du monde médical. Paul vivait chez lui, il n'était pas seul et il avait accès aux meilleurs soins. Son médecin traitant refusait de prendre des risques, ce qui en soi n'est pas critiquable. L'attitude du spécialiste qui envoie le patient en clinique un week-end, alors qu'il sait pertinemment que rien ne sera fait pendant ces deux jours, l'est davantage. Tout comme l'examen avec anesthésie, parfaitement inutile après l'explication qu'avait apportée Martine, mais imposé par le devoir de rentabilité.

équipe mobile. Les deux services travaillent en collaboration avec le même objectif, la meilleure prise en charge possible, dans des conditions difficiles, des personnes âgées. » Professeur J. Soubeyrand, Marseille.

Réponse de *Sciences et Avenir* : « Merci au Professeur J. Soubeyrand pour ces précisions qu'il nous a été impossible de recueillir en février-mars. En effet, malgré plusieurs relances, l'hôpital Sainte-Marguerite a refusé de répondre à nos questions. Le service des urgences, notamment, estimait que “lors de la précédente enquête [le tour de France des urgences, mai 2000], les informations transmises avaient été mal interprétées”. Un prétexte d'autant plus étrange que nous avions donné en relecture à nos interlocuteurs la totalité des articles avant publication, avec un engagement négocié, entre autres, avec l'actuel directeur général de l'Assistance publique des hôpitaux de Marseille : en cas de contestation, le point de vue de l'hôpital serait publié parallèlement à nos conclusions. Ce ressentiment a eu pour effet, quasi unique en France, de bloquer nos demandes d'informations en 2003, au point de laisser le service de médecine interne et gériatrie de l'hôpital Sainte-Marguerite dans l'ignorance de notre enquête jusqu'à sa parution. »

Un patient envoyé à l'hôpital par son médecin traitant doit passer par les urgences, la case obligatoire pour y être admis. Le fait d'avoir une pathologie non urgente ne change rien à la réglementation. Les urgentistes, qui reçoivent souvent des patients envoyés par leur généraliste alors qu'ils ne présentent pas de symptômes suffisamment graves pour justifier des soins immédiats, doutent de la capacité de diagnostic de leurs confrères. « On refait la totale, sauf si on connaît bien le médecin, déclare un urgentiste. Il peut avoir oublié quelque chose de grave. » Des lois claires[1], sans aucune ambiguïté, fixent les directives concernant l'accueil, l'orientation, les lieux, les soins que tout patient doit recevoir dès son arrivée au service des urgences d'un hôpital. Elles imposent que chacun soit examiné par un médecin aux compétences précises, ainsi que la présence d'un personnel qualifié apte à seconder ce médecin. En dépit de ces lois, les longues heures d'attente, fortement médiatisées pendant la canicule, restent le lot quasi quotidien de la plupart des hôpitaux. Paul se retrouve immobilisé sur un brancard dans un couloir, vêtu de la seule camisole réglementaire et de ses chaussettes, le tout caché sous un drap. Le brancard est très inconfortable et personne n'a le temps de lui donner à boire ou à manger. On interdit à sa famille de rester près de lui. Agressé par la lumière crue, les

1. Décret n° 95-647 du 8 mai 1995 du Code de la santé publique : art. D. 712-53, D. 712-54, D. 712-55, D. 712-60, D. 712-62, D. 712-65 et 65-1-2-3-4.

passages incessants et le froid glacial qu'il ne supporte pas, le vieillard se retrouve dans un état de confusion totale. Le personnel des urgences, qui ne s'occupe que des pathologies ou des soins aigus, n'a pas le temps de lui parler pour le rassurer. Ce n'est que par un forcing acharné que sa famille réussit à le rejoindre.

Paul sait comme tout le monde qu'un passage aux urgences a toutes les chances de se prolonger. Ce qu'il ne comprend pas, c'est pourquoi tous les patients plus jeunes passent avant lui. Même ceux qui ont l'air plutôt en forme. Alors que cette étape aux urgences ne devrait pas excéder une heure, la durée moyenne pour les personnes âgées, selon une enquête de *Sciences et Avenir*[1], était de 8 à 10 heures hors soins médicaux au mois de février 2003. Certains patients âgés ont attendu plus de trois jours avant de se voir attribuer un lit. Plus le patient est vieux, plus il attend aux urgences. Cette corrélation a été établie par une enquête[2] de la Direction de la recherche, des études, de l'évaluation et des statistiques (DREES). Les urgentistes l'expliquent par la difficulté de trouver un lit à ces patients dont personne ne veut. Soigner les vieux, c'est compliqué, et les services spécialisés préfèrent des malades aux pathologies plus valori-

1. *Sciences et Avenir*, « Spécial hôpital seniors : des urgences aux maisons de retraite, les meilleurs services », février 2003.

2. *Rapport de la DREES, Études et résultats*, n° 212, janvier 2003 : « Les usagers des urgences – premiers résultats d'une enquête nationale ».

santes. Ils admettent aussi qu'« il est facile d'oublier la petite mamie au fond du couloir ». Ou Charles. Il a 83 ans, est un peu diminué du point de vue psycho-intellectuel, mais docile. On dira facile à gérer. Trop facile ? On peut se poser la question. Il souffre d'une cardiopathie dont l'évaluation ne peut se faire dans l'hôpital où il séjourne faute de service de cardiologie. Il a donc été adressé en cardiologie dans un autre hôpital. Distance à parcourir : environ 8 kilomètres. Temps de parcours : selon l'heure de la journée et les encombrements, entre dix minutes et une heure. Il faut donc bien respecter les créneaux horaires pour limiter au maximum les temps de transport. Ce qui signifie que l'ambulance doit absolument venir chercher le malade à l'heure et de même pour le retour. Or il en va des horaires des ambulances comme des programmes électoraux : toujours promis, rarement tenus. Le départ prévu à 7 h 30 du matin ne se fait finalement qu'à 9 h 30, avec une arrivée sur les lieux de la consultation 45 minutes plus tard. La consultation, qui n'a pas lieu à l'heure prévue, est repoussée dans la journée. Et c'est ainsi que Charles va attendre, allongé sur son brancard, dans un couloir. Sans déjeuner car rien n'a été prévu pour lui. Il est vu finalement en consultation en fin d'après-midi. Puis, toujours sur son brancard, il retourne dans son couloir attendre qu'une ambulance vienne le chercher. Pour l'ensemble du personnel du service, ce patient sur un brancard est obligatoirement destiné à faire l'objet d'une prise en charge par les ambulanciers, qui doivent le ramener d'où il vient. C'est la routine. La consultation demandée ayant eu lieu, le patient est frappé par une pathologie inattendue : l'indifférence. On l'oublie dans un couloir, sur son brancard.

À 21 heures, l'infirmière de nuit du service de médecine où Charles est hospitalisé s'étonne de l'absence du patient. Le poste de commandement infirmier est averti. Une enquête est diligentée. Des coups de téléphone sont donnés. Mais il est tard et il faut trouver le bon numéro, c'est-à-dire celui où il y aura quelqu'un pour répondre et faire avancer la procédure, qui vise à retrouver le malade perdu. Et qui finit par aboutir. Charles est toujours dans son couloir, et toujours sur son brancard, dont heureusement il n'était pas tombé. Reste à obtenir une ambulance pour le retour : c'est déjà difficile dans la journée, cela devient problématique de nuit. Pendant tout ce temps, le patient est resté stoïque et silencieux. Si, tout de même, en arrivant à 23 heures dans sa chambre, il a adressé à l'infirmière de nuit ces deux mots : « J'ai faim. » Habitué à ce genre de dérapage, le service lui avait gardé un plateau repas. Bilan : pour une consultation, plus de 12 heures infligées à une personne âgée qui supporte mal les trajets et les déplacements. Auxquelles s'ajoutent 48 heures de désorientation, liée à un effet de stress. Ces oublis sont plus fréquents depuis que le service des ambulances a été cédé au privé. Rentabilité oblige, les ambulanciers ne restent plus avec les malades. Ils déposent la personne âgée à l'hôpital comme un paquet et repartent aussitôt. Une fois le rendez-vous terminé, il faut les rappeler et attendre qu'ils arrivent, souvent avec deux heures de retard.

L'histoire de Lucie est aussi banale que celle de Paul. Elle vit seule chez elle, sans autres problèmes de santé que les petits bobos classiques, jusqu'au jour où elle se casse le col du fémur. À partir de là, tout se dégrade à une vitesse incroyable. À l'hôpital, déstabilisée par le fait de se retrouver pratiquement nue avec les couches imposées, Lucie s'agite. Pour plus de sécurité, on l'attache. Cette contention l'affole encore plus ; on lui donne donc un calmant. Lucie quitte les urgences grabataire, avec des problèmes urinaires et une escarre. Vingt-quatre heures d'immobilisation ont suffi pour engendrer cette nécrose. Il faudra deux à trois mois de travail pour réparer les dégâts. Le Pr Alec Bizien fait un calcul rapide : un passage en court séjour puis en soins de suite et de réadaptation, cela fait 20 000 euros au minimum, avec les complications 60 000, voire plus. Et quand il n'y a personne pour changer le malade ou, mieux, l'aider à faire pipi, il ne faut pas s'étonner de la mise en place systématique de la sonde. Au cinquième jour, la sonde à demeure sur un terrain dénutri donnera une bonne septicémie qui tuera le malade au neuvième jour. Quant à la pratique courante consistant à mettre un patient sous perfusion lorsqu'on manque de personnel pour lui donner à boire, elle n'est pas sans risques si cette perfusion n'est pas surveillée.

Certes, le patient ne mourra pas de déshydratation, mais il risque de mourir d'un acte de réhydratation manquée, faute de surveillance.

Une personne âgée ne sort jamais indemne d'un passage aux urgences, et elle est d'autant plus abîmée que son séjour se prolonge. Alec Bizien est formel : si l'on se retrouve à 80 ans dans un lit, presque nu devant tout le monde, avec des tuyaux partout, ficelé quand on regimbe, sans dormir parce que c'est impossible aux urgences, « faut pas être Einstein pour comprendre qu'on aurait préféré une garde à vue avec tabassage au commissariat du coin ». Il suffit que le malheureux peine à répondre à des questions comme le nom du président de la République, la date ou le lieu où il se trouve, ce qui est bien compréhensible dans ces moments-là, pour que lui soit collée l'étiquette de dément. Il faudra trois mois de travail pour qu'il puisse s'en sortir. Et avec des séquelles : les neurones n'ont pas spécialement disparu, mais le cerveau fonctionne nettement moins bien. Et l'envie de vivre, de se battre, de rire disparaît. Les symptômes de l'anhédonie et autres conséquences désastreuses des longues attentes aux urgences sont connus et ont été démontrés. La *Revue de gériatrie* commence à parler de l'anhédonie vers 1988. Deux études ont établi que les délais d'administration de soins par le personnel médical ou infirmier mènent à des délais de diagnostic, de traitement et des suites à donner qui « ont été associés à des résultats négatifs et à des décès dans de nombreux services d'urgence[1] ». Le lien entre la saturation des urgences et les taux de mortalité a été confirmé[2]. « Ça se termine souvent à la morgue », déplore un gériatre. À force d'attendre, les patients en fin de vie meurent sur les brancards aux urgences, ils meurent dans les couloirs. C'est ce qui s'est passé pour le père d'Annette, envoyé aux urgences par son généraliste. Non seulement le vieux monsieur de 88 ans est resté pendant 8 heures sans soins sur un brancard dans le couloir, mais l'urgentiste débordé et stressé s'en est pris à sa fille : « C'est facile d'envoyer les gens aux urgences, votre père ce n'est pas une urgence ! » Ce patient non urgent est mort le lendemain de ce diagnostic hâtif.

Un flux trop tendu

À la périphérie de Paris, au sud de la rivière Essonne, l'hôpital Georges-Clemenceau est un

1. M.J. Schull, P.M. Slaughter, D.A. Redelmeier, « Urban emergency department overcrowding : defining the problem and eliminating misconceptions », *Canadian Journal of Emergency Medicine,* 4(2), p. 76-83, 2002 ; D.A. Redelmeier, P.J. Blair, W.E. Collins, « No place to unload : a preliminary analysis of the prevelence, risk factors, and consequences of ambulance diversion », *Annals of Emergency Medicine*, 23, p. 43-47, 1994.

2. O. Miro, M.T. Antonio, S. Jimenez, A. De Dios, M. Sanchez, A. Borras, J. Milla, « Decreased health care quality associated with emergency department overcrowding ; Emergency Department, Hospital Clinic, Barcelona, Catalonia, Spain », *European Journal of Emergency Medicine*, 7(1), p. 79-80, mars 2000.

modèle d'architecture sanatoriale. Et pour cause ! C'est un ancien sanatorium construit par l'Assistance publique dans les années 1920 pour y soigner les proxénètes tuberculeux interdits de séjour à Paris. À l'époque, la rivière était la limite qu'ils ne devaient pas franchir sous peine de se faire cueillir par les autorités. Dans les années 1950, les progrès dans le traitement de la tuberculose entraînent une baisse progressive des admissions. L'Assistance publique décide de reconvertir le sanatorium en hôpital pour le traitement de vieillards des deux sexes. Après une longue période de modernisation, la capacité de l'établissement est réduite à 670 lits à la fin des années 1980, puis à 431 lits en 1998.

Il y a cinq ans, il arrivait encore au Pr Alec Bizien, chef du service de médecine interne gériatrique de cet hôpital, de téléphoner à des confrères en manque de lits pour leur proposer des places dans son établissement. Ce temps est révolu. Non seulement il n'a plus de places pour les malades des confrères, mais il ne prend plus qu'un malade sur dix : « Je suis toujours à 10 % d'admissions par rapport aux demandes, je ne sais pas où vont les autres. Ceux qui passent sont les malades connus, les familles des agents du service, les malades en catastrophe au domicile. Ceux qui sont déjà dans un lit, ils peuvent attendre... C'est un mélange de recrutement de copinage et de recrutement de guerre. J'ai honte. »

Lorsqu'il était « petit », c'est-à-dire externe en cardiologie, ses supérieurs interdisaient à Alec

Bizien de remplir le service à plus de 65 %, « sinon on prenait des risques ». À l'époque, les hôpitaux étaient remplis à 70-75 %, pour pouvoir encaisser les à-coups conjoncturels, d'hiver ou d'été. Mais la politique de restructuration des soins de santé, avec ses pressions économiques et son changement de philosophie, est passée par là. Aujourd'hui, les consignes sont de remplir les services de court séjour (CS) et surtout ceux des soins de suite et réadaptation (SSR) à 95 %. Les arguments sont extrêmement convaincants : les chefs de service qui ne s'y plient pas ne sont pas renouvelés dans leurs fonctions. Un lit vidé le matin doit impérativement être réoccupé dans la journée. Impossible dans ces conditions de faire face à des épisodes comme la canicule ou une bonne épidémie de grippe. « En voiture on s'arrête pour prendre de l'essence lorsqu'il reste encore dix litres dans le réservoir. On n'attend pas qu'il soit vide. » Les dangers d'un fonctionnement à flux tendu sont connus. Une étude réalisée en Angleterre sur le taux d'occupation des lits [1] montre que dans les pays industrialisés la cote d'alerte se situe à partir de 85 %. Ce taux d'occupation garantit qu'au moins une fois dans l'année il y aura un coup de Trafalgar, avec trop de malades par rapport au nombre de lits disponibles. Au-dessus de 90 %, il y en aura au moins trois. La

1. A. Bagust, M. Place, J.W. Posnett, « Dynamics of bed use in accommodating emergency admissions : stochastic simulation model », *British Medical Journal*, 319, p. 155-158, 1999.

tendance est à l'engorgement massif dans la majorité des hôpitaux français, même hors période estivale. Leur fonctionnement entre 95 et 120 % de leur potentiel les oblige à déclencher leurs « plans blancs » pour les épidémies de grippe, de gastroentérite ou de bronchiolite. Les premières victimes de ce surbooking constant, de ces petits arrangements avec la pénurie, sont les personnes âgées bloquées sur leur brancard. Le manque chronique de lits d'aval pour les vieux patients n'est un secret pour personne. Les rapports officiels, les uns après les autres, vont dans ce sens[1].

Paul a eu de la chance. Après son passage aux urgences et une fois les examens nécessaires effectués, il a été envoyé dans le bon service sans avoir à passer par la case « mauvaise orientation ». Tous les médecins vous le diront : le bon malade dans le bon service, c'est la règle d'or. « Les demandes d'admission que je reçois de l'hôpital de Corbeil,

---

1. Par exemple le rapport de la Commission médicale d'établissements de l'Assistance publique-hôpitaux de Paris, *L'Hôpital public en France. Bilan et perspectives*, étude du Conseil économique et social présentée par M. Éric Molinié au nom de la section des affaires sociales, séance du bureau du 21 juin 2005 : « De plus, en l'absence de services de court séjour gériatrique, les services d'accueil des urgences manquent bien souvent de solutions d'aval au sein de l'hôpital pour la prise en charge des patients âgés. Ainsi, d'après une rapide enquête effectuée par la DHOS [Direction de l'hospitalisation et de l'organisation des soins] auprès des ARH [agences régionales de l'hospitalisation] en 2002, seulement 50 établissements sièges de services d'accueil et d'urgences (SAU) étaient pourvus d'un service de court séjour gériatrique. »

constate Alec Bizien, viennent un peu trop souvent du service de dermato, là où on a pu coucher la grand-mère. Actuellement, les services tournent à “flux tendus”, les grand-mères sont dispatchées comme on peut, c'est-à-dire n'importe où. » Une personne âgée avec des problèmes cardiaques envoyée en dermatologie pendant une dizaine de jours, faute de place dans le service adéquat, c'est une très mauvaise orientation et une très mauvaise nouvelle. D'une part parce qu'un service de dermatologie n'est pas en mesure de prendre en charge un cardiaque, qu'il soit jeune ou vieux, et d'autre part parce que le cardiologue qui suit le patient ira peut-être le voir en dermatologie, à l'autre bout de l'hôpital, une fois mais pas deux. Faute de place en pneumologie, Henriette, qui souffre d'un problème respiratoire aigu, se retrouve en rhumatologie où son état se dégrade très rapidement. Quelques jours après son hospitalisation, sa famille la découvre inerte : l'oxygène a été coupé, malgré l'insuffisance respiratoire de la patiente. Sa fille insiste pour que l'oxygène soit rebranché. Henriette est finalement renvoyée chez elle avec de lourdes dépendances.

Le problème des mauvaises orientations, dénoncé par les médecins et reconnu par les pouvoirs publics[1], toucherait, selon les chiffres

1. « Si le grand âge ne saurait constituer en soi un critère d'exclusion pour une admission en service de spécialité, trop souvent les personnes âgées entrent dans ces services par défaut. En effet, le circuit d'admission en milieu hospitalier commence généralement pour cette population par le service des urgences qui,

officiels[1], 23 % des personnes âgées. Des chiffres qui semblent extrêmement optimistes comparés à ceux qui ressortent d'une enquête[2] de 2003 : sur les 150 plus gros hôpitaux français, 70 % n'adressent pas le malade dans le bon service. Parmi eux, cette année-là, c'est le CHU de Nîmes qui bat tous les records, avec 57 % de mauvaises orientations hors période de crise. L'autre mauvaise nouvelle, c'est que plus le patient est âgé, plus les mauvaises orientations sont fréquentes. Certains établissements dépassent régulièrement les 50 % en temps normal pour les plus de 75 ans. Exception faite des périodes de crise, comme la canicule ou lorsqu'on pratique la médecine de guerre, les malades doivent impérativement être envoyés dans le service adapté. Les mauvaises orientations, que certains gériatres n'hésitent pas à qualifier de criminelles, se soldent souvent par des « pertes de chances ». Ce pudique euphémisme, explique le Dr Christophe Prudhomme[3], désigne rien moins que la perte d'un patient pour cause de mauvaise orientation par manque de moyens.

---

diagnostic fait, oriente davantage en fonction des lits disponibles que de l'évaluation des besoins du patient. » *Ibid.*

1. Actes du 6e colloque d'éthique de Bicêtre, « Vieillesses méconnues. Enjeux éthiques de la crise d'août 2003 », 3 octobre 2003.

2. *Sciences et Avenir*, « Spécial hôpital seniors », *op. cit.*

3. Médecin urgentiste à l'hôpital Avicenne de Bobigny et responsable du collectif des SAMU d'Ile-de-France au sein de l'AMUHF (Association des médecins urgentistes hospitaliers de France).

Le séjour de Paul à l'hôpital devait être bref – juste le temps nécessaire pour faire des examens. Il devait être suivi par un retour chez lui, sans passer par la case « maison de repos ». Ses problèmes de santé n'étaient pas assortis, comme c'est souvent le cas pour les personnes âgées, de problèmes sociaux interdisant le retour au domicile. Un casse-tête que les gériatres appellent le « syndrome de la valise en carton » : la personne âgée malade est admise à l'hôpital avec sa petite valise et une lettre du médecin généraliste indiquant qu'elle ne pourra plus rentrer chez elle ou dans sa maison de retraite. C'est donc à l'hôpital de se débrouiller pour lui trouver une place. Aux trois semaines minimum qu'il faut compter pour résoudre ses problèmes de santé multiples et variés viennent s'en ajouter, au mieux, trois autres pour le faire sortir, c'est-à-dire régler ses problèmes sociaux. Pendant cette attente, le vieux patient, « médicalement sortant et physiquement présent », devient un bloqueur de lit. Autrement dit, le cauchemar des médecins et de l'administration, qui redoutent de le voir s'incruster et battre le record de durée à l'hôpital. Lorsqu'on sait qu'un lit bloqué au-delà de cinq jours est un lit déficitaire pour le service, on comprend qu'une vieille dame qui reste deux semaines dans un service de pointe représente une véritable catastrophe comptable. Un médecin ayant l'obligation de faire tourner le service lui préférera automatiquement un patient jeune. Et si, depuis la canicule, on n'entend plus dire : « La vieille pourrie, j'en veux pas », le changement est purement linguistique. Aujourd'hui, le langage est simplement plus châtié.

Manque de tout

Paul n'avait pas le profil du bloqueur de lit. En outre, il présentait l'avantage de ne pas être dément, une pathologie qui demande beaucoup plus d'attention de la part du personnel. En théorie, tout cela faisait de lui un bon malade. Sauf que les vieux malades ne sont jamais de bons malades ou de beaux malades, même lorsqu'ils sont dans le bon service dans le bon hôpital. D'emblée, ils sont pénalisés par le manque de moyens et de sollicitude. De sérieux problèmes qui ont peu de chances d'être résolus. Pendant son entretien avec Martine, le chef du service déplore l'insuffisance de personnel, plus particulièrement d'aides-soignantes, ainsi que les prévisions budgétaires qui vont dans le sens des restrictions. Le manque de médecins, qu'il n'évoque pas, est tout aussi criant. Martine se souvient : « Sa dernière journée, un dimanche, je l'ai passée près de lui sans voir de médecin, quand je trouvais qu'il respirait encore plus mal. » Idem pour les infirmières : il est fréquent d'avoir une infirmière pour quatre-vingts malades la nuit et les week-ends. La gériatrie est, avec la pédiatrie, le service qui demande le plus de bras, et pourtant c'est là que le ratio personnel/malades est le plus bas. Alors que le nombre de personnes âgées dépendantes a augmenté, les proportions sont restées les mêmes que pendant les années 1970 avec, dans les hôpitaux les mieux lotis, 3 % de médecins [1].

La direction de l'hôpital reconnaît d'autant plus volontiers le défaut de formation du personnel que c'est un énorme problème national, et ce dans toutes les catégories de soignants. Tout le monde admet qu'une vraie violence est parfois faite aux personnes vulnérables, même dans des équipes bien dotées en soignants. En théorie, la nécessité de considérer la personne âgée comme un sujet, de bien la traiter, fait l'unanimité. Dans la pratique, le malade âgé est avant tout un objet de soins. Pour le Dr Régis Aubry [2], les lacunes dans la formation de tous les soignants et l'orientation très technique de la médecine expliquent le gouffre entre la théorie et la pratique. Pour y remédier, il prescrit de transformer non seulement les formations mais aussi toute la culture. Quelle pire faillite pour un système éducatif que le fait qu'en plusieurs années on n'ait pas été capable d'enseigner aux étudiants quelle était la véritable signification de leur futur métier, à savoir soigner des patients, prendre en charge des gens en souffrance, échappant à toute modélisation et nécessitant de ce fait disponibilité et adaptation, analyse et réflexion, loin de tout stéréotype ?

---

1. Chiffres tirés de trois enquêtes menées par le Pr Alec Bizien.

2. Responsable du département des soins palliatifs au CHU de Besançon, chargé, au niveau du ministère de la Santé, de présider à l'échelon national le Comité national de suivi du développement des soins palliatifs à la suite de la loi Léonetti.

Le défaut de formation explique également que le dépistage et le traitement de la douleur chez les personnes âgées soient régulièrement négligés. La méthodologie médicamenteuse pour ces malades est souvent mal maîtrisée. Ils sont soit sous-médicamentés, et dans ce cas restent confrontés à la douleur, soit, à l'inverse, surmédicamentés. Ces problèmes font d'ailleurs l'objet de recommandations de l'Agence nationale d'accréditation et d'évaluation en santé (ANAES)[1]. Celle-ci rappelle que la prévalence de la douleur augmente avec l'âge. L'absence de soins dans ce domaine conduit les vieillards « à des souffrances inutiles, à une perte d'autonomie, à des syndromes de glissement, voire à une demande d'euthanasie ». L'ANAES dénonce également les préjugés qui entourent encore le soulagement de la souffrance sous prétexte que « la douleur fait partie du vieillissement », qu'« elle est rédemptrice », qu'« elle est signe de faiblesse chez un homme ». La dénégation de la douleur chez les personnes âgées peut se traduire par des fractures qui ne sont pas soignées pendant des mois. Un malheureux patient de 94 ans qui fait une chute pendant son hospitalisation et se casse le col du fémur doit attendre un diagnostic pendant deux mois, le temps de convaincre son médecin qu'il souffre suffisamment pour justifier des examens et des radios.

1. « L'évaluation et la prise en charge de la douleur chez les personnes âgées ayant des troubles de la communication verbale », Assemblée nationale, rapport d'information n° 1708 déposé le 30 juin 2004.

Mathilde, victime d'une fracture de la hanche non diagnostiquée, n'arrivera pas à convaincre son médecin. Pendant un mois, malgré ses plaintes et celles de ses enfants, le médecin refuse de lui faire passer des radios et l'oblige à marcher. « Vous ne sortirez que si vous marchez ! » précise-t-il. Ce n'est qu'au bout de quinze jours qu'il se décide à lui donner, en guise de traitement contre la douleur, de la pommade antalgique et du paracétamol... Ses enfants prennent la décision de lui faire quitter l'hôpital pour qu'elle puisse passer des radios dans un cabinet extérieur.

Certains spécialistes qui ne s'occupent que de maladies très graves, comme le cancer ou le sida, et qui voient mourir des malades tous les jours n'ont qu'une formation très limitée en matière d'accompagnement. Une carence qui, selon le Dr Christophe Trivalle[1], explique bien souvent les dérives. Les traitements à visée antalgique, pour calmer la douleur (morphine + Hypnovel), s'ils sont bien utilisés, permettent de soulager efficacement le patient. Mal utilisés ou surdosés, ils peuvent s'avérer mortels en quelques heures. « Le manque de moyens associé au manque de formation, c'est la maltraitance assurée », affirme le Dr Thierry Martin[2]. Tous les jours, des petits vieux meurent de cette maltraitance-là. Ils sont plus nombreux que les morts de la canicule. Les plus maltraités sont les

1. Gériatre à l'hôpital Paul-Brousse de Villejuif.
2. Gériatre au CH de Cherbourg.

déments agressifs. Or leur agressivité est souvent elle-même induite par le comportement des soignants. Un fait que le gériatre a pu vérifier dans son hôpital, constatant que certains déments étaient plus agressifs et présentaient plus de troubles avec des équipes dont le personnel n'était pas formé pour s'occuper d'eux. Un psychiatre raconte, lors d'un congrès, que dans son hôpital il a vu des aides-soignants qui ne changeaient pas les couches ni les alèses pour que le patient ait des escarres et meure plus vite. « Peu formés, ils n'ont d'autres repères que la débrouillardise. » Le médecin interrogé sur cette déclaration confirme ses propos.

C'est également un personnel peu formé qui a fait preuve de débrouillardise pour accélérer la fin de Fernand. Il faut dire que ce malade cumule les handicaps : 91 ans, la maladie d'Alzheimer et une lombalgie aiguë au moment de Noël. Le vieux monsieur, qui n'a jamais été violent physiquement, se retrouve dans un service de médecine interne polyvalente où le personnel, en sous-effectif, le catalogue comme « dément dangereux ». Les soignants ne cessent de se plaindre de lui, « il est méchant, il tape, il mord ». Une grabatisation accélérée – qui ressemble étrangement à celle de Paul – a vite fait de le mater. Quatre jours après son admission à l'hôpital, Fernand est méconnaissable. Son comportement a changé, il a l'air égaré, les joues creuses et le teint livide. Trois jours plus tard, ses enfants le trouvent nu sur son lit. Complètement déshydraté, il ne les reconnaît plus. Ils exigent une mise sous perfusion, refusée parce que le médecin est absent le week-end et que l'infirmier ne veut pas prendre cette décision seul. Le lundi, la famille obtient un transfert en soins intensifs, où Fernand décède. Après une enquête et une mesure disciplinaire non précisée à l'égard du personnel concerné, le directeur de l'Agence hospitalière du Centre « estime que cette affaire est classée dans la mesure où des actions spécifiques et correctives ont été prises ».

Pour empêcher les alzheimériens de déambuler, on les attache dans la tenue et la position réglementaires : vêtus d'une couche rose dans une culotte façon résille avec petite nuisette de drap blanc – qui arrive à mi-cuisse quand elle est bien tendue et ouverte dans le dos –, avec les bras en croix pour qu'ils ne puissent pas arracher les petits tuyaux dans les bras, le nez et la vessie. Ce traitement n'est pas le privilège des déments. Le fait qu'un sujet, âgé ou pas, même parfaitement *compus mentis,* manifeste l'envie de se dégourdir les jambes dans le couloir peut suffire à mettre en place la procédure. C'est ainsi qu'Antoinette, hospitalisée pour la première fois à 93 ans pour un œdème pulmonaire, en pleine possession de ses facultés intellectuelles, se retrouve « comme Jésus-Christ sur sa croix ». Elle pleure, appelle, supplie toute la nuit, sans résultat. La seule réponse qu'elle reçoit est la suivante : on attache les patients pour les empêcher de tomber, on fait ça pour son bien et ici personne n'a le temps de s'apitoyer sur elle. Sa fille la retrouve complètement hébétée par les tranquillisants, les bras ankylosés et recouverts d'hématomes. Elle demande des explications aux personnels, qui répondent qu'ils n'ont « pas le temps de surveiller chaque malade individuellement ». Une patiente jeune, dessinatrice chez *Spirou* de son état et tombée aux mains des urgentistes d'un hôpital parisien à la suite d'une cuite, s'est retrouvée dans la même situation. Bien secouée par l'expérience, elle en a fait une BD cinglante, parfaitement représentative d'un système dont la brutalité n'a rien à envier à *Vol au-dessus d'un nid de coucous*[1]. Antoinette – qui n'a pas, si tant est qu'elle l'ait jamais eue, cette hargne salutaire – a pleuré pendant un mois. Pire, elle a développé un étrange sentiment de culpabilité : « J'ai été méchante, c'est pour cela qu'ils m'ont punie. Pourtant je n'ai jamais manqué de respect à personne. »

En dépit du peu d'effet avéré des neuroleptiques pour calmer les déments[2], nombreux sont les établissements qui utilisent la contention chimique. Et lorsque cela ne suffit pas, on leur donne de la morphine. Le patient est dans le coma et en plus il est constipé. Cette contention chimique est avant tout utilisée pour assurer la paix du personnel et des autres résidents. Une pratique plus que contestable, car l'interaction avec d'autres médicaments n'est

1. http://ma-vie-est-une-bande-dessinee.blogspot.com/2005_07_01_ma-vie-est-une-bande-dessinee_archive.html, 4 juillet 2005.

2. L.S. Schneider, V.E. Pollock, S.A. Lyness, « A meta-analysis of controlled trials of neuroleptic treatments in dementia », *Journal of the American Geriatrics Society*, 38, p. 553-563, 1990.

pas sans risques, surtout pour les personnes âgées. La liste des effets secondaires indésirables sévères connus est longue[1]. Ils sont regroupés dans le grand fourre-tout du « syndrome malin des neuroleptiques » et peuvent se manifester par de la fièvre, une raideur musculaire, des modifications de la tension artérielle et de la fréquence cardiaque, des troubles du comportement et autres petits bobos apparentés. Un grand laboratoire, champion du politiquement correct, signale à propos de l'un de ses produits qu'il « peut mettre en jeu le pronostic vital ». Toutes les études sur le rapport entre la consommation de psychotropes et le risque de chute concordent : à partir de 60-65 ans, le risque de chute est ainsi multiplié par quatre.

Les patients qui tombent dans leur chambre en essayant d'aller seuls aux toilettes représentent à eux seuls plus de 80 % des chutes à l'hôpital. Et ils sont ceux qui présentent le plus de risques de se blesser[2]. Même sans gravité, ces chutes ébranlent

---

1. Pertes de mémoire, perte des repères, altération des fonctions cognitives, confusion mentale, hallucinations, agitation, dépression... 16 % des pseudo-démences seraient d'origine médicamenteuse. Aux problèmes cognitifs s'ajoutent des problèmes urinaires variés, la constipation, la sécheresse buccale, la perte d'équilibre, les chutes. Les médicaments créent une accoutumance et accélèrent le déclin, avec des problèmes de dénutrition et d'escarrification pouvant entraîner le décès. (Curtis *et al.* et K. Steel, *Archives of Internal Medicine*, 9/23, vol. 164, août 2004 ; D.A. Bennett, D.W. Gilley, R.S. Wilson, « Rate of cognitive decline and neuroleptic use in Alzheimer's disease », *Neurology*, 42, p. 276, 1992.)

2. E.B. Hitcho, M.J. Krauss, S. Birge, W.C. Dunagan, I. Fischer, S. Johnson, P.A. Nast, E. Costantinou, V.J. Fraser,

toujours les personnes âgées et engendrent une perte d'assurance. Les nombreuses chutes de Paul sont notées dans son dossier médical. Certaines font même l'objet d'un constat par le médecin. C'est donc un patient à risque qui doit être entouré de précautions particulières. Or la seule qui lui est offerte est de porter des couches, systématiquement imposées par la pénurie de bras à l'hôpital comme dans les maisons de retraite. Il y a vingt ans, dans le service du Dr Pierre Rumeau[1], trois patients au maximum portaient des couches. Aujourd'hui, pour le même nombre de malades, ils sont entre 65 et 75 %. L'explication du médecin est simple : « Les pathologies n'ont pas changé mais les aides-soignants ont été divisés par trois. »

À force d'aller au tapis, le vieux malade finit par renoncer à continuer le combat. Martine constate que son père, affaibli et amaigri, ne demande plus à aller aux toilettes, il ne se plaint pratiquement plus, il ne proteste plus. Ce qui signifie qu'il est rentré dans le système imposé par le personnel. Mais à quel prix ? Au prix d'une destruction progressive de sa personnalité et d'une perte du désir de vivre, au prix de l'anhédonie, aussi baptisée « hospitalo-dissolution des vieillards ». Pour Paul, un processus amorcé aux urgences et qui s'achève avec sa pneumopathie.

« Characteristics and circumstances of falls in a hospital setting : a prospective analysis », *Journal of General Internal Medicine*, juillet 2004.

1. Praticien hospitalier du service de gériatrie du CHU de Toulouse.

Âgisme à l'hôpital

Le scanner, programmé au dixième jour d'hospitalisation, n'est pas réalisé. Une décision pour le moins surprenante puisqu'il devait être une aide dans la prise en charge du problème digestif. Les explications du personnel restent évasives. Aujourd'hui, Martine reconnaît avoir voulu les croire pour ne pas faire de vagues. Le coût de l'examen et un budget hospitalier épuisé auraient pu être évoqués pour justifier cette annulation. Les caisses vides, souvent dès la mi-juillet, contraignent les médecins à renoncer à certains traitements et examens considérés comme trop chers – l'IRM par exemple. On leur demande de faire des choix : en clair, de désigner qui sera ou non traité correctement et qui va mourir faute de moyens. Le premier facteur discriminant de cette sélection sauvage est l'âge. Les candidats désignés pour l'abandon thérapeutique, pour les « hospitalisations déprogrammées à durée illimitée », sont les vieux.

Paul a déjà subi de nombreux examens coûteux ; le scanner n'en est qu'un de plus. Il semble plutôt que ce soit un oubli et non pas un calcul financier qui explique qu'il n'ait pas eu lieu. En revanche, le choix de ne pas le transférer en soins intensifs semble davantage relever d'un exercice comptable. Même si elle n'a été notée dans le dossier médical qu'au début de la pneumopathie – « Pas de transfert en soins intensifs » –, la décision de non-acharnement a été prise dès l'arrivée de Paul dans le service. « S'il avait présenté une complication relativement grave, je ne me serais pas acharné », confiait le médecin à la famille alors que celle-ci lui demandait de préparer la sortie de Paul, qui n'allait pas trop mal. La politique d'austérité que les pouvoirs publics imposent aux hôpitaux a-t-elle contraint le médecin à choisir ceux de ses patients qui pourraient bénéficier d'un lit et ceux qui n'y auraient pas droit ? Le coût de la prolongation de la vie, le coût des soins sont les paramètres de la comptabilité à laquelle doivent se plier les hôpitaux. Le calcul prenant en compte l'âge du malade, ses pathologies et l'estimation de sa durée de vie a probablement été mis en balance avec le coût d'un lit en soins intensifs et le manque de place chronique. Une pénurie confirmée par un rapport de l'Assemblée nationale[1], de même que les refus d'admission en réanimation des personnes âgées de plus de 75 ans : cette « euthanasie sociale est fréquente sur la place de Paris tous les soirs[2] ». Le rapport souligne également l'existence d'un tri sélectif qui exige parfois que le médecin réanimateur fasse des choix entre différents patients sur des critères « qui ne sont pas forcément explicites ». Lorsqu'ils le sont, ils conduisent le plus souvent à éliminer les patients les moins intéressants. Exit les trop

1. « L'évaluation et la prise en charge de la douleur chez les personnes âgées ayant des troubles de la communication verbale », *op. cit.*

2. Témoignage du Dr Grégoire Moutel au cours de son audition à l'Assemblée nationale le 10 décembre 2003.

malades, les trop vieux, les pas autonomes. Ils ne sont plus pris en réanimation, mais laissés dans les services de médecine ou de chirurgie. Une sélection un peu plus stricte sévit déjà dans certains hôpitaux américains. Les critères sont clairs : les vieux, les Noirs, les malades du sida, les alcooliques, les drogués et les non-anglophones sont ceux qui ont le plus de chances de se voir refuser un lit en réanimation [1].

Une étude sur les « Modalités de prise de décision de limitation ou d'arrêt thérapeutique (LATA) en médecine pré-hospitalière [2] » indique que la grande difficulté que rencontrent les équipes du SAMU pour trouver des lits en réanimation intervient dans le choix de limitation ou d'arrêt des traitements.

---

1. L.B. Shepardson, S.J. Youngner, T. Speroff, R.G. O'Brien, K.A. Smyth, G.E. Rosenthal *et al.*, « Variation in the use of do-not-resuscitate orders in patients with stroke », *Archives of Internal Medicine*, 157, p. 1841-1847, 1997 ; B.L. Thompson, D. Lawson, M. Croughan-Minihane, M. Cooke, « Do patients' ethnic and social factors influence the use of do-not-resuscitate orders ? », *Ethnicity and Disease*, 9, p. 132-139, 1999.

2. Étude non publiée menée par le Dr Ferrand, anesthésiste-réanimateur au SAMU 94 de l'hôpital Henri-Mondor à Créteil, et son équipe fin 2003 avec la collaboration des SAMU de France auprès de l'ensemble des centres hospitaliers français. La moitié des centres, avec 1 069 médecins, ont accepté d'y participer. L'étude a été présentée au congrès de la Société de réanimation de langue française (SRLF), fin janvier 2005. L'expression technique « limitation ou arrêt de traitement (LATA) » est utilisée de préférence à celle d'« euthanasie passive », qui est bannie. Par un choix de « non-obstination thérapeutique », le médecin se contente de soulager et d'arrêter les thérapies agressives. Cette décision médicale s'oppose à l'euthanasie, un geste clair qui vise à provoquer la mort.

Sur 800 patients, majoritairement âgés, que le SAMU a voulu orienter en réanimation, 172 ont été refusés. Le problème est particulièrement crucial en Ile-de-France, à Marseille et dans la région lyonnaise, où les places en réanimation sont rares. L'âge, le coût lié à la prolongation des traitements et la pénurie de lits en réanimation sont des facteurs, avec le mauvais pronostic vital, également évoqué par les équipes du SAMU pour expliquer la limitation ou l'arrêt des traitements[1]. À propos des malades le plus mal en point, ceux avec qui les médecins se battent pour quelques mois de survie, ceux pour lesquels il est interdit de dépenser trop, les consignes de la direction sont claires : « Pour eux, il existe déjà des référentiels sur les soins palliatifs... », explique le Dr Marie-Paule Lemonnier[2].

À l'hôpital on meurt mal

Pour Paul, le passage des soins curatifs aux soins palliatifs s'est fait également sans que ses proches en soient avertis, si ce n'est à demi-mot pendant le rendez-vous avec le médecin. Martine a compris ce qui se passait lorsqu'elle a obtenu la liste des médicaments administrés à son père. À l'inverse, la famille

1. L'âge : 74,6 % des cas, la souffrance du patient : 63 %, le désarroi des familles : 60 %, le coût lié à la prolongation des traitements : 28,7 %, la pénurie de lits en réanimation : 23,9 %.

2. Hémato-cancérologue à l'hôpital Saint-Antoine, « Sauver la médecine », hôpital Cochin, 21 janvier 2006.

de Marie, qui n'a jamais entendu parler de soins palliatifs, ne comprend évidemment pas ce qu'ils impliquent. Lorsque l'hôpital envoie Marie en moyen séjour dans le centre de soins palliatifs d'un hôpital de Feurs (Loire), elle ne s'y oppose donc pas. Les enfants de la vieille dame s'étonnent tout de même d'apprendre que toute nourriture lui est interdite. Le personnel se contente d'expliquer que c'est « parce que la maladie évolue » et qu'on lui donne des calmants. Lorsque la famille proteste, le médecin s'en étonne et lui demande ce qu'elle attend, « alors que nous étions d'accord ». L'infirmière, comme le médecin, regrette qu'il y ait eu quiproquo et que les enfants de Marie n'aient rien dit plus tôt. « Sinon nous aurions agi différemment. » Elle ajoute qu'il n'est pas humain de laisser souffrir les gens.

Après le décès de Marie, ses enfants informent le médecin qu'ils vont porter plainte. Celui-ci, convaincu de la parfaite légalité de cette fin programmée, n'est pas effrayé par la perspective d'un procès. Il propose d'ailleurs de faire témoigner en sa faveur les gens qui lui ont donné des cours de soins palliatifs. Il ajoute que la responsabilité de la décision incombe uniquement à l'hôpital qui a envoyé Marie dans son établissement. Ce transfert signifiait clairement qu'elle était en fin de vie. « Arrangez-vous avec eux », conclut-il.

Le problème n'est pas nouveau. Les euthanasies clandestines, commises pour la plupart sans le consentement du malade ni celui des familles, sont un secret de Polichinelle. Les témoignages officiels de médecins ne manquent pas. Selon le Dr Régis Aubry[1], la pratique est extrêmement courante et il suffit pour s'en convaincre de se rendre dans les hôpitaux. Le Dr Jean-Marie Gomas[2] est encore plus catégorique : toutes les semaines, dans les hôpitaux de la région parisienne, des patients se font euthanasier sans l'avoir demandé et sans qu'il soit possible de les protéger. Il affirme que ces euthanasies sauvages sont monnaie courante dans les hôpitaux comme à domicile. L'une de ses consœurs a d'ailleurs démissionné d'un grand centre anticancéreux d'Ile-de-France « car elle en avait marre de voir euthanasier ses malades tous les week-ends pour faire de la place pour les chimio du lundi matin ».

La pratique du « double effet », la non-obstination thérapeutique, la décision de limitation ou d'arrêt des soins font partie du quotidien hospitalier depuis des années. La loi Léonetti[3], qui reconnaît le droit « de laisser mourir » mais pas celui « de faire mourir », légalise l'existant. Elle ne reconnaît pas l'euthanasie mais elle modifie le code de santé publique en posant le refus de l'« obstination déraisonnable[4] ». Cette nouvelle législation établit les

1. « L'évaluation et la prise en charge de la douleur chez les personnes âgées ayant des troubles de la communication verbale », *op. cit.*

2. Médecin généraliste, responsable d'une unité de soins palliatifs à l'hôpital Sainte-Perrine, à Paris, secrétaire et membre fondateur de la Société française d'accompagnement et de soins palliatifs (SFASP).

3. Loi Léonetti ou loi relative aux droits des malades et à la fin de vie, n° 2005-370 du 22 avril 2005.

4. Article L. 1110-5 : « Ils [les soins] ne doivent pas être poursuivis par une obstination déraisonnable, lorsqu'il n'existe aucun

procédures d'arrêt de traitement et renforce la protection juridique du médecin en autorisant la pratique du « double effet[1] » mais à la « double condition » d'une totale transparence à l'égard de la famille et d'une inscription dans le dossier médical[2]. Une totale transparence qui reste rare. En ce qui concerne l'étude LATA, le problème non résolu, pour le Dr Édouard Ferrand, est celui de l'information.

À l'hôpital on meurt seul

Paul est mort seul, comme la plupart des malades qui décèdent à l'hôpital. Le lendemain, le personnel rapporte qu'il a été agité après le départ de sa femme et de sa fille. S'est-il senti abandonné par les

espoir d'obtenir une amélioration de l'état de la personne et qu'ils entraînent une prolongation artificielle de la vie. »

1. Article 2 : « Si le médecin constate qu'il ne peut soulager la souffrance d'une personne, en phase avancée ou terminale d'une affection grave et incurable, quelle qu'en soit la cause, qu'en lui appliquant un traitement qui peut avoir pour effet secondaire d'abréger la vie, il doit en informer le malade, la personne de confiance, la famille ou un des proches et inscrire la procédure dans le dossier médical. »

2. Jean Léonetti explique dans les colonnes du *Monde* du 17 février 2005 : « Inscrire le double effet dans la loi permet d'éviter les situations d'hypocrisie. Cela aura pour conséquence de rendre licite l'administration d'un traitement destiné à soulager la douleur, au risque d'abréger la vie, à la double condition d'assurer une totale transparence à l'égard de la famille et de recourir à une procédure écrite, établissant que le traitement a été donné en toute connaissance de cause. »

siens ? Martine est convaincue qu'il n'est pas mort en paix. « Je garde le goût amer d'avoir laissé mon père mourir seul alors que je voulais l'accompagner jusqu'au bout. » Pourquoi l'hôpital n'a-t-il pas jugé souhaitable que la famille soit présente ? La question est restée sans réponse. À moins que la promesse de l'infirmière de « s'en occuper » n'ait été un euphémisme de plus pour indiquer que le décès était prévu cette nuit-là.

Un Français sur deux meurt à l'hôpital, pour les trois quarts d'entre eux seuls et dans des conditions épouvantables, même lorsque le décès est prévu. Deux enquêtes aux résultats plus qu'accablants confirment la fin de vie inacceptable de ces personnes âgées[1]. La moitié des malades décédés aux urgences, alors qu'ils arrivent dans ce service pour la dernière étape d'une pathologie terminale

1. B. Tardy, O. Berthet, A. Viallon, J.C. Bertrand, « Death of terminally ill patients on a stretcher in the emergency department », *Intensive Care Medicine*, 28, p. 1625-1628 (DOI 10.1007/s00134-002-1517-x), 2002. La deuxième étude, l'étude MAHO, menée par le Dr Ferrand et son équipe, a été réalisée au niveau national en distribuant aux infirmières (IDE) de 200 hôpitaux (74 % CHU et 65 % CHG) un questionnaire portant sur 3 793 cas de décès survenus dans 613 services (de réanimation comme de médecine). Il leur a été demandé d'évaluer, par la description de leur cas le plus récent, la prise en charge et l'accompagnement du patient le jour de son décès. « On a choisi de questionner les infirmières, explique le Dr Ferrand, car ce sont elles qui sont en première ligne. E. Ferrand, C. Vincent-Genod, P. Jabre, Y. Abadie, P. Duvaldestin, F. Lemaire, J. Marty, « Les conditions de décès à l'hôpital. Enquête nationale mort à l'hôpital (MAHO) », *Annales françaises d'anesthésie et de réanimation*, 24(9), p. 1043-1044, 2005.

connue, meurent sur un brancard. Lorsque la seconde étude est présentée au congrès de la Société d'anesthésie-réanimation, les praticiens effarés découvrent un état des lieux terrible. De la profonde solitude des mourants à la totale absence de prise en charge, tout se passe comme si l'institution hospitalière n'était jamais confrontée à ce problème. Et, pendant ces derniers moments, les proches sont absents[1], tout comme les médecins[2].

« Il n'y a pas de raisons pour que les gens meurent en souffrant, affirme le Dr Édouard Ferrand, et pourtant c'est ce qui se passe, alors que les décès sont prévus dans 80 % des cas[3]. » Sur ce

1. « Dans seulement 24 % des cas, affirme le Dr Édouard Ferrand, le patient est décédé accompagné de ses proches [...] alors que 55 % des proches étaient présents dans le service dans les heures précédant le décès et 80 % des proches avaient été informés de la fin de vie prévisible du patient dans les heures précédant le décès. [...] 40 % des infirmiers étaient présents dans la chambre, accompagnés ou non par des aides-soignantes dans 34 % des cas. 35 % des infirmiers estiment que les conditions de décès du patient ont été acceptables pour leurs proches. »

2. « Tous les travaux, en France comme au Canada ou aux États-Unis, montrent que les médecins ne sont présents que dans 20 % des décès », précise encore le Dr Ferrand.

3. Toutes les études épidémiologiques récentes, américaines et françaises, indiquent que plus de 50 % des décès survenant dans les services de réanimation sont précédés d'une décision d'arrêt ou de limitation des soins actifs : T.J. Prendergast, J.M. Luce, « Increasing incidence of withholding and withdrawal of life support from the critically ill », *American Journal of Respiratory and Critical Care Medicine*, 155, p. 15-20, 1997 ; E. Ferrand, R. Robert, P. Ingrand et le groupe LATAREA, « Réalité des pratiques de limitation et d'arrêt des thérapeutiques en réanimation en France : une étude nationale prospective [abstract] », *Réanimation urgences*, 6, p. 729, 1997 ; R. Robert, E. Ferrand, « Limitation et arrêt des thérapeutiques en réanimation :

point, une étude plus précise menée à l'hôpital Henri-Mondor révèle un défaut majeur de traitement de la douleur pendant les derniers instants de la vie : plus de la moitié des patients est privée de sédation-analgésie lors du décès. Pourtant, en vertu de la loi du 9 juin 1999, « toute personne malade dont l'état le requiert a le droit d'accéder à des soins palliatifs et à un accompagnement[1] ». Les malades concernés seraient plusieurs millions – on estime que 10 % des patients hospitalisés relèvent de soins palliatifs. Pour leur éviter de mourir en s'étouffant, explique le Dr Régis Aubry, il suffit d'utiliser les mêmes médicaments sédatifs et analgésiques que pour soulager la douleur : morphine et Hypnovel. Non seulement ces médicaments sont disponibles en quantité nécessaire dans les hôpitaux, mais ils ne coûtent pas cher. Alors pourquoi ne pas les utiliser ? L'explication du médecin est simple. Les gens sont enfermés dans des logiques de conduite à tenir : quand quelqu'un s'asphyxie, on lui met un tuyau. Ce qui fait défaut, c'est le

expérience de dix centres », *Réanimation urgences*, 5, p. 611-616, 1996. Ce chiffre de 50 % est largement sous-estimé puisque aujourd'hui on parle de près de 80 % de décès liés à une décision médicale. Plusieurs articles appellent d'ailleurs pratiquement dès l'admission des patients à l'introduction en routine de la dimension « soins palliatifs » au sein même du service de réanimation – en d'autres termes, à prendre la décision de LATA dès l'arrivée du patient : M. Levetown, « Palliative care in the ICU », *New Horizons*, 6, p. 383-397, 1998 ; J.E. Nelson, D.E. Meier, « Palliative care in the ICU : Part 1 and 2 », *Journal of Intensive Care Medicine*, 14, p. 130-139 et 188-98, 1999.

1. Loi nº 99-477, article 8.

réflexe du recours à ce type de médicaments. Et, au-delà des médicaments, au raisonnement qui amène à les prescrire. Il est donc urgent de former le personnel et de changer la culture. Toute la chaîne de soins montre un manque. Le confort et l'accompagnement ne sont pas intégrés dans la politique hospitalière. On ne déplace pas les malades, il n'y a pas de structures adaptées. Au Québec, alors que les hôpitaux ne sont pas plus riches, le ratio est d'une infirmière par mourant, alors qu'en France il est d'une pour trois. La différence, selon le Dr Ferrand, est qu'au Québec il est acquis, même pour les infirmières, que le malade ne doit pas souffrir, qu'il doit mourir entouré de sa famille. En France, ce n'est pas encore le cas. Dans notre culture, l'hôpital est un plateau technique pour restaurer la santé. La formation des hospitaliers, des médecins aux aides-soignants, est axée sur la volonté de guérir. Dans ce contexte, vouloir humaniser la mort serait un paradoxe insupportable. Apparemment, ce paradoxe n'existe pas dans la belle province.

L'une des missions clairement affichées par l'établissement dans lequel Paul est mort est d'être présent aux côtés des familles pour les soutenir ou les soulager. Apparemment, ces nobles objectifs restent des vœux pieux. « J'aurais voulu discuter avec les médecins pour au moins avoir l'impression que la décision prise était celle qu'il fallait prendre », raconte Martine. Personne, à aucun moment, n'a jugé bon d'informer la famille. Cette décision était-elle unilatérale ou collégiale ? La limite d'abandon thérapeutique varie selon les praticiens ; un gériatre aura sans doute tendance à aller plus loin qu'un réanimateur ou un urgentiste, à essayer de prolonger les soins. La plupart des médecins interrogés affirment que, pour éviter les excès dans un sens ou dans l'autre, les décisions sont le plus souvent collégiales. Elles sont prises en concertation avec le personnel, en tenant compte de l'avis du patient quand cela est encore possible, ou de celui de l'entourage, notamment de la personne de confiance. Or, selon le Dr Gisèle Chvetzoff[1], une étude montre que l'entretien consacré aux directives anticipées dure en moyenne 5,6 minutes, pendant lesquelles le médecin détient les deux tiers du temps de parole[2]. Ainsi, ce n'est qu'après le décès que le chef de service a demandé à Martine si elle voulait lui parler. Seules la moitié des familles sont informées de la décision d'arrêter ou de limiter le traitement du malade[3]. Elles ne sont pas consultées. Les médecins estiment que ce choix relève de leur seule responsabilité parce que le patient et ses proches n'ont pas les compétences nécessaires, et que cette position évite à la famille la culpabilité d'avoir participé en complice à la mort d'un des siens.

1. Cancérologue au centre Léon-Bérard de Lyon.
2. J.A. Tulsky, G.A. Fischer, M.R. Rose, R.M. Arnold, « Opening the black box : how do physicians communicate about advance directives ? », *Annals of Internal Medicine*, 129, p. 441-449, 1998.
3. Selon l'étude « Modalités de prise de décision de limitation ou d'arrêt thérapeutique (LATA) en médecine pré-hospitalière », *op. cit.*

Les implications du refus de communiquer avec la famille dépassent largement le choix de ne pas faire d'acharnement. Une enquête britannique révèle que les décisions de ne pas transférer en soins intensifs, de ne pas réanimer, prises sans en informer les familles, vont de pair avec une mauvaise qualité de soins[1]. L'absence de transparence pourrait bien être l'indicateur d'une absence d'éthique et de soins médiocres. Des problèmes que l'administration et les médecins proposent de résoudre par des actions de formation difficilement compatibles avec la politique imposée aux hôpitaux.

La guerre des gangs

Quatre-vingt pour cent des cancers surviennent après 65 ans, et leur fréquence augmente encore avec l'âge. D'où la logique d'individualisation d'une nouvelle discipline : l'oncogériatrie. Son objectif : optimiser le traitement en décidant ce qu'il est possible de faire, ce qu'il faut faire, et surtout ce qu'il ne faut pas faire. Autrement dit, le principe est d'adapter le traitement du cancer à la personne âgée. En fonction de l'état du patient, du type et du

1. L.B. Shepardson, S.J. Youngner, T. Speroff, R.G. O'Brien, K.A. Smyth, G.E. Rosenthal *et al.*, « Variation in the use of do-not-resuscitate orders in patients with stroke », art. cité. Cette enquête a été menée à la suite des plaintes de l'association Age Concern, une association de défense des personnes âgées.

degré d'évolution du cancer, on envisage un traitement curatif, identique à celui d'un sujet plus jeune, ou un traitement palliatif (lorsque la personne âgée présente un état clinique précaire). Le choix s'effectue en fonction des résultats d'une série de tests : l'évaluation gérontologique standardisée. Cette évaluation se heurte actuellement à plusieurs obstacles qui agissent au détriment de la personne âgée. La méthode ne bénéficie pas encore d'une application généralisée. En cause, un certain immobilisme médical – l'idée chez beaucoup de gériatres qu'« un simple regard » suffit à évaluer l'état clinique d'une personne âgée – et un défaut de collaboration entre oncologues et gériatres. Un nombre non négligeable d'oncologues souhaitent garder le monopole du traitement. Cette opposition peut se traduire par une sanction lapidaire : « Évaluez, nous on traite ! » Les oncologues, précise le Pr Soubeyrand, sont des adeptes, en matière thérapeutique, de l'application de protocoles et « recettes de traitement ». Lesquelles recettes ont été scientifiquement validées et correspondent à des choix bien précis. Toutefois, dans son application pratique, le protocole a une signification technique et automatique qui potentiellement porte en germe une déshumanisation des soins. Une maladie nouvelle et encore peu connue que l'on pourrait désigner sous le nom de « protocolite ». Cette querelle de territoire et de pouvoir se fait au détriment des patients. Surtout lorsqu'elle oppose non plus deux disciplines mais deux institutions : à Marseille, par exemple, l'Assistance publique et le Centre régional de lutte contre le cancer. Le résultat est qu'une convention de fonctionnement entre les deux établissements, lue et relue pour – prétendument – en optimiser le contenu, attend depuis trois ans d'être finalisée et signée avant d'être mise en application. Pendant ce temps, les cancers continuent de progresser. Avec le danger au moins aussi grave d'une prise en charge inadaptée du patient âgé et de ses polypathologies. Guérir d'un cancer du côlon mais mourir d'un infarctus du myocarde du fait d'une pathologie cardiaque connue mais négligée et mal prise en charge, c'est malheureusement une réalité quotidienne.

L'industrialisation des soins

La première crise de démence frappe Francesca l'année de ses 96 ans. Son fils Vincente, chez qui elle vit depuis trente ans, la conduit à l'hôpital où elle est admise dans l'après-midi. Renvoyée chez elle le soir même, elle récidive la nuit suivante. C'est par un froid glacial que Vincente la ramène à l'hôpital, dans le même service que la veille. Le médecin refuse de prendre la malade en invoquant le manque de lits. Avec Francesca qui hurle dans la voiture, Vincente tente sa chance auprès d'autres hôpitaux : « À chaque fois on me demandait l'âge de ma mère et la réponse tombait aussitôt : pas de lit ! » À 5 h 30, Francesca crie toujours dans la voiture et Vincente n'a pas trouvé d'établissement acceptant de la prendre. Il s'arrête dans un commissariat de police pour déposer une plainte pour non-assistance à personne en danger. Les deux fonctionnaires lui expliquent fermement qu'ils ne peuvent pas prendre la plainte sans la présence d'un avocat. Vincente ramène sa mère à la maison. Le lendemain, son médecin traitant réussit à la faire hospitaliser pour des problèmes pulmonaires et cardiaques qui sont venus s'ajouter aux crises de démence.

Le Quotidien du médecin, dénonçant la demande faite dans un hôpital de l'AP-HP de ne plus accepter les tétraplégiques car ils coûtent trop cher, ne détient pas un scoop[1]. En dépit du rôle asilaire de l'hôpital public, le refus des malades trop onéreux est une pratique courante depuis belle lurette. Lorsqu'il existe d'autres hôpitaux à proximité, certains hospitaliers saisissent cette opportunité pour refuser les patients qui n'intéressent personne. Les établissements privés sélectionnent systématiquement et depuis longtemps déjà les patients et les pathologies : moins de 20 % des plus de 85 ans y sont pris en charge. Il n'y a plus de chirurgie dans le privé pour les âges canoniques, alors que pour les patients plus jeunes le ratio public-privé est de 50-50[2].

Que vont devenir les plus malades, les plus dépendants et tous les non-solvables qui n'inté-

1. *Le Quotidien du médecin*, 28 octobre 2004.
2. Données du Programme de médicalisation des systèmes d'information (PMSI).

ressent pas le privé ? Le Pr Alain Lortat-Jacob prévoit qu'au final ils seront rejetés et dirigés vers des hôpitaux suicidaires qui assureront encore le service public en mendiant des subventions. Avec les 300 signataires de la pétition « Français, il s'agit de votre santé », il a posé la question à Frédéric Van Roekeghem lorsque ce dernier dirigeait le cabinet de Philippe Douste-Blazy[1]. L'intéressé n'a pas répondu. Alec Bizien ne se fait pas d'illusions : « Ceux qui sont escarrifiés et qui ont un problème psy, soit ils ont des copains et le copinage marche très bien, soit ils sont abandonnés au bord de la route. »

Le Plan hôpital 2007 s'inscrit dans la lignée des réformes hospitalières imposées depuis 1992 pour satisfaire aux critères de convergence de Maastricht et de l'OMC. Jean-François Mattei, en le présentant le 20 novembre 2002, le décrit comme « un pacte de modernité avec l'hospitalisation ». Dans le cahier des charges de cette conversion à la rentabilité, impossible de trouver le mot « malade ». Il n'est question que de « clients », d'« usagers du système de santé[2] » et d'« analyse de la productivité par service », d'« industrie des soins » et de « production

1. *L'Humanité*, 19 novembre 2004. Frédéric Van Roekeghem, alias Rocky, aujourd'hui directeur de l'Union nationale des caisses d'assurance maladie, a été l'une des chevilles ouvrières de la réforme de la Sécurité sociale de 2004. Il a fait toute sa carrière dans l'univers de la protection sociale. Il a aussi une expérience dans le privé comme directeur de l'audit dans le groupe d'assurances Axa, de 2001 à 2003.

2. En vertu de la loi Kouchner de mars 2002.

médicale de l'établissement ». Les objectifs fixés comprennent une meilleure utilisation des moyens, la diminution des coûts et l'organisation en pôles. Restructurer, diminuer les coûts, c'est le vocabulaire utilisé pour la fermeture ou la restructuration des entreprises. Les économies demandées sont jugées impossibles. « Comment ne pas dépasser les 1,8 % prévus, alors que le prix du gaz du chauffage de l'hosto va exploser à + 20 %, les médicaments à + 5 % et la charge salariale à + 3 % ? » interroge Alec Bizien, qui ose la comparaison avec le système de Pétain pour organiser la mort programmée – et réussie – des fous hospitalisés entre 1941 et 1944.

La limitation des dépenses[1] met en concurrence les différents établissements : tout ce que gagnera Pierre sera pris à Paul. Le système est également appliqué au sein de chaque établissement : les différents pôles, qui ont chacun de leur côté des objectifs de rentabilité, se font concurrence. Dans cette situation, certains patients sont plus rentables que d'autres, donc plus recherchés. La tarification à l'activité (T2A[2]) est l'outil qui permet de calculer

1. Dans le cadre d'une enveloppe fermée : l'Objectif national de dépenses d'assurance maladie (ONDAM).

2. Imposée depuis le 1er janvier 2004, la T2A est une réforme de la rémunération des établissements publics et privés, désormais payés au « coût par pathologie », c'est-à-dire avec une enveloppe par patient en fonction de sa maladie. La tarification à l'activité est officiellement un outil d'évaluation neutre qui doit s'attacher, par une analyse fine et précise, médicalement irréprochable, à refléter les besoins sanitaires nécessaires. Dans les faits, c'est un instrument d'économie qui se développe au sein de l'enveloppe fermée de l'Objectif national de dépenses d'assurance maladie. Dans ce cadre, les prix sont fixés, de façon contestable,

le prix de revient du malade, de contrôler qu'il ne coûte pas plus cher que le forfait alloué et de choisir les patients plus rentables pour le service. À aucun moment les hôpitaux ou les pôles ne risquent de se battre pour s'arracher les vieux malades avec leurs polypathologies, les malades chroniques, les SDF et autres cas sociaux peu attractifs. L'article 23 de la loi sur la réforme de l'assurance maladie[1] garantit que toute conscience éthique vis-à-vis des personnes âgées et des cas sociaux équivaut à un suicide économique. L'article stipule clairement que les médecins hospitaliers sont soumis à des « contrats d'objectifs financiers quantifiés, opposables[2] », élaborés avec des compagnies d'assurances

---

pour chaque groupe homogène de séjour (GHS), définissant ce que doit idéalement coûter la prise en charge de tel ou tel sujet atteint de telle ou telle pathologie. Le prix tient compte de l'ensemble des dépenses tout au long de l'hospitalisation nécessaire aux soins. Mais, pour un même problème médical, les coûts seront différents si le patient est non programmé (donc s'il passe par les urgences), s'il a des pathologies associées, des problèmes de dépendance, des problèmes sociaux, etc.

1. Loi Douste-Blazy du 13 août 2004. Art. 23 : « Des accords peuvent être conclus sur les mêmes sujets, à l'échelon local, par l'Agence régionale de l'hospitalisation et un établissement de santé. Lorsque ces accords fixent des objectifs relatifs aux prescriptions hospitalières exécutées par des professionnels de santé exerçant en ville, ils sont également signés par l'Union régionale des caisses d'assurance maladie. »

2. Dans le document, il est écrit que « pour ce qui est de l'enveloppe financière des médicaments et des dispositifs médicaux coûteux, ils feront l'objet de la signature d'un contrat de bon usage [...] et de la mise en place d'un contrôle de prescription. Si le “bon usage” n'est pas avéré, les remboursements pourront être limités à 70 % du tarif [...]. L'objectif de réduction des dépenses de prescription doit être soutenu par un engagement très fort des

privées. Ces mesures leur imposent de ne pas dépasser un seuil de dépenses, de faire des choix entre les malades et entre les thérapeutiques sur des critères uniquement financiers. Continuer à accueillir les patients les moins rentables entraîne une réduction automatique des moyens financiers de l'hôpital. Des sanctions financières individuelles sont prévues pour les médecins récalcitrants. « Si les objectifs ne sont pas remplis, vous êtes viré. Vous vous retrouvez au poste que vous occupiez il y a trente ans. Un chef de service de 40 ans est bien obligé de ramper et de mettre à la porte le vieux à la deuxième semaine pour que son service soit rentable », résume Alec Bizien. Certaines DRASS (directions régionales des affaires sanitaires et sociales) se veulent rassurantes et invoquent le devoir d'accueil de l'hôpital. Les illusions des plus crédules sont rapidement dissipées par les déclarations du PDG de la Générale de santé [1], qui voit

---

différents acteurs. » La direction impose « la juste prescription », qui consiste à « induire, d'une part, un objectif de diminution de 3 % du volume total des prescriptions d'examens de biologie et d'imagerie (radios, scanners, etc.), d'autre part, une diminution des dépenses directes et autres charges induites constatées au niveau des services cliniques ». Le médecin responsable du « pôle » doit s'engager par contrat à ne pas mettre à la disposition des malades les examens et les médicaments qui lui sont nécessaires ! « Pour les hôpitaux n'ayant pas réalisé 100 % des économies auxquelles ils s'étaient engagés, le différentiel abondera d'autant l'objectif de 2005. »

1. « Le lancement de la T2A constitue une vraie victoire pour notre groupe. Ce système va nous permettre d'améliorer nos marges en proposant aux malades des séjours hospitaliers plus courts et un transfert vers l'ambulatoire. » *APM*, 3 mars 2005.

dans cette nouvelle tarification la possibilité d'améliorer les marges. Pour qu'elle devienne réalité, les établissements, dont les budgets dépendent des malades qu'ils soignent, doivent se livrer à une réduction forcenée des durées de séjour, à une sélection des activités les plus rentables et à un tri des malades. Dans cette logique, aucun hôpital n'avait intérêt à garder Francesca, tout simplement parce qu'il est impossible de prendre en charge des patients déments sans accroître les déficits. Certains médecins dénoncent ce qu'ils voient comme le prétexte rêvé pour refuser ou faire sortir le plus rapidement possible les personnes âgées et autres indésirables.

La tarification à l'activité ne s'applique qu'aux actes techniques, les seuls qui soient rentables. « Il est désormais plus intéressant d'amputer ou de dialyser que de prévenir l'amputation ou la dialyse », constate le Pr André Grimaldi[1]. Les actes de soin de la personne âgée, trop chronophages pour présenter le moindre intérêt du point de vue comptable, ne sont pas valorisés par la T2A. Si un vieux met trop longtemps à mourir et que l'hôpital risque d'être déficitaire en lui prodiguant des soins d'accompagnement de fin de vie, il va le renvoyer chez lui ou l'orienter vers des centres de soins de suite plus ou moins éloignés manquant souvent de personnel. La philosophie de ce mode de financement

1. Chef du service d'endocrino-diabétologie à la Pitié-Salpêtrière.

est d'imposer les séjours les plus brefs possible. Il y a dix ans, pour la pose d'une prothèse de hanche, le malade passait douze jours en orthopédie. Aujourd'hui, c'est entre quatre et six jours. Le malade est ensuite expédié en maison de retraite le plus rapidement possible. C'est ainsi qu'après quelques jours d'hospitalisation pour une polynéphrite subrénale à Paris, Monique, âgée de 71 ans, se retrouve dans une maison de retraite du Val-de-Marne. Cette expulsion trop rapide nuit gravement à sa santé, qui se détériore rapidement. La maison de retraite l'envoie donc dans une clinique privée où son cas s'aggrave de nouveau. Ce qui n'empêche pas la clinique de la renvoyer, dans un état de saleté repoussante, à la maison de retraite, où elle décède trois jours plus tard.

Les personnes âgées sont pénalisées *de facto* par le barème unique imposé quel que soit l'âge du patient, quels que soient les soins nécessaires au cas de chacun. Une infection pulmonaire ne doit pas dépasser cinq jours d'hospitalisation, soit 1 500 euros. Or on sait que, chez le malade âgé, avec une perte d'autonomie, la prise en charge d'une infection pulmonaire est beaucoup plus lourde que chez un adulte jeune. Le patient âgé n'est donc pas une bonne nouvelle pour la comptabilité de l'hôpital. Il faudra le faire sortir en catastrophe, en sachant qu'il a toutes les chances de se retrouver aux urgences de l'hôpital du coin deux jours plus tard. Ce retour à la case départ n'est pas franchement optimal pour le vieux malade, mais il permet à l'établissement de facturer un nouveau séjour. Le système est d'autant plus pervers qu'un malade mal soigné qui ne reste pas longtemps et qui revient souvent pour de courtes périodes rapporte plus à l'hôpital que celui pour lequel le médecin aura pris le temps d'éviter les réhospitalisations futures.

Le problème n'est pas nouveau. Pour Alec Bizien, c'est l'histoire qui bégaie. Ce cycle « urgences-court séjour-domicile pendant deux jours et retour aux urgences pour un nouveau cycle » était déjà dénoncé il y a trois décennies. C'est le fameux « triangle infernal du Pr Mémin [1] ». Si, à l'époque, le problème avait d'autres causes et a pu être considérablement amélioré par une avancée globale de la qualité de la prise en charge hospitalière de la personne âgée, « là, brutalement, on revient trente ans en arrière ». Dans leur manifeste, les médecins du Syndicat national de gérontologie clinique dénoncent ces renvois. Selon eux, ils constituent de véritables maltraitances et *malpractices* qui ne sont ni reconnues ni dénoncées, et représentent des délits de mise en danger de la vie d'autrui, de non-assistance à des personnes vulnérables, de non-mise en œuvre des moyens nécessaires, de non-signalement des maltraitances. Le pire, c'est que ce système n'a pas été inventé en France. Il est bien implanté aux États-Unis, où il n'a pas fait de miracles. Làbas, « les dépenses ont été freinées pendant deux ans, puis elles ont repris de plus belle », déplore le

1. Fondateur du Syndicat national de gérontologie clinique.

Dr Trivalle. Cette logique de profit est poussée à l'extrême de l'autre côté de l'Atlantique, où les maladies comme le cancer et le diabète deviennent des gammes de produits rentables, et les malades des centres de profits[1]. Le plus célèbre des cardiologues américains, Michael DeBakey, fustige cette tendance. Il trouve choquant que les médecins soient appelés des « fournisseurs de soins » et que la santé soit considérée comme un produit – des expressions qui viennent du marché et non pas de la médecine. « Appliquer les règles du marché à notre activité est insensé, et dans la plupart des cas, c'est un désastre[2]. »

Une belle accréditation

La justification économique et la recherche de la qualité sont les deux piliers de la nouvelle « gouvernance » imposée aux hôpitaux. Comparable à la norme ISO que l'on retrouve dans les entreprises, la procédure d'accréditation[3] de la qualité est

1. « Cette approche de management de la maladie donne un avantage concurrentiel à l'entreprise avec le management des soins pour commercialiser ces gammes », déclare Richard Scott, directeur de la chaîne d'hôpitaux Columbia/HCAe, le McDonald's de l'industrie de la santé, dans une interview au *Wall Street Journal*, 28 mai 1997.

2. Deborah Haas-Wilson, *Managed Care and Monopoly Power, Antitrust Challenges*, Harvard University Press, 2003.

3. L'accréditation résulte d'une procédure d'évaluation externe d'un établissement de santé (hôpital ou clinique) conduite par la Haute Autorité de santé (HAS). Selon la HAS, l'accréditation est un moyen pour inciter l'ensemble des profes-

d'une rare complexité. Le personnel déplore le temps perdu en paperasserie : « On fait de plus en plus des croix sur des feuilles », constate une infirmière d'Henri-Mondor. Le « malentendu santé-médecine » : c'est cette multiplication des enquêtes médicales, l'inondation du système de soins par des questionnaires divers et variés qui, à l'usage, aboutissent davantage à un gaspillage de papier qu'à des solutions concrètes. La formulation des questionnaires est d'ailleurs édifiante, explique le Pr Soubeyrand. L'impression qui frappe le plus souvent le lecteur, enquêteur de bonne foi *a priori*, est : pourquoi faire simple quand on peut faire compliqué ? Ces documents sont déjà difficilement compréhensibles par les médecins eux-mêmes ; comment imaginer qu'ils pourront être correctement remplis par ces mêmes médecins accaparés par leurs tâches quotidiennes, et à plus forte raison par les patients, en particulier par ceux qui sont étrangers et ne comprennent pas le français ou mal ? Au problème du recueil de l'information s'ajoute celui de son traitement puis de sa transmission. D'une information recueillie dans les conditions évoquées découlent des renseignements et des conclusions peu fiables. Mais ils seront tout de même transmis, plus ou moins habilement maquillés et présentés.

---

sionnels des établissements de santé (soignants, médecins, personnels administratifs, agents d'entretien...) à analyser leur organisation et à améliorer la qualité de la prise en charge des patients. La procédure d'accréditation est obligatoire et intervient périodiquement.

Comment s'étonner, dans ces conditions, que le transfert de l'information des institutions sanitaires ou des autres organismes à vocation de santé publique[1] vers le pouvoir central administratif et politique souffre à ce point de lacunes et d'insuffisances ? Les enquêtes sont devenues une habitude, une sorte de routine, avec statistiques à l'appui, tant pour le fonctionnement médical hospitalier que pour la santé publique, conclut Pr Soubeyrand.

Revue et corrigée en 2003, la nouvelle gouvernance doit s'orienter vers la qualité des soins, explique Jean-François Mattei alors qu'il est ministre de la Santé. Il tient absolument à rectifier le tir, car le besoin d'évaluation de la qualité des soins a suscité dans la grande presse des enquêtes qui « ont donné lieu à des choses erronées[2] ». Un jugement quelque peu hâtif si l'on se réfère aux conclusions des Assises nationales de la santé de Villepinte il y a quelques années : « À ce jour, les centres hospitaliers peuvent être une chance pour les malades âgés, mais ils restent un grand risque. » Jean-François Mattei précise que l'accréditation délivrée par la Haute Autorité de santé (HAS) doit concerner un établissement dans son ensemble. Certains centres hospitaliers l'ont obtenue sans appliquer la circulaire du 18 mars 2002 imposant de se doter d'un service de court séjour gériatrique et

1. L'Institut de veille sanitaire, les observatoires régionaux ou nationaux de santé, les agences régionales de l'hospitalisation, les assistances publiques, etc.

2. Reuters, 6 février 2003.

de services de réadaptation-rééducation adaptés au grand âge – des structures qui éviteraient la surmortalité et la grabatisation de quantité de malades âgés au terme d'une hospitalisation inadaptée.

L'évaluation des bonnes pratiques, l'accréditation des services et des établissements relèvent de la gageure puisque ceux qui en sont responsables sont aussi des acteurs du système. Comme ce centre hospitalier aux locaux vétustes, dont le service de gériatrie accueille deux malades par chambre de 18 mètres carrés sans sanitaires, et comporte seulement deux sanitaires non-handicapés pour 25 lits dans le couloir. La HAS n'a pas jugé nécessaire d'émettre de « réserves majeures ». Interrogé sur le mystère de l'obtention du label, le chef du service de gériatrie, qui souhaite conserver l'anonymat, estime que l'hôpital a été accrédité parce que son service est le seul à ne pas avoir été évalué. C'est bien ainsi que les choses se sont déroulées. Pendant les sept jours que passent les experts à l'hôpital, aucun ne met les pieds dans le service de gériatrie. Lorsque le médecin s'en plaint, ils prétextent un programme trop chargé. Cette course contre la montre ne les empêche pas d'évaluer tous les autres services sans exception, de la transfusion à la radiologie en passant par les archives. « S'ils étaient venus, affirme le médecin, je ne vois pas comment l'hôpital aurait eu l'accréditation. » À ce détail près que la HAS peut justifier l'impasse sur la gériatrie par le fait que l'accréditation ne s'applique pas aux activités médico-sociales, même lorsque celles-ci s'exercent au sein d'un établissement de santé [1]. Une anticipation sur le passage des unités de soins de longue durée (USLD) au médico-social ? Les inspecteurs de la DDASS, eux, sont passés. Ils reconnaissent que le service n'est pas aux normes mais estiment qu'il n'y a pas d'argent pour le refaire. La gériatrie n'est pas plus une priorité pour la direction que pour les pouvoirs publics. Un directeur à qui il avait été demandé de prévoir des lits de hauteurs variées pour les personnes âgées de long séjour a répondu en public : « On ne va pas quand même donner de la confiture aux cochons. »

La pénurie des moyens les plus élémentaires est effarante. Lorsque le gériatre est arrivé dans son service, il n'y avait rien, pas de fauteuils, pas de couvertures. Avec l'aide de sponsors comme le Rotary et les supermarchés, il a réussi à garantir un minimum de confort. Mais c'est loin d'être Byzance du côté des couettes et des couvertures. L'hôpital refuse d'investir, le personnel est donc obligé de demander aux familles d'en apporter. La direction incrimine les politiques qui ne font pas leur travail. L'argent promis après la canicule pour la climatisation n'est jamais arrivé. Quant aux élus sollicités pour venir constater le grand délabrement de la gériatrie, ils ne se déplacent pas. Certains gériatres ont alerté les médias. C'est le cas du Dr Yves Fleury. Ses nombreux appels diffusés dans la presse, à la radio et à la télévision sont restés sans

1. Selon la définition de l'accréditation.

réponse. Silence radio également du côté de l'ARH, qui ne peut fournir les moyens financiers pour une prise en charge jugée plus médico-sociale que sanitaire. La démission du Dr Fleury de son poste de chef du service de gériatrie de l'hôpital de Saint-Brieuc pour cause d'épuisement et de démotivation extrême n'a pas eu davantage d'effet.

À des années-lumière de Saint-Brieuc, l'Assistance publique des hôpitaux de Marseille décide l'ouverture d'un service de SSR (soins de suite et réadaptation) présenté comme le premier dans cette institution. On découvre rapidement que cette excellente initiative n'est pas désintéressée. « Si, au 31 décembre 2005, l'Assistance publique des hôpitaux de Marseille n'a pas fourni à l'Agence régionale de l'hospitalisation un projet structuré de SSR, révèle un informateur, l'hôpital perd 6 millions d'euros. Et en l'état actuel on ne peut pas se permettre de perdre 6 millions d'euros. C'est une démarche qu'il faut absolument finaliser car elle rapporte ! »

La décision de regrouper dans un même site hospitalier la gériatrie, la psychiatrie et le sida soulève des interrogations. Une motivation purement médicale est difficile à défendre : isoler ces disciplines de tout environnement médical, de tout plateau technique clinique et histologique n'est pas compatible avec l'éthique médicale. Même si un haut responsable institutionnel hospitalier a pu récemment déclarer dans la presse locale : « Ce n'est pas grave. Les patients préféreront faire 10 kilomètres de plus pour être bien soignés. » On aimerait croire que cette réflexion ne s'adresse pas aux personnes âgées, mais le doute est permis. Pauvres seniors soumis à une stratégie de transfert et qui n'en demandaient pas tant !

On ne saurait passer à côté d'une réflexion sur les raisons profondes, peut-être parfois inconscientes mais pas moins graves pour autant, qui ont conduit à une telle stratégie. On ne peut pas non plus s'empêcher d'avoir en mémoire une époque pas si lointaine où, dans un pays européen pas si éloigné, une politique de ghettoïsation visait à isoler ce que la société ne souhaitait ni voir ni reconnaître... L'emballement de l'histoire est une réalité trop souvent oubliée, emballement d'autant plus vif qu'il est alimenté par une situation socio-économique instable.

On privatise les vieux

Comme toujours au moment des fêtes et des vacances, le passage à l'an 2000 a été marqué par l'arrivée des petits vieux à l'hôpital. Comme toujours, les cliniques privées ont envoyé leurs patients âgés dans les hôpitaux publics, une stratégie bien rodée qui leur permet de donner plus facilement leurs congés à leur personnel. Changement de millénaire oblige, les vulnérables vieillards étaient encore plus nombreux que d'habitude. Une catastrophe pour les hôpitaux, soulagés d'avoir échappé au bogue informatique mais récupérant ces patients dans un état lamentable : dénutris, déshydratés, infectés, pleins d'escarres, prostrés, confus. Un état inacceptable à la sortie d'établissements dits médicalisés, s'indigne le Pr Soubeyrand. De même, en été, on assiste à une noria macabre entre les cliniques et l'hôpital, lequel, dans cette configuration, n'apparaît que comme un déversoir, prestataire de services, sans que l'on puisse, malheureusement, parler de collaboration ou de complémentarité médicales.

Pourtant, lorsqu'il présente son Plan hôpital 2007, Jean-François Mattei ne tarit pas d'éloges sur la gestion du privé, « performante, efficace, innovante », contrairement au secteur public, « lourd, figé, gouffre financier ». Il fait l'impasse sur les études anglo-saxonnes qui démontrent les effets désastreux de la privatisation sur les patients et les contribuables : le taux de mortalité est plus important dans le privé [1], les coûts sont plus

1. P.J. Devereaux *et al.*, « A systematic review and meta-analysis of studies comparing mortality rates of private for-profit and private not-for-profit hospitals », *Canadian Medical Association Journal*, vol. 166, nº 11, p. 1399-1406, 28 mai 2002 ; E. Thomas *et al.*, « Hospital ownership and preventable adverse events », *Journal of General Internal Medicine*, avril 2000 ; P.J. Devereaux *et al.*, « Comparison of mortality between private for-profit and private not-for-profit hemodialysis centrers », *Journal of the American Medical Association*, vol. 288, nº 19, 20 novembre 2002. Selon cette dernière étude, la privatisation coûterait 2 000 vies de plus au Canada. Le taux de mortalité est également plus élevé dans les centres de dialyse privés et les centres de soins palliatifs privés.

élevés[1] pour des soins de moindre qualité[2]. Le ministre décide – une grande première dans le secteur sanitaire – d'attribuer des fonds publics à des cliniques privées qui ne réclamaient rien et qui n'étaient pas en difficulté. Une partie des crédits du Plan hôpital 2007 est donc tombée dans leur escarcelle.

Pour avoir travaillé dans le public *et* dans le privé, Rose-Marie Van Lerberghe, directrice générale de l'AP-HP, a une bonne connaissance des deux environnements. Elle est surnommée Madame Danone en raison de son passage dans ce grand groupe de l'agroalimentaire. Déléguée générale à l'emploi auprès de Martine Aubry, elle a expliqué aux entreprises les bienfaits des 35 heures. La prescription de la réduction du temps de travail et de l'annualisation des horaires, entre autres, elle le reconnaît[3], n'a pas particulièrement réussi à l'hôpital.

---

1. S. Woolhandler *et al.*, « When money is the mission – The high cost of investor-owned care », *New England Journal of Medicine*, vol. 341, n° 6, 5 août 1999. Les coûts du privé sont plus élevés que ceux du public de 19 % aux États-Unis.

2. E. Schneider *et al.*, « Quality of care in for-profit and not-for-profit health plans enrolling Medicare beneficiaries », *The American Journal of Medicine*, vol. 118, n° 12, décembre 2005. Et moins de soins sont dispensés dans les centres de soins palliatifs privés : M.D.A. Carlson, W.T. Gallo, E.H. Bradley, « Ownership status and patterns of care in hospice : results from the National Home and Hospice Care Survey », *Medical Care*, 42, p. 432-438, 2004.

3. « Il est absolument dramatique que l'on ait appliqué les 35 heures à l'hôpital sans prendre en compte le fait que le service public, ce sont des flux ! » *In* « L'évaluation et la prise en charge de la douleur chez les personnes âgées ayant des troubles de la communication verbale », *op. cit.*

Sur ordre du ministère de la Santé, pour éponger le déficit abyssal de l'Assistance publique, la grande prêtresse du Plan hôpital 2007 applique à la vénérable institution un traitement de choc qu'elle a eu l'occasion de roder dans le privé. Elle impose à l'ensemble des établissements une réduction des dépenses de 60 millions d'euros par an pendant quatre ans. Tout dépassement entraîne une sanction financière. La rationalisation du budget hospitalier, amorcée dans les années 1990, se traduit par une réduction des lits et des effectifs. Vingt-cinq ans de baisse volontaire du nombre de places dans la formation des infirmières et des médecins, notamment spécialistes, ont abouti à la situation actuelle à l'hôpital : manque de 3 000 médecins, de 12 000 infirmières, sans oublier les aides-soignants, dont le nombre va diminuer de 50 % d'ici à 2012. Des suppressions qui ont été programmées pour une diminution globale de l'accès aux soins, au moment même où le vieillissement augmente. Cette pénurie est, de l'avis des médecins interrogés, le problème majeur de l'hôpital. « À l'attention des patients : en raison du manque de personnel, le fonctionnement du service risque d'être gravement perturbé », prévient une affiche sur la porte du bureau du Dr Jacques Lebas [1].

Le gouvernement, qui a salué le dévouement du personnel pendant la canicule, passe sous silence les

1. Praticien hospitalier en médecine interne et responsable de la consultation Baudelaire à l'hôpital Saint-Antoine.

risques du travail en sous-effectifs. Quand, par exemple, il est plus rentable, surtout pour les laboratoires, de prescrire des antibiotiques que d'embaucher du personnel pour assurer l'hygiène des locaux et des matériels, les risques d'infection sont démultipliés. Jusqu'à la canicule, le ministère reconnaissait 10 000 morts par an dans les hôpitaux, dont 8 900 dues aux infections nosocomiales. Les personnes âgées sont les plus touchées[1]. Une fois de plus, la France est championne d'Europe[2]. Et encore, ces chiffres ne comptabilisent pas les décès liés à des erreurs médicales ou infirmières, aux pertes occasionnées par des opérations ajournées ou refusées pour cause d'enveloppe épuisée. Des paramètres que ne prennent pas en compte les calculs de l'Inspection générale des finances (IGF) et de l'Inspection générale des affaires sociales (IGAS). Dans leur *Rapport sur le pilotage des dépenses hospitalières*[3], ces institutions rappellent que 70 % des dépenses hospitalières sont des dépenses de personnel. Dans cette perspective, les départs en retraite de 40 % des médecins hospitaliers et de 55 % des infirmières sont une « fenêtre

---

1. « Enquête nationale de prévalence des infections nosocomiales, résultats sur la population des sujets âgés de 65 ans et plus, France, 2001 », *Bulletin d'épidémiologie hebdomadaire*, n° 35, 6 septembre 2005.

2. *Cf.* la proposition de loi relative à la responsabilité civile médicale, Sénat, séance du 6 novembre 2002.

3. IGAS-IGF, *Rapport sur le pilotage des dépenses hospitalières*, juillet 2005.

d'opportunité[1] ». La mise en place des 35 heures n'a rien fait pour arranger la situation. Appliquée aux hôpitaux, elle a permis de déclencher le Plan hôpital 2007, prévu de longue date. Le regroupement des services en pôles, institué par la nouvelle gouvernance pour permettre de gérer le manque de personnel, favorise le travail intérimaire. « Je maintiens la disposition de non-renouvellement de contrat pour les CDD de 3 à 5 mois car je ne veux pas renouveler le stock de contractuels[2] », explique la directrice de l'AP-HP.

En 2005, au plan d'économie de 240 millions d'euros est venu s'ajouter le plan de convergence de 28 millions d'euros d'économies sur les soins de longue durée. L'IGAS estime que ces lits coûtent trop cher. Le coût des malades est pratiquement de + 40 % à l'AP-HP en long séjour sanitaire par rapport au prix dans le secteur médico-social – sous-entendu, dans les établissements d'hébergement des personnes âgées dépendantes (EHPAD), la nouvelle appellation des maisons de retraite médicalisées. Toujours selon l'IGAS, les longs séjours sont surdotés en personnel trop qualifié – sous-entendu, des aides-soignantes. Une théorie fondée sur le concept de l'efficience, lancée par les adeptes du

1. « En ce qui concerne les marges de manœuvre de gestion [financière], il est certain qu'une fenêtre d'opportunité s'ouvre aujourd'hui avec la vague massive de départs en retraite, 55 % des effectifs paramédicaux et 40 % des praticiens hospitaliers entre 2000 et 2015. »

2. Interview de Rose-Marie Van Lerberghe sur France Info le 10 mars 2005.

dégraissage sauvage et que l'on retrouve partout. Pour justifier les coupes drastiques, on annonce que le personnel est en sureffectif, qu'il est surqualifié mais inefficace. Réduire le personnel permet non seulement de diminuer les coûts mais aussi d'améliorer la qualité des soins en augmentant l'efficience. Donc les sous-effectifs sont légitimes et qui plus est éminemment souhaitables.

La nécessité de récupérer du personnel incite les hôpitaux publics à se débarrasser de leurs services de long séjour en les fermant et en les vendant. L'AP-HP a déjà fermé 1 000 lits de ce type et s'apprête à en fermer 800 de plus. La stratégie de l'institution pour faire passer la pilule consiste à s'appuyer sur les nouvelles normes – un malade par chambre – pour entamer des travaux absolument nécessaires dans des locaux vétustes. Le problème, c'est qu'à l'arrivée « nous avons moins de places, et ils se sont défaits de ce qui ne les intéressait pas », constate le Dr Trivalle.

Quant aux 83 000 lits de soins de longue durée restants, l'objectif actuel du gouvernement est de les transférer du sanitaire au médico-social au 1er janvier 2007[1]. En d'autres termes, la réforme a pour but de conserver les malades « aigus[2] » à l'hô-

1. Sauf décision contraire dans le cadre du projet de loi de financement de la Sécurité sociale (PLFSS).

2. L'article 31 du PLFSS pour 2006 encourage un mouvement de repli des hôpitaux vers les activités aiguës au motif que s'occuper des personnes âgées dans une filière complète, c'est « basculer dans le médico-social ».

pital et de confier les autres aux EHPAD. Cette mesure, qui a failli passer en 2005 [1] et qui a fait l'objet d'un moratoire d'un an, est une démarche purement économique qui va aboutir à recréer des établissements insuffisamment dotés en personnel et donc, *in fine*, à revenir au système de l'hospice. Ce choix des responsables administratifs est fondé sur la différence de taux d'encadrement entre les deux types de structures : il est trois fois plus bas dans les EHPAD que dans les USLD [2] – elles-mêmes déjà dramatiquement sous-dotées –, et cela pour un coût d'hébergement toujours aussi élevé. Que représente pour un vieux malade dément de passer d'une densité de personnel de 0,3 à une densité de 0,9 ? La problématique est limpide, assène Alec Bizien : « Soit on le met à l'hosto avec une densité de personnel suffisante et il aura les fesses propres, soit on le colle dans une structure médico-sociale et il en bavera bien, tous les jours, le cul dans la merde la moitié du temps ! » Non seulement le personnel est insuffisant, mais il est sous-qualifié. Or il est prouvé que plus les ratios de personnel

1. Article 12 de la loi de simplification, qui prévoyait le transfert des unités de soins de longue durée vers le secteur médico-social, tant en termes de financement qu'en termes de tutelle.

2. Le rapport de la mission d'expertise et d'évaluation conduite par le Dr Françoise Lalande évoque à ce propos un ratio de 1 agent par lit en gériatrie aiguë, 0,7 en soins de suite et 0,65 en USLD. Si l'on considère uniquement les personnels soignants, les USLD disposent d'un taux d'encadrement équivalant à 0,4 agent payé par l'assurance maladie par lit tandis que les EHPAD atteignent à peine, après la signature d'une convention tripartite, la moyenne de 0,18 agent par lit.

qualifié sont bas, plus il y a de risques pour les patients[1].

« J'en ai marre de voir l'hôpital se planter la gueule et les vieux destinés à être abandonnés sans soins dans des EHPAD à densité 0,3 quand on aura fermé les trois quarts des lits de long séjour », se désespère Alec Bizien. Il est prévu qu'au moins 70 % des USLD soient déclassées et transformées en EHPAD. L'AP-HP devrait alors vendre des lits de long séjour de l'Assistance publique au privé. Des lits qui, pour des raisons pratiques, seraient regroupés sur un certain nombre de sites – par exemple la moitié de Clemenceau, où le directeur a choisi depuis un an les repreneurs de l'un des quatre bâtiments désaffectés, qui serait transformé en EHPAD. Puis ces lits seraient vendus à la Générale de santé, à ORPEA ou à d'autres. La méthode rappelle étrangement l'opération réussie sans bavure en 1972 : 2 500 lits appartenant à l'Administration générale des hôpitaux de Paris avaient été donnés au Bureau d'aide sociale de la ville de Paris, avec comme conséquence la diminution dramatique

1. M.W. Linn, L. Gurel, B.S. Linn, « Patient outcome as a measure of quality of nursing home care », *American Journal of Public Health*, 67(4), p. 337-344, 1977 ; J.F. Schnelle, S.F. Simmons, C. Harrington, M. Cadogan, E. Garcia, B. Bates-Jensen, « Relationship of nursing home staffing to quality of care », *Health Services Research*, 39(2), p. 225-250, 2004 ; S.H. Kerrison, A.M. Pollock, « Regulating nursing homes : caring for older people in the private sector in England », *British Medical Journal*, 323(7312), p. 566-569, 2001 ; J. Braithwaite, « Regulating nursing homes : the challenge of regulating care for older people in Australia », *British Medical Journal*, 323(7310), p. 443-446, 2001.

des moyens médicaux et soignants pour les cas sociaux qui y étaient soignés. Le choix des lits à brader avait été déterminé uniquement par la localisation géographique. Les établissements qui ne comportaient que des lits d'hospice (USLD) passaient tous au Bureau d'aide sociale, ceux qui comptaient même un seul lit de convalescent chronique (SSR) restaient entre les mains de l'Assistance publique. Vingt ans plus tard, le seul médecin salarié à temps plein pour ces 2 500 lits tempêtait parce que ses patients étaient toujours les mêmes que ceux du long séjour de l'Assistance publique, avec des densités de personnel inqualifiables. L'exclusion des malades mentaux s'est faite selon le même schéma. Au bout de vingt ans, avec la fermeture de la moitié des hôpitaux psychiatriques, les malades sont dans la rue ou en prison [1]. « Pourquoi ne continueraient-ils pas avec les vieux ? » demande Alec Bizien.

1. L'afflux de malades psychiatriques dans les prisons est devenu notoire. Le même phénomène a été observé en Angleterre et aux États-Unis, où des études chiffrées ont mis en évidence le fait qu'il se créait autant de places dans les prisons qu'il se fermait de lits en psychiatrie. H.R. Lamb et L.E. Weinberger, « The shift of psychiatric inpatient care from hospitals to jails and prisons », *Journal of the American Academy of Psychiatry and the Law*, 33(4), p. 529-534, 2005.

Des soins au rabais

« Sur qui voulez-vous que je fasse des économies sinon sur les malades, et est-ce ma faute si les vieux sont plus souvent malades ? » demande Philippe Séguin alors qu'il est ministre des Affaires sociales et de l'Emploi[1]. Il expliquera par la suite que la réduction de 100 à 40 % du remboursement des vignettes bleues des personnes âgées en affection longue durée (ALD) était une rationalisation inévitable à l'époque pour freiner l'évolution des dépenses[2]. Inévitable, peut-être, mais assurément anticonstitutionnelle. Le droit à la Sécurité sociale, qui figure dans le préambule de la Constitution de 1946, lui-même repris dans celle de 1958[3], stipule que les vieux patients ont officiellement les mêmes droits que les autres. En 1985, un décret de Georgina Dufoix, alors ministre de la Santé, ébranle sérieusement ladite Constitution en demandant aux médecins-conseils de la Sécurité sociale de « chasser » des services hospitaliers les malades dits « inadéquats ». Ces malades étaient pour l'essentiel les

1. Entre 1986 et 1988.

2. Philippe Séguin, *Itinéraire dans la France d'en bas, d'en haut et d'ailleurs*, Seuil, 2003.

3. « La Nation assure à l'individu et à la famille les conditions nécessaires à leur développement [...]. Elle garantit à tous, notamment à l'enfant, à la mère et aux vieux travailleurs, la protection de la santé, la sécurité matérielle, le repos et les loisirs. Tout être humain qui, en raison de son âge, de son état physique ou mental, de la situation économique, se trouve dans l'incapacité de travailler a le droit d'obtenir de la collectivité des moyens convenables d'existence. »

personnes âgées pour qui le « long séjour » venait d'être créé, avec un forfait d'hébergement de 5 000 francs par mois. Certains de ces hôpitaux construits pendant les années 1970 pour accueillir les personnes âgées, comme l'hôpital Dupuytren, l'ont été sans sanitaires, avec une salle de bains spartiate pour 60 lits répartis en chambres de 4. Au même moment, des hôpitaux « aigus » étaient équipés en technologie de pointe.

Depuis, les économies sur les vieux s'affichent sans complexes. Paulette, atteinte de la maladie d'Alzheimer, est admise en médecine interne pour une crise de démence. Elle se plaint à sa fille de brûlures lorsqu'elle urine. La réponse de l'interne est brutale : « On ne donne pas de traitement pour cette pathologie à cet âge. »

Hospitalisé en urgence, un ancien coureur cycliste de 78 ans présente un électrocardiogramme très perturbé. Le chef du service de médecine interne indique que le patient relève d'une admission en soins intensifs cardiologiques. Dans le cours de la conversation téléphonique tombe la question fatidique : « Mais quel âge a votre malade ? » Après avoir entendu la réponse, le service de cardiologie explique qu'il n'y a plus de place en soins intensifs et qu'il faudra rappeler le lendemain matin. Le médecin appelle alors le service de réanimation de l'hôpital où se trouve son service. Il leur explique la situation et leur demande de bien vouloir prendre le patient au moins 24 heures pour qu'il fasse l'objet d'une surveillance cardiaque permanente. Conscients de la gravité de la situation et malgré le manque de place, les réanimateurs prennent le patient non pas en secteur chaud mais en secteur tiède, ce qui n'empêche pas qu'il soit surveillé de façon constante. Le médecin senior de garde cette nuit-là en réanimation, un cardiologue, signale au chef de service qu'il a vu le patient, qu'il s'agit d'une urgence et qu'il faut lui implanter un défibrillateur externe. Il ajoute : « Voulez-vous que je m'en occupe ? » Finalement, le malade fera l'objet d'une surveillance continue spécialisée pendant la nuit, puis, le lendemain, sera admis en soins intensifs cardiologiques dans le service où il avait été refusé la veille. Il y restera quelques jours après l'implantation du défibrillateur externe. L'âge, étonnamment, n'était plus un obstacle à sa prise en charge ; il était devenu soudainement intéressant.

L'âgisme, avec des variations régionales, est clairement indiqué pour la dialyse. En Ile-de-France par exemple, il faut avoir moins de 55 ans pour en bénéficier. Une sélection qui s'explique par des postes en nombre insuffisant. Selon un rapport LEEM[1], avec l'âge, alors que le cancer augmente, l'accès aux thérapies diminue. Les victimes d'accidents vasculaires cérébraux sont soumises à la

1. Rapport LEEM (Les Entreprises du médicament) pour la Sécurité sociale du 19 juin 2003. Le rapport établit que, pour le cancer colorectal, 49,5 % des moins de 65 ans bénéficient de radiothérapie adjuvante ; ce chiffre tombe à 25 % pour les plus de 70 ans. Dans le même domaine, 86 % des moins de 65 ans ont accès à une chimiothérapie adjuvante, mais seulement 24,4 % des plus de 75 ans en bénéficient.

même discrimination : à la phase aiguë, les patients jeunes sont admis en service de neurologie – le service spécialisé adéquat – alors que les vieux atterrissent en service de médecine polyvalente. Une neurologue déclare sans hésitation, pendant un séminaire, qu'« une hémiplégique de plus de 80 ans n'a rien à faire en neurologie ». En phase de rééducation, les patients âgés accèdent difficilement à un service de médecine physique et de réadaptation. Certaines régions sont totalement dépourvues de tels services, ailleurs ils sont carrément sinistrés, avec des temps d'attente de quinze jours à trois mois à Mâcon, de deux mois à Mulhouse, de trente jours à trois mois à Strasbourg [1]. Des délais inacceptables lorsqu'on sait que, au bout de quinze à trente jours d'immobilisation sur un lit, la personne âgée est irrécupérable, explique le Dr Patricia Fourmann-Geoffroy [2]. « Alors, à quoi sert une opération de la hanche efficace s'il est impossible de trouver une place en rééducation avant plusieurs mois ? »

Selon qu'il est jeune ou âgé, pour soigner une phlébite, le patient aura droit au prestigieux service de cardiologie ou au SSR gériatrique, ce dernier n'offrant ni les mêmes moyens ni la même surveillance. Les vieux se consoleront en se disant qu'en contrepartie les SSR gériatriques offrent une prise en charge globale ! De même, un malade jeune

1. *Sciences et Avenir*, 2003.

2. Chef du service de gériatrie au centre hospitalier de Sarrebourg.

devenu dépendant parce qu'il a un cancer se retrouve dans un service aigu ou de moyen séjour, remboursé à 100 %. Un patient âgé va en long séjour, le prix de l'hébergement de 100 euros étant à sa charge. S'il a la chance d'être accepté en soins palliatifs ou dans un autre service de médecine aiguë, il continue à payer les 100 euros pour garder son lit, plus les 15 euros de forfait journalier.

Après 60 ans, plus on est malade et plus c'est cher, en vertu du scandale des tarifications à quatre vitesses que dénonce depuis plus de trente ans le SNGC. Un patient en ville avec une petite hypertension artérielle et un peu de rhumatisme a droit à 150 euros de traitement par mois pris en charge à 100 %. En court séjour, on lui demande 15 euros par jour, pris en charge par la complémentaire santé. S'il passe en soins de suite et de réadaptation, la complémentaire déclare forfait à partir du troisième mois. La facture augmente en soins de longue durée : entre 75 et 110 euros par jour, avec des densités de personnel nettement inférieures. En 1990, dans un article [1] refusé par *Le Monde* et *Libération*,

1. « Les plus vulnérables, enfants et vieillards, sont les premiers touchés. [...] Pour mes confrères, pour moi, la situation de ces enfants comme celle de nombreux vieillards est une tragédie. Souvent au sein même des hôpitaux publics, les malades âgés sont relégués dans des unités dites de "long séjour". Ces structures sont sous-médicalisées et l'on y manque parfois de moyens aussi essentiels que l'oxygène. Il n'est pas rare que le personnel soit en nombre si réduit qu'il ne parvient pas à faire manger tous les malades. Comment accepter que les progrès existants soient refusés à des malades parce qu'ils sont âgés ? Comment accepter que soit rétabli pour les vieillards l'hôpital-asile que j'ai connu il y a soixante ans ? Une différence cependant : en 1930, l'hôpital

le Pr Paul Milliez dénonce l'inégalité devant la maladie qui redevient un état de fait en France. Et un retour à l'hôpital-asile des années 1930, à cette différence près que désormais le malade doit payer.

Même motif, même punition pour le handicap, qui disparaît à l'arrivée de l'âge fatidique. À 60 ans, un hémiplégique n'est plus un handicapé mais un malade « fragile et dépendant ». Cette éviction du handicap et de la dépendance se traduit par le passage du système de compensation financé par la Sécurité sociale, qui est un droit acquis, à la charité publique. Le Conseil général donne une misère et la famille paie le reste. « Je fais partie du baby-boom, explique Alec Bizien. Les 60 ans, c'est pour bientôt. Je me pose maintenant des questions quand je vais au ski : et si je me retrouvais tétraplégique après une chute ? La réponse est simple : c'est la vente de mes biens pour aller croupir dans une maison de retraite dépourvue de personnel. Cette question ne se posait pas quand j'avais 40 ans : je savais qu'au pire je me retrouverais pris en charge à 100 % et définitivement dans un établissement héliomarin de la presqu'île d'Hyères. »

était gratuit, mais les mouroirs modernes sont payants ! (360 francs par jour, 11 000 francs par mois à la charge du malade et de sa famille). »

L'absence de politique gériatrique

Les démographes sont unanimes : c'est un raz de marée qui va déferler sur le monde occidental à partir de juillet 2007 avec la vague des plus de 83 ans – les bébés du boom d'après la Première Guerre mondiale[1]. Pour ceux qui sont autonomes, pas de problème ! Ce n'est pas la vieillesse qui est un naufrage mais la grande dépendance. Les fringants musiciens du Buena Vista Social Club, le rythme dans la peau et pas un seul neurone concédé à Alzheimer, n'avaient rien de naufragés. Mais lorsque la dépendance pointe le bout de son nez, il faut des moyens de prise en charge importants. Or l'une des constantes dans les gouvernements successifs, tous plus optimistes les uns que les autres, a été qu'ils ont misé sur une vieillesse en pleine forme. Un pari d'autant plus incroyable qu'avec 850 000 patients recensés et 225 000 nouveaux cas chaque année, c'est un véritable « tsunami Alzheimer » qu'il va falloir gérer. Une fois de plus, le problème est largement sous-estimé. Si l'on en croit un rapport du Conseil d'État de septembre 2000, seule la moitié des alzheimériens âgés fait l'objet d'un diagnostic, et encore moins d'un traitement adapté.

---

1. Une étude de l'Insee prévoit un doublement de la population âgée de plus de 60 ans, qui passera de 7,5 millions (14 %) en 1980 à 15 millions en 2040 (28 %). Cette augmentation concerne surtout les plus de 85 ans, dont le nombre sera multiplié par 4,25, passant de 870 000 à 3,7 millions. Il est également prévu 150 000 centenaires en 2050.

Or que prévoit l'État pour eux et pour les autres déments apparentés non comptabilisés qui arriveront avec ce tsunami ? Rien. Une étude menée par le Dr Yves Fleury et son équipe dans les Côtes-d'Armor en 2000 a estimé à 5 000 le nombre de personnes atteintes de démence. Pour les deux tiers du département, soit environ 3 300 personnes démentes, ils ont recensé 140 places adaptées à leur prise en charge. Dans le même temps, le gouvernement affiche un bel optimisme et déclare *urbi et orbi* qu'il y a eu de gros progrès, que les moyens du maintien à domicile sont satisfaisants et que les soins envers les malades âgés sont excellents...

La canicule a apporté la preuve flagrante de l'inexistence d'une politique gériatrique. Deux catégories d'âge sont particulièrement sensibles à la chaleur, les âges extrêmes de la vie, à savoir les enfants et les personnes âgées. Pourtant, en dehors de quelques cas isolés, accidentels, les enfants n'ont pas été touchés. La politique pédiatrique nationale a pleinement joué son rôle de prévention tandis que la politique gériatrique brillait par son absence. En dépit des promesses, il n'y a eu aucun changement. De l'avis des médecins interrogés, aujourd'hui les mêmes causes produiraient les mêmes effets. Une bonne épidémie de grippe suffirait à déclencher une autre catastrophe sanitaire. Le seul vrai changement, c'est le Plan canicule, rebaptisé Plan blanc en hiver. En général, le passage d'un plan à l'autre se fait avec au moins trois mois de retard. Mais, quel que soit le plan, les hôpitaux doivent envoyer un fax tous les matins à l'administration centrale pour indiquer le nombre de lits disponibles. Théoriquement pour prendre des mesures dans l'urgence. « Le problème, constate Alec Bizien, c'est qu'on n'en a aucun. Donc tous les matins il y a un fax qui part pour dire qu'il n'y a aucun lit. »

Les personnes âgées ont bénéficié d'une couverture médiatique protectrice en 2004. Tant mieux. Mais, à l'évidence, cette protection n'a pas été comprise de la même façon partout. Pour preuve l'histoire suivante. Un service hospitalo-universitaire, après deux ans de patience et d'impatience, se voit enfin octroyer la réhabilitation tant attendue, et notamment la climatisation. Un calendrier de réalisation des opérations est défini. Les travaux doivent débuter avant l'été, après le transfert des patients dans une autre unité de l'hôpital, climatisée, servant de rocade transitoire. Ce schéma paraît logique et adapté puisqu'il permet aux personnes âgées de bénéficier de la climatisation pendant la période des travaux. Pourtant, du jour au lendemain, tout est remis en question. Par lettre, le chef de service est informé de l'impossibilité d'effectuer les travaux, lesquels sont reportés à une date ultérieure, après l'été, donc après la canicule présumée... Il est vrai que, si le service à réhabiliter offre une capacité de 34 lits, la rocade n'en dispose que de 27. Et même si ces derniers sont climatisés, contrairement aux premiers, la différence de 7 lits va se révéler insupportable et inacceptable pour l'autorité de tutelle, à savoir l'Agence régionale de l'hospitalisation, relayée par l'Assistance publique des hôpitaux de Marseille, qui refuse la fermeture de 34 lits de médecine « non climatisés », et ce malgré le risque bien réel d'une nouvelle canicule. La préférence va donc à 34 lits « réchauffés » plutôt qu'à 27 lits « rafraîchis ». Il apparaît clairement que ce n'est pas la qualité des lits qui importe mais la quantité, et que l'attitude institutionnelle consiste à remplir des lits sans trop se poser la question de savoir ce qui s'y passe ensuite. Pourtant, dans le même hôpital, on fermera, pendant la période estivale, des lits climatisés, notamment en chirurgie. Et ces mêmes lits auraient pu être occupés par les patients âgés pendant quelque temps. Le temps de la rénovation du service de médecine. Mais non, ce qu'il fallait, c'était des lits, des lits et encore des lits, purement et simplement.

L'histoire ne s'arrête pas là. À la même époque, dans le même hôpital, se produit un événement peu ordinaire : une invasion d'abeilles. Pompiers et entreprises de désinsectisation reculent devant l'essaim de xylocopes. Il est alors chaudement recommandé de trouver un apiculteur capable de réserver à ces passionnants hyménoptères un traitement bienveillant. Et l'on se prend à rêver que nos anciens fassent l'objet d'une telle sollicitude. Mais les abeilles ont de la chance : elles sont une espèce protégée, les vieux, non. Que le bon peuple se rassure toutefois : la climatisation a été installée après l'été. On imagine que les patients ont été heureux à l'idée qu'après avoir vécu un été bien au chaud ils allaient avoir un hiver bien au frais...

Ce récit affligeant est bien réel. Il s'est passé à Marseille, à peu près en même temps que la finale de coupe d'Europe opposant l'OM à Valence, malheureusement perdue par le club de la ville. On comprend mieux pourquoi, ensuite, une sourde rumeur a envahi le landernau local : le Seigneur des anciens n'aurait pas été totalement étranger à cette défaite. Question d'éthique, très certainement. Histoire de rappeler un devoir de mémoire à l'égard d'une canicule mortelle passée, mais aussi certainement à celles encore à venir.

Le désengagement de l'État, qui refuse de prendre en compte la pleine mesure de la dépendance et qui déguise les maisons de retraite en longs séjours, ouvre une brèche dans laquelle s'engouffrent les entreprises commerciales qui s'enrichissent sur la dépendance des personnes âgées.

L'industrialisation des vieux

La face cachée des mouroirs

La perquisition au petit matin dans les deux résidences Caravelles du Mée-sur-Seine, en Seine-et-Marne, ressemble plus à une descente dans des squats sordides qu'à la visite d'établissements rapportant 5 millions de francs par an au grand patron Jean Fatosme. Les locaux sont d'une saleté repoussante, l'odeur est suffocante et le sol colle aux semelles. Dans certaines chambres, les draps sont sales, il y a des flaques d'urine par terre, des traces d'excréments et de vomi sur les murs, des restes d'aliments dans les éviers. Des plateaux repas intacts côtoient des couches sales. Des vieillards dénutris macèrent dans leurs excréments, parfois depuis plusieurs jours. Les commandants de police Daniel et Cunault avouent n'avoir jamais rien vu de pareil. Vingt résidents sont immédiatement envoyés aux urgences de l'hôpital de Melun.

Aux Caravelles, les patients fondaient à vue d'œil. Adolphe Zemler a perdu 30 kilos. Son décès à l'hôpital de Melun tient, selon la conclusion du médecin expert, à « un état de dénutrition et de déshydratation, dû à un défaut de soins et d'alimentation ». Le mari de Christine Martinez ne pèse plus que 32 kilos. André Delacourcelle fait 30 kilos au moment de son hospitalisation. Jean-Baptiste Paseri, déjà hospitalisé pour déshydratation, décède d'une surinfection des escarres de la fesse. Quelques mois auparavant, indignée par la déchéance physique et psychique des personnes âgées en provenance des deux établissements, le Dr Nadine Cabretosa, chef du service de gériatrie de l'hôpital de Melun, alerte le procureur. Elle impute la dégradation de l'état de ces patients à un manque de soins et à un délaissement. En trois ans, 65 pensionnaires ont dû être hospitalisés pour défaut de soins. Le médecin expert conclut que, sur 38 décès, 9 sont dus à un défaut d'alimentation et 3 à un manque de soins. Pour les autres, le procureur de la République Serge Dintroz précise que, d'après les experts, on ne sait pas si leur mort a un lien avec la façon dont ils ont été traités. Une conclusion d'autant plus surprenante que chaque année les campagnes médiatiques insistent sur la nécessaire hydratation du quatrième âge. Plusieurs études[1] démontrent

1. J. Kayser-Jones, E.S. Schell, C. Porter, J.C. Barbaccia, H. Shaw, « Factors contributing to dehydration in nursing homes : inadequate staffing and lack of professional supervision », *Journal of Advanced Nursing*, 47, p. 1-14, 1999 ; C.A. Armstrong-Esther, K.D. Browne, D.C. Armstrong-Esther, L. Sander, « The institutionalized elderly : dry to the bone ! », *International Journal of Nursing Studies*, 33, p. 619-628, 1996 ; J.C. Chidester, A.A. Spangler, « Fluid intake in the institutionali-

que la déshydratation, la dénutrition et les escarres sont devenues endémiques dans les maisons de retraite privées aux États-Unis, en Australie et au Royaume-Uni, pays dans lesquels le privé commercial a le vent en poupe. Ces trois maux peuvent déclencher un effet domino dévastateur : infections urinaires, pneumonie, confusion mentale et désorientation. Un infirmier témoigne que, très fréquemment, les grands dépendants, incapables de s'alimenter seuls, ne reçoivent aucune boisson : « On oublie de leur donner à boire parce que, bien sûr, les vieux ne réclament pas et finissent par se déshydrater. » Et puis, ça prend trop de temps. Une infirmière indignée rapporte qu'un collègue lui conseille : « T'as qu'à les perfuser... On n'a pas le temps. » Entre le personnel insuffisant pour donner convenablement à manger et à boire et les économies drastiques sur tout, les vieux ont de bonnes chances de mourir de soif et de faim. La moitié des personnes âgées en institution souffrent de dénutrition ou de malnutrition – quel que soit le coût d'hébergement – contre 4 % à domicile[1]. La dénutrition affaiblit le système immunitaire, provoque une rapide déperdition musculaire, augmente la fragilité, entraîne des problèmes pulmonaires, rénaux, puis la mort. Aux Caravelles, chaque auxiliaire de vie avait la charge de 25 malades, souvent grabataires. En

zed elderly », *Journal of the American Dietetic Association*, 97, p. 23-28, 1997.

1. *Les Échos*, 20 février 2002.

une heure, chacune devait nourrir 10 personnes. Les directives pour les repas étaient précises : « S'il est invalide, poser le plateau repas hors de sa portée. » Un gériatre confirme que cette pratique est un grand classique dans les maisons de retraite. Un moyen d'accélérer la fin des invalides, mais aussi celle des Alzheimer ou apparentés, qui ne boivent pas et ne mangent pas si on ne leur met pas le verre ou la fourchette dans la main. Le plateau est enlevé vingt minutes après avoir été déposé et s'il n'a pas été touché, c'est tant pis.

Il faut entre 30 et 60 minutes pour nourrir convenablement une personne dépendante. C'est beaucoup trop long. Aux Caravelles, les consignes étaient très précises : « 3 minutes pour faire manger le résident », même avec un forfait « auxiliaire de vie » de 475 euros par mois. « S'il ne veut pas manger, lui boucher le nez et le gaver. » Mêmes recommandations et mêmes pratiques à l'hôpital : « Quand on en a dix à nourrir, on fait du sale boulot. On enfourne au plus vite, certains leur pincent le nez pour leur faire ouvrir la bouche », déplore une aide-soignante. Le gavage est le seul moyen de leur faire avaler un repas en un temps record. Le secret, c'est le mixé, qui consiste à mélanger tous les aliments et à les réduire en purée. Le résultat est une bouillie immonde composée de l'entrée, du plat principal et du dessert, le tout avec les médicaments, dans le même bol. Le repas du soir dans un établissement médicalisé associatif se résume à une soupe à laquelle on mélange un plat chaud et un peu de lait et, en guise d'assaisonnement, deux Equanil écrasés. L'infâme mixture n'est pas toujours du goût des résidents, qui font parfois de la résistance. Yvette, pensionnaire d'une maison médicalisée à Marseille qui a été gastronome dans une autre vie, refuse d'ouvrir la bouche. Alors, témoigne un infirmier, une ASH (agent des services hospitaliers) utilise une cuiller pour faire levier entre ses dents, en la blessant à la lèvre inférieure. Ailleurs, une autre adepte du gavage un peu plus musclé demande au personnel de bloquer les bras des grabataires dissidents pendant qu'elle leur enfonce une seringue dans la bouche.

Pourquoi les familles n'ont-elles rien fait en voyant leurs parents fondre à vue d'œil – de 16 kilos en trois semaines pour certains ? Les médecins leur assuraient que l'amaigrissement était lié à l'évolution de la maladie, explique Patrice, le fils d'une résidente. Plusieurs fois, il s'est inquiété de l'absence de plateaux repas. Le personnel s'empressait alors de les apporter en s'excusant parce que le service avait du retard. Une autre tactique consistait à accuser la vieille dame d'affabulation : « Qu'est-ce que vous racontez ? Ce n'est pas bien de dire des choses pareilles. Vous ne vous souvenez plus, vous l'avez eu votre plateau ! » Il y avait également le supplément de 75 euros par mois pour des dîners plus consistants qui, bizarrement, ne ralentissaient pas la perte de poids. « Jamais on n'aurait pu imaginer que de telles maisons puissent exister. »

Josette sauve son mari *in extremis* en le faisant hospitaliser. La lettre adressée par le médecin coordonnateur à son confrère signale qu'il souffre d'anorexie. Le diagnostic du médecin de l'hôpital est différent : « Votre mari meurt de faim, tout simplement. » Yvonne, pensionnaire d'un EHPAD à Aix-les-Bains[1], est hospitalisée deux fois en l'espace de quelques jours pour déshydratation. Un médecin coordonnateur explique qu'on ne peut pas forcer les gens à boire et à manger, surtout s'ils ont plus de 90 ans. On retrouve cet argument dans la rubrique « Fin de vie » du *Livret de la bien-traitance*[2]. Dans ce guide, les auteurs prétendent qu'il faut accepter qu'un résident décide de cesser de s'alimenter et éviter l'acharnement. Encore faut-il savoir pourquoi le pauvre vieux a pris cette décision. Si on met le plateau hors de sa portée, si on néglige de le nourrir, si la nourriture n'est pas mixée ou si elle est immangeable, il y a de fortes chances pour que son refus ne relève pas du désir d'en finir avec l'existence. Seuls 12 à 15 % des

---

1. Appartenant au groupe Domus Vi, dont le président, Yves Journel, est également président du SYNERPA.

2. MEDIDEP, *Livret de la bien-traitance,* réalisé par les équipes des résidences Château du Mariau et Sémiramis Vernon à l'automne 2004, autour de leurs directrices Françoise Bigot et Chantal Lallemand, et sous la coordination d'Alice Casagrande et de Catherine Déliot, du cabinet Antigone. Les deux gérantes du cabinet Antigone sont aussi membres du Roseau pensant, association loi 1901 « spécialisée dans la formation et la motivation des personnels en milieu gériatrique et psychiatrique », qui travaille entre autres avec ORPEA, MEDIDEP et certains hôpitaux.

patients âgés décideraient d'eux-mêmes de ne plus boire ou manger. Même en tenant compte de ces chiffres, on peut affirmer que le nombre de morts dues à la déshydratation et à la dénutrition dans les maisons de retraite est largement supérieur aux chiffres annoncés. Les décès de la canicule en donnent la preuve éclatante. Tout comme les nombreux certificats de décès complaisants qui font l'impasse sur ces deux causes. Tous les ans, lorsqu'elle part en vacances, Arlette confie sa mère, qui souffre de la maladie de Parkinson, à une maison de retraite. L'année dernière, en raison de travaux, l'établissement habituel ne peut pas accueillir la vieille dame. Arlette lui trouve une place dans une maison du même groupe. À son retour huit jours plus tard, elle trouve sa maman dans le coma, celui-ci ayant été provoqué par une déshydratation et une dénutrition extrêmes. La vieille dame décède quelques jours plus tard. Le médecin de l'hôpital indique sur le certificat de décès que la cause de la mort est la maladie de Parkinson.

Pour s'assurer que les vieux capables de manger seuls ne se montrent pas trop voraces, on rabiote allégrement sur les repas. Les économies réalisées sur la partie hôtellerie ne sont pas négligeables. L'AP-HP a réussi à faire 6,8 millions d'euros d'économies sur la nourriture des patients hospitalisés en supprimant 3 000 références. « C'était très coûteux et pas forcément utile [1]. » Sans oublier les rations

1. Interview de Rose-Marie Van Lerberghe sur France Info le 10 mars 2005.

revues à la baisse : on divise les barquettes en deux sous prétexte que les patients n'ont pas faim et que cela fait du gâchis. Ce qui explique aussi pourquoi les 35 % de lits gériatriques de l'Assistance publique de Paris ne reçoivent que 7 % du budget. Ce que les patients âgés ne mangent pas nourrit les services high-tech. À l'Institut Gustave-Roussy, le plus grand centre de lutte anticancer, les services alimentation et hôtellerie ont été transférés à des sociétés privées lucratives[1] qui exigent une profitabilité de 17 %. Depuis, certains impératifs alimentaires liés aux régimes des patients ne sont pas respectés. La qualité et la variété des menus ont beaucoup baissé[2]. Les grands noms de la restauration collective, Sodexho, Compass et Elior, œuvrent aussi dans les maisons de retraite, les établissements scolaires et les prisons. Le personnel signale que les repas arrivent souvent encore congelés ou froids, insipides et desséchés dans les assiettes de ces destinataires contraints d'une malbouffe bien française. « Madame la directrice, quand les chariots arrivent dans les services, les aliments sont froids et parfois même encore congelés : il faut les passer au micro-ondes[3] ! » Ces repas sont une arme de dissuasion massive capable de dégoûter même les Spartiates

1. Ces sociétés sont la propriété de fonds de pension à 60 % suédois et à 40 % américains.

2. Aimé Savy, maire-adjoint d'Ivry-sur-Seine, membre du Comité national pour la reconquête de la démocratie, « Sauver la médecine », hôpital Cochin, 21 janvier 2006.

3. Pétition adressée à la directrice de l'Assistance publique de Paris, Mme Van Lerberghe.

les plus endurcis. Le prix de vente du plateau, entre 1 et 1,20 euro – sur lequel Sodexho & Co font néanmoins un bénéfice –, explique sans doute les poissons reconstitués et les purées compactes noyées dans la sauce industrielle. À Marseille, on a servi du poisson matin et soir pendant quatre jours consécutifs. On ne fait pas plus bombance dans certaines structures où, parfois, le personnel du nettoyage se charge aussi des cuisines. Les brouets de la résidence Maria Bugiéra n'ont rien à envier à ceux dont se plaint le Lazarillo de Tormes. Le rapport de la DDASS indique que la soupe de midi est allongée avec de l'eau et deux bouillons cubes, et que le nombre de repas commandés à la société de restauration est systématiquement inférieur au nombre de personnes hébergées. Au menu, on trouve deux cuillerées de semoule et une merguez à Marseille, un plat et de l'eau gélifiée en dessert à Argenteuil, un chou-fleur pour vingt personnes dans le Sud-Est, une aubergine farcie coupée en quatre dans les Hautes-Pyrénées. À Toulouse, en pleine canicule, une maison médicalisée à 3 000 euros par mois n'hésite pas à facturer 1 euro la bouteille d'eau supplémentaire fournie aux pensionnaires. À Paris, les biscottes du goûter sont facturées 80 centimes et « c'est purée ou jambon, mais pas les deux ». Sans compter les cas où le dîner est carrément supprimé.

Pas question non plus de gaspiller de la marchandise ni de la payer au prix fort. Un *deal* avec la grande surface du coin arrange les deux parties.

Lorsque la fille du directeur d'une maison de retraite de Rhône-Alpes tombe amoureuse du fils du directeur de l'hypermarché voisin, les pères des tourtereaux se mettent en cheville pour écouler des produits ayant dépassé la date limite de vente. Dans un cahier de transmission de consignes[1] de la maison de retraite de Montvenoux, la direction demande au personnel de procéder à la distribution de denrées périmées afin d'écouler le stock. Lorsque le magazine *Lyon Mag*, à qui l'AFPAP avait donné le document, révèle les faits, l'établissement porte plainte pour diffamation. *Lyon Mag* gagne le procès. Différents rapports de la DDASS indiquent que certains établissements n'hésitent pas à servir de la nourriture avariée – par exemple une tourte à la viande vieille de plus d'un an. Il n'y a jamais eu d'enquête sur le nombre d'intoxications alimentaires institutionnelles dues à la nourriture avariée, mais il y a fort à parier que les résultats seraient consternants. Les épidémies de gastro-entérite qui sévissent régulièrement dans les maisons de retraite n'y sont peut-être pas étrangères. C'est souvent le cas dans les prisons. « Les détenus sont malades : épidémie de gastro-entérite due à la bouffe avariée[2]. » N'y a-t-il pas deux poids, deux mesures lorsqu'on constate que des établissements servant de la

1. Ce type de cahier est utilisé pour assurer la coordination entre les différentes équipes de personnels, fixer les missions et noter les faits marquants de la journée.

2. Véronique Vasseur, *Médecin-chef à la prison de la Santé*, Le Cherche-Midi, 2000.

nourriture impropre à la consommation sont très rarement sanctionnés, alors que l'on n'hésite pas à déplacer un dispositif de gendarmerie pour arrêter une employée de maison de retraite ayant récupéré quatre saucisses périmées pour ses chiens ? Quant aux téméraires qui, malgré les repas écœurants, persistent à vouloir manger, il existe fort heureusement des moyens de calmer les fringales intempestives. Un directeur d'hôpital témoigne que les petits vieux étaient bourrés d'Haldol[1], qui a des effets coupe-faim indirects liés aux troubles induits de la vigilance. Qui dort dîne !

Troisième affection cause de décès évitables liés au manque de soins : les escarres, qui mettent les chairs à nu. Elles sont souvent infectées, purulentes. Elles atteignent surtout les zones de pression des corps alités et immobiles, à savoir les talons et les fesses. Elles peuvent intéresser d'autres parties du corps, le dos, les coudes voire la partie postérieure de la tête. Et elles sont extrêmement douloureuses. Ces plaies peuvent être si profondes que l'os sous-jacent devient apparent, et au niveau du fessier on peut assister à une contamination par les matières fécales et les urines. La putréfaction des chairs est également une réalité fréquente : elle est parfois telle qu'il faut procéder, pour obtenir la guérison, à

1. Nom commercial de l'halopéridol, un neuroleptique régulier. Cas évoqué par Patrick Pelloux pendant son audition du 17 septembre 2003, n° 1090, à l'Assemblée nationale (rapport d'information sur la crise sanitaire et sociale déclenchée par la canicule).

une excision chirurgicale des tissus nécrosés et pourris. On se demande comment on peut laisser ces plaies en arriver à un tel degré de délabrement quand elles pourraient être résorbées par des traitements efficaces, curatifs, mais surtout par une prévention, simple, reposant sur la mobilisation des patients et impliquant donc que l'on s'occupe d'eux, indique le Pr Soubeyrand. Soigner les escarres coûte trop cher. Les directions préfèrent laisser la situation se dégrader, avec les risques connus de gangrène, d'amputation et de mort. Monique constate que son père, déshydraté et dénutri, souffre du talon. Deux jours plus tard, il est aux urgences. Un interne explique à Monique que malheureusement ce n'est pas la première fois que des personnes âgées pensionnaires de cette structure arrivent dans cet état. Les ambulanciers ajoutent que l'établissement devrait être fermé depuis longtemps. Trois mois plus tard, le chirurgien annonce qu'il n'y a plus rien à faire, que le traitement ne marche plus et qu'il faut amputer au-dessus du genou. Ailleurs, pendant les vingt et un jours passés en clinique, un patient, jamais retourné par le personnel, développe des escarres à la tête, à une épaule et à une fesse. Évacué à la demande de son épouse, il est immédiatement amputé d'une partie de la fesse gauche, car, « avec la septicémie qui menaçait, je pouvais mourir en vingt-quatre heures ».

Les dysfonctionnements structurels

« C'est l'usine », dit une aide-soignante. Quel que soit l'établissement choisi, étoilé ou pas, la prise en charge est toujours industrialisée. « Ce n'est pas une maison de retraite mais une usine à la chaîne, témoigne une autre infirmière. Les personnes âgées sont levées tôt le matin, puis elles sont alignées nues dans le couloir et jetées sous l'unique douche à la vue de tous, hommes et femmes mélangés. » Dans ces mouroirs en batterie, ces entrepôts à vieux, le système instaure, quand cela n'a pas déjà été fait par l'hôpital, la dépendance, plus facile à gérer par un personnel moins nombreux. Une ancienne salariée dénonce : « Les grabataires délaissés par leurs familles sont chaque soir couchés tout habillés afin de faire gagner du temps aux personnels de relève du lendemain matin. »

Faire dîner les vieux à 16 h 30 ou 17 heures pour pouvoir les coucher à 18 heures, est une forme de maltraitance que les institutions refusent de reconnaître. Lors d'un colloque organisé par une DDASS, l'intervention d'une infirmière de santé publique sur les liens entre nutrition et maltraitance, illustrés par cet exemple des horaires des repas, a provoqué le départ de personnels d'établissements. La maltraitance n'est pas une notion juridique ou légale : il n'existe pas d'infraction de maltraitance. Mais le code pénal prend en compte la particulière vulnérabilité des personnes âgées[1]. Et la loi pénale[2] comporte un arsenal impressionnant de dispositions assorties de peines lourdes et diverses pour contenir et sanctionner tous les abus, violences et négligences envers les personnes devenues vulnérables en raison de leur âge. Le problème, c'est que ces moyens légaux ne sont pas dissuasifs et qu'ils ne sont pas appliqués. Le fait que la maltraitance ne soit pas une notion juridique est très largement exploité par tous. Un arrêt du 12 septembre 2005 de la 7e chambre de la cour d'appel d'Aix-en-Provence, par exemple, donne sa propre définition, dangereusement réduc-

1. Le 2° de l'article 222-3 du code pénal parle de « la particulière vulnérabilité due à l'âge, à une maladie, à une déficience physique ou psychique ».

2. La vulnérabilité des victimes peut être constitutive de délits spécifiques : délaissement (art. 223-3 et 223-4 du code pénal) ; conditions d'hébergement contraires à la dignité humaine (art. 225-14 et 225-15 du code pénal) ; abus d'ignorance ou de faiblesse (art. 313-4 du code pénal) ; non-révélation de privations ou de sévices (art. 434-3 du code pénal). La vulnérabilité des victimes peut être érigée en circonstance aggravante : le fait de commettre des crimes (meurtre, empoisonnement, viol, tortures et actes de barbarie – art. 221-1, 221-4, 221-5, 222-1, 222-3, 222-23, 222-24 du code pénal) ou des délits (violences volontaires, menaces, administration de substances nuisibles, agressions sexuelles, non-assistance à personne en péril – art. 222-7 à 222-15, 222-17 et 222-18, 222-22, 223-6 du code pénal) sur une personne particulièrement vulnérable aura pour conséquence d'aggraver les peines encourues par l'auteur. Pour ce qui concerne les atteintes aux biens des personnes, la vulnérabilité due à l'âge constitue une circonstance aggravante pour les délits d'appropriations frauduleuses (vol, extorsion, escroquerie, abus de faiblesse – art. 311-1, 311-4, 312-1, 312-2, 313-1, 313-2, 313-4 du code pénal) et les autres atteintes aux biens (recel, destruction, dégradation ou détérioration – art. 312-1, 322-1, 322-3 du code pénal).

trice : « Attendu que la maltraitance se définit comme le fait d'exercer de mauvais traitements et que dans l'esprit du public il évoque des sévices ou des brutalités... » C'est cette définition que choisissent de brandir tous ceux qui occultent résolument la définition internationale, incluant la maltraitance institutionnelle[1]. Danièle Hoffmann-Rispal explique à l'Assemblée nationale que « la notion de maltraitance n'est pas réellement définie et, bien souvent, les faits évoqués sont en réalité liés à un manque de moyens des établissements qui laissent les personnels dans l'incapacité de s'occuper correctement des pensionnaires[2] ». Le rapport de l'IGAS[3] sur la maltraitance des personnes âgées reconnaît que la maltraitance institutionnelle reste largement taboue. Elle repose sur le silence complice des institutions médico-sociales, qui ont du mal à admettre leurs propres défaillances. « La maltraitance peine à être reconnue et dénoncée tant elle apparaît aux yeux des professionnels comme contraire à la déontologie. » C'est un mot honteux rejeté par le personnel, qui ne se sent pas concerné.

1. Définition du Conseil de l'Europe, qui inclut la maltraitance individuelle et la maltraitance institutionnelle, fondée sur les travaux du Pr Hilary Brown donnant une définition exhaustive de la maltraitance.

2. Commission des Affaires culturelles, Assemblée nationale, 9 juillet 2003.

3. F. Bas-Théron, C. Branchu, « Évaluation du dispositif de lutte contre la maltraitance des personnes âgées et des personnes handicapées mis en œuvre par les services de l'État dans les établissements sociaux et médico-sociaux », Inspection générale des affaires sociales (IGAS), 27 avril 2006.

Une infirmière interrogée sur les maltraitances dont elle aurait pu être témoin précise que, en tant que professionnelle de la santé, elle est choquée par le terme. Les autorités, des DDASS aux juges, préfèrent parler de « dysfonctionnements structurels » classés en « dysfonctionnements organisationnels, cumulés et liés au taux d'encadrement ». De petites négligences quotidiennes institutionnalisées qui font à tel point partie du fonctionnement qu'elles en deviennent acceptables.

Des structures sous-médicalisées

« Quand un établissement pour personnes âgées appelle, c'est comme si c'était une détresse sur la voie publique », explique le Dr Prudhomme. Il n'y a pas, en effet, de personnel compétent dans ces structures. En ce qui concerne les principaux facteurs de surmortalité dans les maisons de retraite, les SAMU ont des « points rouges » sur les établissements de personnes âgées.

« Structures médicalisées 24 h/24 h, adaptées à la prise en charge des invalides et des déments », promettaient les publicités. Elles proposaient même un « forfait grabataire ». Dans ces maisons de retraite à l'américaine, tout fonctionnait au forfait. « Quand vous constatez que des chambres sont sales, vous êtes-vous renseigné pour savoir si leurs occupants payaient l'option ménage tous les jours, ou tous les trois jours, ou toutes les semaines ? » demande, pendant le procès, Jean Fatosme au commandant

Jean-Yves Daniel, médusé. Le procureur Serge Dintroz constate : « Vous êtes arrivé à un résultat lamentable. Plus le malade avait besoin de soins et moins il avait de chances d'en avoir. » Les médecins qui y travaillaient, ceux des hôpitaux qui ont accueilli des résidents et les autorités sont unanimes : les Caravelles n'étaient pas adaptées à la prise en charge des malades dépendants. Le grand patron était parfaitement conscient des dangers que ces structures inappropriées faisaient courir aux grabataires. Les termes des courriers de l'État et du Conseil général ne laissaient aucun doute. Les décès rapides des pensionnaires, qui tombaient comme des mouches, en apportaient la preuve matérielle. Le Dr Falala dira au cours du procès que les résidents arrivaient et mouraient avant qu'il ait le temps de mémoriser leur nom.

« Vous acceptiez n'importe qui dans vos établissements, que le résident soit en état de démence, séropositif ou tout simplement invalide ? » s'étonne le président du tribunal. L'explication, que ne donne pas le directeur, est très simple : les clients en incapacité totale, gros consommateurs des forfaits divers et variés proposés par les établissements, étaient les plus rentables. Au point qu'une prime de remplissage était versée à ceux qui les ramenaient. Toutes les méthodes étaient bonnes pour remplir les lits. Laurent Savry, adjoint de Jean Fatosme, explique que son travail, « c'était de les faire rentrer ». Ce qui se passait après et qu'il ne pouvait pas ignorer n'était pas de son ressort. Ici comme ailleurs, les vieux étaient une marchandise et traités comme tels. Peu importe qu'il n'y ait pas de plateau technique, de matériel ou de personnel en nombre suffisant, du moment que les lits étaient pleins. Le tribunal constate également des carences graves dans la surveillance des résidents, l'inexpérience, la non-qualification, un personnel en sous-effectif et un climat social dégradé. Le procureur considère que l'affaire est très sensible et très délicate. « Dans les deux résidences, on a voulu tout faire au rabais. Des auxiliaires de vie en nombre insuffisant et pas suffisamment formées au suivi médical non adapté. » Le tribunal note que la concentration de grabataires et d'invalides imposait aux médecins et aux infirmières des critères de rentabilité plutôt que de qualité. Au bout de « trois semaines chaotiques », le seul médecin démissionnaire écrit au secrétaire d'État à la Santé que la situation des résidences « est indigne de l'idée qu'il se fait de la médecine ». Le Dr Tavardon dénonce la surveillance assurée par des auxiliaires inexpérimentées et éreintées, des nursings aléatoires à l'origine d'escarres, des fractures et des fracas dentaires non soignés car non détectés, et le refus de la direction de mettre en place un protocole de réhydratation et d'alimentation correct. Ses observations sur la prise en charge des patients se heurtent toujours à des fins de non-recevoir de la direction. Les pensionnaires « les plus difficiles » étaient confinés sans soins au troisième « théra », qui servait de mitard. Une auxiliaire de vie ou une femme de ménage, sans aucune formation, était chargée de surveiller vingt de ces malades. En cas d'urgence, la consigne était d'appeler la concierge, qui ne répondait qu'une fois sur trois. « Et quand on demandait le médecin, c'était au minimum une demi-heure d'attente », explique une auxiliaire de vie. Faute d'un système de garde de nuit adapté – une seule gardienne –, des pensionnaires étaient découverts le matin dans un état critique ou morts. L'établissement n'a pu justifier d'aucun suivi infirmier ou médical pendant les six mois précédant le décès de trois résidents. Jean Fatosme, en homme d'affaires averti, exigeait une rentabilité maximale. Sur un cahier de service retrouvé lors de la perquisition, l'un des directeurs avait noté pour le personnel : « Attention : chute de personne âgée = col du fémur cassé = moins de résidents ! » La consigne était d'éviter d'hospitaliser les malades. Lorsque le Dr Falala veut envoyer une patiente à l'hôpital, Jean Fatosme lui répond : « Elle est arrivée ici, elle mourra ici. » Il reproche d'ailleurs au médecin des hospitalisations trop fréquentes qui lui font perdre beaucoup d'argent. Le médecin admet à la barre qu'il y a eu des dysfonctionnements mais qu'il n'avait pas voix au chapitre. Une auxiliaire de vie fraîchement embauchée ne respecte pas la consigne lorsqu'un malade fait un malaise. Elle appelle le SAMU et est licenciée le soir même.

Exercice illégal de la médecine

« La sécurité des résidents est insuffisamment garantie au sein de l'établissement, tant sur le plan du circuit de distribution des médicaments que sur l'hygiène des soins », indiquent deux courriers de l'inspecteur de la DDASS de Paris adressés à l'AFPAP à propos d'une résidence médicalisée parisienne. Au problème des prescriptions s'ajoutent ceux de la distribution et de la préparation des médicaments, tellement courants dans les maisons de retraite qu'une étude[1] a été menée pour voir comment améliorer la prise en charge sanitaire des médicaments et des dispositifs médicaux en EHPAD. Les pratiques dans les autres maisons sont, pour l'instant, passées sous silence. En vertu des nombreux « glissements de fonctions qui mettent en danger les personnes accueillies », la plupart des personnels n'ont pas de formation en adéquation avec le poste occupé. On demande aux femmes de ménage de faire le travail des aides-soignantes, aux aides-soignantes de faire celui des infirmières et aux infirmières de prendre la place du médecin. Une ancienne aide-soignante d'une maison médicalisée près de Toulouse dénonce l'absence fréquente d'infirmier et d'aides-soignantes, des remplaçants sans diplômes qui assuraient la fonction d'infirmier

1. P. Deloménie, M.-F. Fontanel Lassalle, « Conclusions du groupe de travail sur la prise en charge des médicaments dans les maisons de retraite médicalisées », Inspection générale des affaires sociales, 2005.

aux risques et périls des malades, un pseudo-infirmier qui effectuait des soins « qui auraient fait bondir n'importe quel agent de service hospitalier »... Les risques d'erreur sont démultipliés. Dans l'annexe d'une maison de retraite lyonnaise où sont accueillis douze psychotiques, c'est-à-dire des personnes qui ont des problèmes psychiatriques, c'est une femme agent de service qui doit faire la toilette des patients et leur donner leurs médicaments : « Je n'en ai pas les compétences. Je suis agent de service, pas aide-soignante ! » dit-elle au tribunal. Les erreurs dans la distribution sont récurrentes : oubli, surdosage, médicaments donnés sans être prescrits, ou déposés sur des assiettes dans la salle à manger avant l'arrivée des pensionnaires, avec pour résultat des échanges ou des comprimés qui finissent par terre. Personne ne contrôle, personne ne vérifie. Près de Toulouse, la fille d'une pensionnaire s'aperçoit avec horreur qu'une infirmière remplaçante regarde le nom des résidents dans le col de leurs vêtements pour leur distribuer les traitements. Le problème, c'est qu'il arrive fréquemment aux résidents de se tromper de vêtements, quand ce n'est pas le personnel qui leur donne des vêtements qui ne sont pas les leurs. À la Caravelle de la Ferme, la femme de ménage reconnaît avoir rédigé des ordonnances « et avoir ainsi provoqué l'administration de médicaments qui n'étaient pas destinés à cette résidente ».

Les textes encadrant la préparation et la distribution des médicaments, notamment aux patients n'ayant plus toutes leurs facultés, sont inadaptés et soulèvent de sérieux problèmes de responsabilité. Le rapport de l'IGAS cité précédemment[1] rappelle que le code de la santé publique confie la responsabilité de l'administration du médicament au personnel infirmier[2] mais lui permet, sous sa responsabilité, de déléguer cette fonction aux aides-soignantes, auxiliaires de puériculture et aides médico-psychologiques. Il est alors clairement précisé qu'« en réalité les pratiques d'administration des médicaments par du personnel non soignant – veilleur de nuit, auxiliaire de vie, etc. – sont courantes ». Ce même groupe de travail rappelle que l'administration des médicaments devrait pouvoir être opérée uniquement par le personnel soignant.

L'exercice illégal de la médecine, de la profession d'infirmière et de la pharmacie ne se limite pas à la prescription et à la distribution de médicaments. Du fait des mêmes glissements de fonctions, les diagnostics et les actes médicaux sont pratiqués par un personnel non qualifié. Dans une résidence près de Bordeaux, c'est la directrice qui transfusait en l'absence d'un médecin, d'une structure de réanimation, et sans diplôme d'infirmière. Avec la même assurance, elle établissait diagnostics et prescriptions. Sans oublier les touchers rectaux : « Votre mère était constipée, j'ai dû intervenir à la main », dit-elle aux filles d'une résidente grabataire, atterrées. Elle omet

1. *Ibid.*
2. Art. R4311-5.

de leur préciser qu'elle pratique à main nue. « J'ai vu cette personne faire tous les matins des évacuations manuelles des selles des résidents grabataires. Évacuer les selles de ces personnes à mains nues, sans doigtier. Et se permettre ensuite, les ongles remplis de déchets, donc d'excréments, d'aller faire le pansement d'escarre, avec les mains souillées de merde », témoigne une infirmière. Dans ce château très chic, les agents de service se chargeaient des dosages d'insuline, des piqûres et de la préparation des médicaments. À l'occasion, l'aide-soignante posait les sondes gastriques. À Lyon, c'est une femme de ménage qui distribuait les médicaments et posait les sondes urinaires. On retrouve pratiquement le même scénario avec les mêmes acteurs dans un grand nombre de plaintes. À Pau, la maison de retraite Home de France, un *home* pas très *sweet,* est fermée à la suite d'un surdosage de benzodiazépines [1] ayant entraîné le coma d'une résidente, Gabrielle, alors que le somnifère ne figurait pas sur la liste des médicaments qui lui étaient prescrits. L'accident décide la DDASS et la DSD à procéder à un contrôle de l'établissement à la suite d'une plainte déposée par l'AFPAP. Ces institutions découvrent donc que la distribution de médicaments est faite par des personnes non qualifiées, qu'une grande partie des médicaments est périmée depuis 1963 et que la

1. Les benzodiazépines sont les psychotropes les plus prescrits dans le traitement de l'anxiété et des troubles du sommeil depuis 1962.

directrice, sans diplôme, joue au docteur. Au cours du procès, la DDASS pointe aussi certains dysfonctionnements, comme des chambres fermées de l'extérieur alors que des pensionnaires valides se trouvent à l'intérieur.

Le procès n'établit pas qui a administré le médicament à Gabrielle, malgré un faisceau inquiétant de présomptions. Le ministère public déclare : « Les faits ne peuvent pas toujours se prouver. Il faut savoir l'accepter[1]. » Raymonde Péninou est condamnée à 500 euros d'amende avec sursis pour détention de produits illicites.

Idem pour la directrice de la maison de retraite Maria Bugiéra, qui dealait les médicaments de sa petite pharmacie de secours pour éviter de faire appel à la pharmacie de garde. Son stock était constitué par les médicaments inutilisés des résidents. La pratique courante et la gravité de ces divers trafics sont dénoncées par une enquête de l'IGAS[2], qui mentionne également le cas d'un pharmacien utilisant le recyclage des médicaments pour remplir les piluliers des maisons de retraite.

Drogués à mort

Jeanne remarque que depuis plusieurs jours le personnel donne des gélules rouges ou bleues à sa mère

1. *La République*, 17 septembre 2004.
2. E. Grass, F. Lalande, « Enquête sur le dispositif de recyclage des médicaments Cyclamed », Inspection générale des affaires sociales, 2005.

trois fois, voire quatre fois par jour. On lui répond que ces gélules sont destinées à l'apaiser. Qu'elles sont administrées à plusieurs malades. Jeanne profite du déjeuner pour demander à l'infirmier le nom de ces gélules. Il refuse de le lui dire, invoquant le secret médical. « Demandez au médecin ! »

Les maisons de retraite sont toutes sous-médicalisées mais les pensionnaires sont presque tous surmédicamentés. La plupart des EHPAD comptent au moins dix pensionnaires considérés comme perturbateurs, c'est-à-dire agressifs ou déambulateurs, qui sans locaux adaptés risquent de fuguer ou de se blesser. En l'absence de l'architecture requise, la gestion efficace de ces risques consiste à assommer les pauvres vieux à coups de neuroleptiques. Dans un établissement médicalisé à 3 000 euros par mois, on croise des résidents hagards, abrutis par les drogues. Une aide-soignante explique les méthodes utilisées pour « contenir » une personne difficile : « On fait venir le neuropsychiatre et il prescrit. » L'une des inévitables conséquences de cet assommoir chimique est la rapide transformation de l'*Homo erectus* en *Homo decubitus*. Il faut dire qu'un malade grabataire dément qui exige de simples soins de nursing, peu de médicaments et d'intervention médicale est le résident idéal. Un dément turbulent est trop chronophage pour être rentable. À moins de le formater en utilisant tous les moyens existants. Rien de tel qu'un petit cocktail chimique pour calmer les séniles ardeurs. Dans la famille des psychotropes, on trouve des antidépresseurs contre la dépression, des anxiolytiques contre l'anxiété, des somnifères contre les insomnies et des neuroleptiques contre l'agitation et le délire. Ce n'est pas un hasard si les pensionnaires des maisons de retraite sont les plus grands consommateurs de calmants en tous genres : 66,4 % en institution contre 31,9 % à domicile. Ces chiffres ne correspondent pas au taux de troubles mentaux que ces médicaments sont censés soigner. L'application thérapeutique est la même qu'en prison : calmer les agités. « Donnez-leur du sirop d'Atarax[1] à volonté », intime la directrice d'une maison marseillaise à deux aides-soignantes. Un autre directeur, adepte des mêmes largesses, explique aux familles un peu inquiètes que l'Atarax, « c'est du pipi de chat ». Bien que totalement illégale, cette méthode pour confire scientifiquement les vieux est courante dans les structures, médicalisées ou pas. Apparemment, la situation serait encore pire dans les maisons non médicalisées. Cette pratique fait partie du *modus operandi* de la plupart d'entre elles, qui imposent l'exercice illégal de la médecine au personnel. Plus celui-ci est réduit, plus la consommation de psychotropes augmente. « On les bourre de médicaments. La camisole chimique, c'est très facile et cela permet d'avoir la paix », dénonce un infirmier. Les drogues les calment de la même manière qu'un coup de barre de plomb sur la tête, explique

1. Nom commercial de l'hydroxyzine, utilisé, entre autres, comme sédatif et anxiolytique.

le Dr Jérôme Avorn[1]. La surmédication est classée comme acte de maltraitance dans la catégorie « violence physique ». Mais elle reste le meilleur moyen pour alléger la charge de travail du personnel, qui n'est pas qualifié pour gérer des symptômes et des comportements parfaitement normaux comme l'agitation, la déambulation, l'angoisse et le refus de coopérer. La distribution régulière d'Haldol ou d'autres hypnotiques est bien pratique pour faire dormir les vieux, que l'on couche le plus tôt possible pour permettre au personnel de partir à 18 heures. Autre avantage : elle soulage le seul agent présent la nuit pour 70 personnes. Drogués, à la limite de la catatonie, les malheureux zombies sont totalement décérébrés. Comme Albertine, qui est jugée agressive par les infirmières. Rapidement, son Équanil passe de deux à quatre comprimés par jour. Depuis elle bave beaucoup, dodeline de la tête, mais au moins elle dort et n'embête personne. Sa fille s'inquiète de ne pas pouvoir la réveiller. Le médecin de la résidence la rassure : « Elle est vieille, votre maman. » Les doses administrées suffiraient souvent à calmer un cheval. Le médecin de l'hôpital d'Arcachon confirme la présence d'un taux de benzodiazépines très élevé dans le sang d'un pensionnaire d'une maison de retraite de Biganos, et ce plus de 18 jours après leur administration. Le malade est arrivé à l'hôpital dans un état semi-comateux et complètement déshydraté. Chez une

1. Professeur de médecine sociale à l'université Harvard.

autre malade, le dosage d'Haldol découvert est de cent fois supérieur à la quantité recommandée. « Les grand-mères qu'on calme à coups de neuroleptiques ou de benzodiazépines et qu'on récupère complètement déshydratées, c'est pratiquement tous les jours », déplore le Dr Thierry Martin. Pendant la canicule, ces médicaments ont largement contribué à la déshydratation des victimes. Parmi les 60 ans et plus décédés d'un coup de chaleur à l'hôpital, un tiers souffrait d'une maladie mentale et 17 % prenaient un traitement psychotrope[1]. Les personnes âgées sont les plus grands consommateurs de ces médicaments[2]. Elles en consomment deux fois plus que les jeunes[3] et démultiplient les risques en les associant à plusieurs autres médicaments[4]. Les ordonnances comportant dix voire quinze médicaments différents, quand ce n'est plus encore, ne sont pas rares. Et plus d'un quart des

1. « Impact sanitaire de la vague de chaleur d'août 2003 : premiers résultats et travaux à mener », art. cité.

2. L'étude de l'assurance maladie sur la consommation de psychotropes chez les plus de 65 ans indique que 18 % d'entre eux consomment des anxiolytiques et 14 % des hypnotiques.

3. Les personnes âgées de 65 ans et plus représentent 20 % de la population. 34 % d'entre elles ont consommé un médicament psychotrope durant la période contre 18,7 % des plus jeunes. *Cf.* J.-F. Hurstel, C. Suarez, R. Bourrel, V. Sciortino, « Personnes âgées et consommation de psychotropes en Midi-Pyrénées », *Revue de gériatrie*, 27, p. 489-500, 2002.

4. Chez les plus de 75 ans, six ordonnances sur cent comptent deux anxiolytiques – une association qui n'est pas recommandée. Selon une enquête menée en Aquitaine mais transposable aux autres régions de France, 16 % des plus de 65 ans ont des ordonnances de plus de sept médicaments.

prescriptions examinées contiennent des produits présentant des risques d'interférence entre eux[1]. Le Dr Patrick Pelloux[2] rappelle que, dans les cas de décès pendant la canicule, nombreux étaient ceux où les associations médicamenteuses avaient pu se transformer en cocktail létal[3]. La plupart des médicaments qui ont été retirés du commerce l'ont été en raison d'effets indésirables survenus chez des personnes âgées[4]. Ces mélanges détonants, non

---

1. Dans son rapport 2003, la Cour des comptes indique que, selon les gériatres, l'âge entraîne de profondes modifications tant de la pharmacocinétique que de la pharmacodynamie. La partie de la population la plus grosse utilisatrice de médicaments est celle pour laquelle le niveau de preuve est le plus incertain. Ce problème est d'autant plus important « que ces patients âgés sont évidemment plus fragiles et donc plus sujets aux effets indésirables des médicaments ». Le rapport souligne le risque accru d'iatrogénie pour ces patients.

2. Audition de Patrick Pelloux, 17 septembre 2003, n° 1090, Assemblée nationale (rapport d'information sur la crise sanitaire et sociale déclenchée par la canicule).

3. En tête des médicaments qui provoquent le plus d'effets secondaires chez la personne âgée, on trouve les antibiotiques avec les allergies ; les antihypertenseurs avec l'hypotension et les chutes ; les anti-inflammatoires avec les insuffisances rénales ou cardiaques et les ulcères digestifs ; les anticoagulants avec les hématomes ; les sulfamides contre le diabète avec l'hypoglycémie. L'insuffisance rénale constitue l'un des accidents iatrogènes possibles chez les plus de 70 ans, dont un tiers est traité avec des médicaments à risque rénal. Le risque est d'autant plus grand qu'un tiers de ceux qui reçoivent ces médicaments n'a subi aucun contrôle biologique de la fonction rénale depuis un an.

4. Le Dr Jean-Marie Vétel explique dans son exposé sur la problématique des essais médicamenteux chez les personnes âgées (« Le sujet âgé, une population pharmacologiquement orpheline ? ») que le risque iatrogène chez le sujet âgé n'est pas négligeable et que la plupart des médicaments qui ont été retirés du commerce l'ont été en raison d'effets indésirables survenus

ciblés, additifs, incontrôlés en termes d'incompatibilité, ont des répercussions gravissimes sur les malades âgés. Une hospitalisation sur cinq en relation avec l'effet iatrogène[1] pourrait être évitée, sans compter plusieurs milliers de décès par an[2]. Selon les experts, la prise simultanée de plus de quatre médicaments multiplie par deux les risques de chute. Le mélange le plus nocif est un médicament pour la tension associé à un autre pour stabiliser le comportement et à un somnifère. Avec ça, si la personne se lève dans la nuit, c'est la chute garantie. Les chutes sont souvent sans gravité, mais certaines s'accompagnent de fractures et d'autres blessures[3] :

---

chez des personnes âgées. Conférence « Personnes âgées et médicaments », 24 mars 2003.

1. C'est 10 % pour les plus de 65 ans et 20 % pour les octogénaires ; 10 % de ces accidents médicamenteux sont imputables à un médicament unique, 27 % à la prise simultanée de six médicaments et 50 % lorsque les patients prennent plus de quinze molécules.

2. Une enquête de pharmacovigilance demandée par Bernard Kouchner en 1997 estime que, tous les ans, sur plus de 4 millions d'hospitalisations, entre 400 000 et 1 million sont dues aux effets indésirables des médicaments – 1,4 % de ces effets ont été la cause probable d'un décès, soit 18 200 morts. « Iatrogenèse médicamenteuse : estimation de son importance dans les hôpitaux publics français », rapport présenté au Comité technique de pharmacovigilance, 13 novembre 1997.

3. Parmi ces chutes, 5 % s'accompagnent de fractures, et 5 à 10 % d'autres blessures. Koski *et al.*, « Physiological factors and medications as predictors of injurious falls by elderly people : a prospective population-based study », *Age and Ageing*, 25, p. 29-38, 1996 ; Neutel, Hirdes, Maxwell et Patten, « The long-term use of benzodiazepines », *Psychopharmacology Bulletin*, 21, p. 93-96, 1996 ; Oster *et al.*, « Benzodiazepine tranquillizers and the risk of accidental injury », *American Journal of Public Health*, 80, p. 1467-1470, 1990 ; Ray, Griffin et Malcome, « Cyclic antidepres-

tassement de vertèbres, fractures du poignet et du col du fémur chez les femmes. La moitié d'entre elles gardent un handicap définitif et un cinquième décèdent dans l'année qui suit[1]. Les cas se multiplient, et pourtant les taux de déclaration en pharmacovigilance n'augmentent pas[2]. Une fracture du col du fémur chez une petite grand-mère est tellement courante que personne ne va se poser de questions sur les effets secondaires des médicaments qu'elle prend. Et personne, constate le Pr François Piette[3], ne va déclarer l'effet secondaire d'un médicament pour l'hypotension orthostatique – c'est-à-dire la baisse de pression artérielle au lever – pris au cours d'un traitement antihypertenseur chez une femme âgée.

---

sants and the risk of hip fracture », *Archives of Internal Medicine*, 151(4), p. 754-756, 1991 ; Ray *et al.*, « Adverse drug reactions and the elderly », *Health Affairs*, p. 114-122, automne 1990.

1. Les chutes provoquent chaque année en France 40 000 à 65 000 tassements de vertèbres, 35 000 fractures du poignet et 50 000 fractures de l'extrémité supérieure du fémur chez les femmes. Sur ces 50 000 femmes, la moitié vont garder un handicap définitif et 10 000 vont décéder dans l'année qui suit. « Prévention des fractures de la femme âgée », *Prescrire*, 18(183), p. 291-297, 1998 ; « Psychotropes chez les sujets âgés : le risque de chute et de fracture augmente », *Prescrire*, 18(189), p. 776-779, 1998 ; P. Dargent-Molina *et al.*, « Fall-related factors and risk of hip fracture : the EPIDOS prospective study », *Lancet*, 348, p. 145-149, 1996 ; Expertise collective INSERM, « Ostéoporose, stratégie de prévention et de traitement », INSERM, 1997.

2. Le taux de déclaration en pharmacovigilance n'est pas constant au cours des âges et il est par exemple beaucoup plus important lorsqu'il survient chez un enfant de 15 ans que chez un sujet âgé.

3. « Pharmacologie des médicaments chez le sujet âgé », séminaire de Bobigny, janvier 2002.

Apparemment, les drogues légales tuent plus que les autres. Des données du ministère de l'Intérieur britannique provenant des rapports des coroners indiquent que les décès dus aux benzodiazépines sont supérieurs à tous ceux provoqués par toutes les drogues illégales réunies. L'accoutumance, plus rapide que pour l'héroïne, est garantie. Et l'arrêt soudain de ces médicaments peut provoquer des effets délétères, notamment des crises d'épilepsie, pouvant à terme conduire à la mort. Renée, qui essaie de parler à sa mère, n'obtient que des balbutiements confus en réponse à ses questions. Elle appelle l'aide-soignante, qui donne sa dose d'Atarax à la vieille dame. Très rapidement, celle-ci redevient « normale » et répond à toutes les questions de sa fille. Malheureusement, le remède miracle associé à deux autres tranquillisants a rapidement raison de la vieille dame. La cause du décès est imputée à un arrêt cardiaque. Et au grand âge de la victime : « À 91 ans, son état général a lâché d'un coup », dira le médecin de l'établissement.

Les médicaments sont souvent donnés sans vrai monitoring des effets qu'ils peuvent avoir, et rarement pour les maux qu'ils devraient soigner. Une étude de 1995[1], qui est toujours d'actualité, indique

1. L'étude, réalisée en 1995, porte sur les médications à usage interne prescrites aux 2 510 résidents de 17 établissements hébergeant des personnes âgées de 60 ans et plus. La méthode utilisée (recueil des données sur site à partir des dossiers médicaux et des entretiens avec les médecins et le personnel soignant) a permis d'obtenir des informations précises sur les pathologies des patients. Très peu des personnes hébergées ne reçoivent aucune médication (3,6 %) ; les autres sont traitées en moyenne par

que leur quantité dépend de la capacité de l'établissement, du statut libéral ou salarié du prescripteur et de l'attitude psychologique du malade. Lorsque les patients arrivent à l'hôpital, envoyés par leur maison de retraite, l'une des premières démarches des personnels hospitaliers consiste à supprimer des médicaments. Ces personnels sont ensuite confrontés à des familles qui, deux à trois mois après le retour de leurs parents dans leur maison de retraite, reviennent les trouver en leur demandant de les reprendre car leur situation sanitaire s'est à nouveau dégradée. Les traitements mis en place ont été complètement changés. Souvent, ce sont les médecins attachés à l'établissement qui modifient les traitements, uniquement pour justifier leur activité et sans se poser la question de savoir si le traitement préalable était suffisant, efficace, ou s'il demandait des modifications.

5,5 médicaments différents par jour. Ce nombre moyen n'est pas corrélé au sexe, ni à l'âge, ni au mode de séjour des patients (hébergement simple, cure médicalisée ou soins de longue durée), en revanche il dépend de la capacité de l'établissement, du statut (libéral ou salarié) du prescripteur et de l'attitude psychologique du malade. P. Jeunehomme, P. Roger, R. Parjoie, M. Vinot, C. Apicella, C. Bertrand, J.-P. Prieur, « Les traitements médicamenteux chez les personnes âgées hébergées en institution. Étude dans 17 établissements de la Marne », *Revue de gériatrie*, 23, p. 287-302, 1998.

Des vieux crasseux

Les ambulanciers qui transportent la vieille dame de la clinique de Saclas à la maison de retraite sont obligés de rouler toutes vitres baissées tant l'odeur est pestilentielle. Les aides-soignantes qui la réceptionnent et sa fille sont choquées par son état de saleté repoussante. En la lavant, on trouve des aliments en putréfaction dans sa bouche. La septuagénaire décède trois jours plus tard. « Les toilettes étaient faites », dira le médecin de la clinique. Celle-ci appartient au groupe MEDIDEP, qui se présente comme le leader de l'accueil des personnes âgées en France.

« Ils n'ont plus de couches, eh bien, laissez-les dans leur merde et dans leur pisse », ordonne l'un des directeurs à une auxiliaire de vie [1]. Le Dr Falala confirme que certains malheureux macéraient dans leurs excréments pendant trois jours, pénalisés pour avoir souscrit au mauvais forfait. La perversité du système, ce sont les couches imposées par manque de personnel : « On leur met des couches pratiquement quinze jours après leur arrivée, sinon on ne s'en sort pas. » Une fois l'habitude des couches instaurée, celles-ci ne sont pas changées par manque de personnel et par souci d'économie. Elles coûtent cher et sont utilisées avec la plus grande parcimonie. Dans une résidence à plus de 2 000 euros par

1. Selon le témoignage du commandant de police Jean-Yves Daniel.

mois, une aide-soignante évoque des budgets tellement serrés que, certains week-ends, « on est obligés d'utiliser des serviettes de toilette ou de découper des alèses parce qu'on n'a plus de couches ». Le Dr Trivalle indique que la direction veut limiter à deux par jour les coûteuses couches hypoallergéniques ! Cette volonté de faire des économies entraîne des situations sordides. Les couches sont réutilisées après un rapide passage sous l'eau. Ou alors les résidents sont facturés pour des changes qui n'ont pas été faits. D'après les factures, deux aides-soignantes réussissaient l'exploit de changer à elles seules, deux fois par nuit, 90 résidents répartis sur quatre étages. Les problèmes de santé provoqués par ce manque d'hygiène peuvent mettre la vie de la personne en danger. « Les protections avec un indice de saturation toutes les dix ou douze heures, sans prévention d'escarres, favorisent ce type d'infection », explique le Dr Trivalle. Aux États-Unis, certaines associations militent pour que le fait de laisser une personne dans ses excréments soit considéré comme un crime. Une aide-soignante des Caravelles témoigne que, par manque de temps, les personnels changeaient les plus dépendants sans les laver. Le temps minimum recommandé pour un nursing convenable[1] est de cinq heures par résident et par jour. Dans la plupart

1. K. Pillemer et D. Finkelhor, « The prevalence of elder abuse : a random sample survey », *The Gerontologist*, 28, p. 51-57, 1988.

des établissements, le nursing se fait en dix minutes... quand il est fait. Une étude de l'INSERM confirme que plus la personne est dépendante, plus elle est considérée comme un objet. Le personnel consacrera sept minutes au transfert d'un vieillard impotent du lit au fauteuil. S'il est dément, ce temps sera divisé par deux. Quelle que soit la qualification du personnel, il accordera toujours plus de temps à une personne lucide.

Le manque d'hygiène par manque de personnel est une plaie à l'hôpital. « À trois aides-soignantes pour trente-sept malades, les toilettes sont forcément bâclées », reconnaît le Dr Trivalle. Dans certains hôpitaux, les vieux patients sont douchés une fois par mois. Une aide-soignante rapporte que certains malades ayant des problèmes dermatologiques supplient pour qu'on les douche plus souvent, ce qui pénalise les autres, qui peuvent attendre leur douche deux ou trois mois. « Depuis son arrivée il y a un mois et demi, elle n'a eu que deux douches. Alors que même les voleurs et les assassins ont droit à deux douches par semaine », s'indigne la fille d'une résidente d'une maison de retraite de Haute-Garonne. Le manque de personnel et l'absence d'équipements sanitaires n'autorisent l'accès à l'unique salle de bains qu'à trois résidents par jour. Par rotation, chacun n'a droit qu'à deux douches par mois. Même régime dans un établissement du Morbihan, avec un bain et un shampooing seulement toutes les huit à dix semaines. Dans une note interne, le chef du service de gériatrie dénonce la baisse de qualité de l'établissement, attribuée au manque de personnel. Dans un établissement médicalisé près de Toulouse, la fille d'une pensionnaire constate que certains résidents sentent très mauvais. Leurs ongles sont longs et sales, leurs cheveux ne sont pas lavés, leurs dents et leurs appareils dentaires jamais brossés. Sa mère en pleure souvent d'humiliation : « Regarde ce que je suis devenue. » Une résidente est tellement sale qu'une quinzaine de mouches lui tournent autour.

Les restrictions budgétaires n'épargnent aucun domaine. Un infirmier d'une maison médicalisée de Marseille confie qu'il n'y avait pas de thermomètre pour prendre la température des résidents et qu'il a dû en acheter un. Dans une autre structure, le seul et unique thermomètre de l'établissement est utilisé pour l'ensemble des pensionnaires, avec une désinfection très aléatoire entre chaque patient. Une aide-soignante dégoûtée se plaint du manque de moyens : « On grattait sur tout, shampooing, sèche-cheveux, coupe-ongles, sacs-poubelles. On lavait les pensionnaires comme on pouvait, faute de gants et de serviettes de toilette. » Les gants de toilette font l'objet d'une politique drastique. Au point que le personnel utilise ce qu'il trouve pour laver les résidents : chaussettes, tee-shirts ou taies d'oreiller. Les mêmes objets sont détournés pour faire face au manque de serviettes... ou pire : « Certains matins, je dois torcher les résidents avec leur propre tee-shirt parce qu'il n'y a plus de papier toilette », témoigne une aide-soignante d'un établissement médicalisé de Marseille bénéficiaire d'un label qualité depuis 2000. Ailleurs, une famille scandalisée découvre que le personnel « lave les fesses et le visage du patient avec le même gant ». Lorsqu'il n'y a plus de savon ni de shampooing, c'est le liquide vaisselle récupéré en cuisine qui les remplace. La quantité d'eau chaude est limitée, le personnel termine les douches à l'eau froide. Il existe une formule encore plus économique : les douches communes hommes et femmes mélangés passés au jet. Les rasoirs sont rationnés et les sacs-poubelles donnés au compte-gouttes. Une vieille dame lucide raconte à sa fille qu'elle a été malade pendant la nuit. La première fois, une employée lui a donné un sac-poubelle pour qu'elle puisse vomir dedans. La seconde fois, elle lui a dit de le garder pour la nuit « parce les sacs-poubelles, ça coûte cher ».

Le personnel n'est pas mieux loti. Une aide-soignante qui travaille dans une structure associative de Lyon témoigne qu'« avec la même blouse on fait le ménage, on change les malades, on prépare les repas ». Aux Caravelles, alors que certains patients ont le sida, le personnel n'est pas prévenu et n'a pas de gants pour faire les toilettes. Lorsqu'il y en a, ils sont trop rares pour être changés systématiquement et servent pour différents patients.

Les entorses à l'hygiène sont récurrentes dans les maisons de retraite et à l'hôpital. « Les chambres ne sont pas toujours propres, reconnaît le Dr Trivalle, les draps ne sont pas changés régulièrement. » À l'Institut Gustave-Roussy, avant le transfert de l'hôtellerie au privé, les protocoles de ménage étaient particulièrement stricts : vingt minutes par chambre, quarante minutes par chambre de malade immunodéprimé. Depuis, ces temps ont été divisés par deux. Le nettoiement des cuisines est devenu approximatif et irrégulier. La plonge n'est plus effectuée avec le même soin qu'auparavant, les produits d'entretien ne sont plus adaptés : un seul produit sert à tout nettoyer[1]. Des personnels qui ont travaillé dans une maison médicalisée marseillaise dénoncent quelques dérives courantes. Les petits déjeuners sont servis par des personnels qui ont sur les mains des matières fécales. Les lits sont refaits pendant la distribution des petits déjeuners : vaisselle, draps sales, draps propres, tout finit dans le même chariot. N'importe qui va et vient dans la cuisine sans la moindre précaution. Les ASH passent du service ménage au service cuisine sans se changer et souvent sans même se laver les mains. Elles se contentent de mettre un petit tablier de protection. Lorsqu'un patient défèque au milieu du couloir, le chariot qui sort de l'ascenseur pour les petits déjeuners roule dans les excréments, fait le va-et-vient pour la distribution, repasse encore dedans et redescend à la cuisine pour le lavage des couverts. Les grands plats métalliques qui servent à la préparation des repas sont utilisés pour nourrir les trois

1. Aimé Savy, maire-adjoint d'Ivry-sur-Seine, membre du Comité national pour la reconquête de la démocratie, « Sauver la médecine », hôpital Cochin, 21 janvier 2006.

chiens et la vingtaine de chats avec les restes de la cuisine. Les fauteuils roulants ne sont jamais lavés.

Il n'existe pas d'étude française établissant le lien entre le manque de personnel et les problèmes sanitaires en maison de retraite, sauf dans le cas de la gale. Le Pr Olivier Chosidow, du CHU Pitié-Salpêtrière, explique à propos de cette maladie – classée par Médecins sans frontières dans les maladies dermatologiques et ophtalmiques dues à un manque d'hygiène – qu'« en France nous ne disposons pas d'une surveillance épidémiologique adaptée pour apprécier l'ampleur exacte de ce type d'affections ». Quant à la fréquence de survenue de la gale, les auteurs de l'étude française la plus récente[1] ne constatent aucune différence notable entre les établissements privés et les établissements publics, pas plus que selon la localisation urbaine, semi-urbaine ou rurale. L'ancienneté (plus de trente ans), la taille (plus de 120 lits) et un ratio lits par aide-soignante inférieur à dix pour une sont significativement liés au risque de survenue de la gale.

Les économies d'énergie

La flambée du prix des carburants encourage les économies de chauffage. Au point parfois « de compromettre la santé, la sécurité et le bien-être des pensionnaires ». C'est le motif de la fermeture des Alizés, à Rochefort, en Charente-Maritime.

1. *Bulletin épidémiologique hebdomadaire*, 11 février 1997.

Après enquête, le directeur de la DDASS rapporte que la température était de 12 °C dans les chambres et de 8 °C dans les parties communes. « Tout porte à croire que le bâtiment était chauffé à l'économie. » La DDASS découvre des pensionnaires prostrés mais ne constate aucun signe visible de maltraitance physique. Pas même pour l'un d'eux, hospitalisé en état de déshydratation avancé.

Paul, qui souffre de la maladie de Parkinson et d'une pneumopathie grave, ne résistera pas à la seule et unique nuit passée à la Caravelle de la Ferme. En effet, admis à la résidence le 13 janvier, il est conduit aux urgences le lendemain pour une hypothermie avec une température de 28 °C. L'équipe du SAMU signale dans son rapport qu'il n'y avait pas de chauffage dans sa chambre. Le médecin expert indique que l'exposition dans une chambre non chauffée en hiver constitue un manque de soins qui, « par l'hypothermie induite, est à l'origine du décès le 16 janvier ». Avant lui, une résidente du troisième « théra » est morte de froid elle aussi. Le Dr Falala se fait rappeler à l'ordre par la direction parce que, avant d'envoyer la vieille dame mourante à l'hôpital, il ne l'a pas réchauffée avec un sèche-cheveux. Une précaution élémentaire si l'on veut éviter les accusations de ce type et redonner des couleurs aux malades. Cet incident mettra fin à la collaboration entre les deux parties.

Certaines situations laissent perplexe, comme lorsqu'une personne âgée reste nue ou presque nue sur son fauteuil avec les fenêtres grandes ouvertes malgré le froid. L'explication, dans les cas rarissimes où elle est donnée, est le besoin impératif d'aérer la pièce. Apparemment, il faut aussi aérer le pensionnaire. Un infirmier de Marseille explique la procédure : à partir de 7 heures, la lingère expulse les pensionnaires du lit pour enlever les draps. Elle les installe sur une chaise, mouillés et souillés de la nuit, sans robe de chambre ni pantoufles. Comme la pièce et le pensionnaire sentent mauvais, elle ouvre la fenêtre.

L'absence de chauffage dans les salles de bains – le seul endroit où l'on est à la fois nu et mouillé – n'est pas rare. À Ty Men, une résidence médicalisée gérée par l'hôpital de Douarnenez qui accueille 95 pensionnaires, les rares salles de bains ne sont pas chauffées[1]. Apparemment, certains handicapés aussi mal lotis vivent dans des pièces non chauffées, sans eau, avec des rats[2].

Un problème de normes

La rentabilité maximale impose une gestion optimale de l'espace, aussi appelée « entassement des vieux ». Les Caravelles, « gorgées de malades » selon un médecin, en accueillaient 500 pour

1. Hélène Tanguy (députée du Finistère), « Modernisation du service de gériatrie à l'hôpital de Douarnenez », Assemblée nationale, 1re séance du mardi 30 novembre 2004.

2. Selon Didier Sicard, président du Comité consultatif national d'éthique (CCNE), APM-Reuters, 20 décembre 2001.

348 chambres. Et comme il fallait bien les mettre quelque part, la direction optimisait tout ce qu'elle pouvait, y compris les soupentes. Au Home de France à Pau, la DDASS trouve un vieux monsieur dans un placard à balais de 3 mètres carrés. À l'Hermitage de Schoeneck, un cagibi de 6 mètres carrés pour deux et un réduit de 2 mètres carrés font office de chambres. Dans un établissement public de Dordogne, les grabataires sans famille sont installés dans des chambres aveugles. Caves, couloirs, vestiaires, sas, buanderies, chaufferies et tisaneries, tout est bon pour parquer les vieux. Sans parler des lits de camp installés le soir dans des chambres déjà occupées. La fille d'une pensionnaire de Gironde découvre le pot aux roses en passant à l'improviste un soir.

Dans l'enfer du quatrième âge, une petite chambre sale au papier peint déchiré, aux prises électriques et appliques arrachées, meublée d'une armoire bancale soutenue par un pied de fortune et d'un lit recouvert d'un couvre-lit crasseux, au troisième sans ascenseur, coûte 90 euros par jour, sans compter les frais de dépendance. La résidence a décroché 2 étoiles dans le *Guide des maisons de retraite en France*[1] et 3 étoiles dans le *Guide vermeil*[2]. Ils sont plus nombreux qu'on ne veut bien

1. *Guide des maisons de retraite en France*, Le Carquois, 2005.

2. *Guide vermeil. Les meilleures maisons de retraite d'Ile-de-France*, Senior Plus. Cet ouvrage, que le journal *20 minutes* décrit comme « le *Michelin* des maisons de retraite », est conçu par trois femmes d'une même famille : Anne-Marie Coutrot, Annette Vezin et Emmanuelle de Guitaut, dont le grand-oncle n'est autre

l'imaginer, ces établissements qui ne sont pas aux normes. Le dernier rapport de la Cour des comptes[1] indique que 60 % d'entre eux font l'impasse sur les normes de confort et entre 20 et 30 % violent les normes de sécurité. Ce qui, en clair, veut dire qu'au minimum 120 000 personnes, plus celles hébergées dans les établissements clandestins – pour la plupart très âgées, vulnérables, dépendantes et dont beaucoup ne peuvent pas se déplacer seules –, vivent dans des locaux dangereux. Dans la liste dressée par *Le Nouvel Observateur* en avril 2005 des principaux incendies survenus en France au cours des cinq années précédentes, sur les quatorze mentionnés, on trouve cinq maisons de retraite et une clinique psychiatrique. La Fédération hospitalière de France (FHF) confirme qu'un quart des maisons de retraite « ne sont pas aux normes de sécurité incendie, et près de la moitié exigent une rénovation » pour mieux accueillir les personnes atteintes de la maladie d'Alzheimer. Sans parler des taudis où aller de la chambre à la salle de bains relève du parcours d'obstacles, avec un bac à douche à enjamber ou une cuvette de WC trop basse et sans abattant, pour des personnes qui, au mieux, sont semi-valides. Les normes d'hygiène et de sécurité ont été durcies mais leur interprétation semble fluctuante.

---

que Pierre Laroque, fondateur de la Fondation nationale de gérontologie (FNG).

1. « Les personnes âgées dépendantes », rapport de la Cour des comptes, novembre 2005.

L'application des normes reste largement optionnelle. À tel point que certains établissements qui non seulement ne sont pas aux normes mais exercent dans l'illégalité réussissent le tour de force d'être référencés par les autorités. Le Château de Grumesnil, dans l'Eure, fermé sur arrêté préfectoral, était un établissement agréé par la DDASS. Il figurait sur le Fichier national des établissements sanitaires et sociaux (Finess[1]). Dans les différents guides des maisons de retraite, les petits arrangements avec les normes sont présentés comme des plus pour les personnes âgées. Il n'y a pas la douche réglementaire dans les chambres ? C'est un avantage, selon le *Guide Vermeil*, qui attribue 4 étoiles à l'établissement, « car les douches communes permettent une meilleure surveillance ». Les dispositifs d'appel, pourtant imposés par la loi, sont absents dans une « vraie nouvelle maison sécurisante » 3 étoiles. Des petites chambres « un peu biscornues », l'absence de fenêtres, d'ascenseur, des escaliers étroits ou en colimaçon ne sont pas plus rédhibitoires pour d'autres établissements bien étoilés. Des établissements officiellement inconnus de la DDASS ont été sélectionnés par le *Guide vermeil.*

Malgré les avis défavorables des commissions de sécurité incendie, les autorités ferment régulièrement

1. Fichier qui regroupe l'ensemble des structures autorisées à installer des équipements sanitaires et sociaux (entité juridique) ainsi que les lieux dans lesquels sont installés ces équipements et s'exercent les activités de soins ou de service social.

les yeux sur des résidences mal sécurisées ou inadaptées à l'accueil de personnes invalides. La Résidence des Ormeaux, à Grenade (Haute-Garonne), ouverte sans l'agrément de la DDASS, est fermée par un arrêté préfectoral pour raison de sécurité : dix personnes à l'étage et pas d'ascenseur pour les évacuer en cas de sinistre. La pratique des escaliers est un sport à haut risque qui épuise et fragilise rapidement les personnes âgées, quand il ne les tue pas. Une infirmière décrit le parcours du combattant quotidien des vieilles dames encore valides, mais comme on peut l'être à 90 ans, pour regagner leurs chambres. Accrochées à la rampe en file indienne, elles hissent péniblement leurs rhumatismes. Et si l'une d'entre elles, éreintée par l'effort et tétanisée par la peur de tomber, s'arrête au milieu de l'escalier, toutes les autres risquent de tomber comme des dominos. « Elles étaient valides au début mais se fatiguaient vite et perdaient facilement leur autonomie. » Les économies sur les contrats d'entretien expliquent sans doute les défaillances à répétition des ascenseurs en place. Dans un établissement où l'ascenseur est régulièrement en panne, les brancardiers ont toutes les peines du monde à évacuer par le petit escalier en colimaçon un grand dépendant relégué au troisième étage.

Pour ne pas être confrontées au relogement des résidents en cas de fermeture ou dans l'attente d'une hypothétique remise aux normes, les autorités ferment les yeux. Dans le Gard, le bâtiment s'affaisse et se fissure. Les faïences craquent et les tuyaux fuient. Des volets ne ferment plus, d'autres ne s'ouvrent plus, les fenêtres ne jointent plus. Il n'y a pas de chauffage, pas d'aération, et on décèle un soupçon de légionellose, sans conséquences. Le plafond de la salle à manger a dû être étayé par sécurité. L'ascenseur tombe régulièrement en panne avec des personnes à l'intérieur. Certaines chambres n'ont pas de douches. Une machine à laver le linge a explosé. La commission de sécurité, qui a donné un avis défavorable en 1998, n'est jamais revenue. En attendant les résultats d'une expertise judiciaire, l'établissement fonctionne à ses risques et périls. Surtout à ceux des vieux. À titre de comparaison, le code rural semble plus strict : les articles R. 214-17 et R. 214-18 ainsi que l'arrêté du 25 octobre 1982[1] interdisent de priver les animaux de nourriture et d'abreuvement, de les maintenir dans des installations qui leur sont inadaptées (trop exiguës, par exemple) ou dans un environnement inapproprié.

Les nouvelles structures qui séduisent les familles ne sont pas pour autant mieux adaptées aux résidents. La plupart des constructions récentes, « des verrières orientées plein sud, sans protection solaire[2] », avec une ventilation insuffisante, des cloisons à faible inertie thermique, des murs trop minces, à effet de serre garanti, sont à l'origine du « Waterloo

1. Modifié par un arrêté ministériel du 17 juin 1996 et par un autre du 30 mars 2000.
2. *Le Figaro*, 22 novembre 2003.

thermique » de 2003. Le rapport de l'InVS[1] sur la qualité de l'habitat des personnes âgées, qu'elles vivent à domicile ou en maison de retraite, attaque l'architecture peu adaptée de certains bâtiments. Il mentionne un établissement de 62 lits dont l'architecture originale, « œuvre d'un émule de Ricardo Bofill », prend la forme d'un cylindre coiffé d'une coupole translucide qui crée à l'intérieur des locaux un « puits de lumière ». Selon le rapport, cette architecture présente le grave inconvénient de transformer les lieux en un « puits de chaleur » en période de canicule. En comparaison avec les années précédentes, le nombre de décès a été multiplié par quatre du 1er au 22 août 2003, « dont 5 décès intervenus au cinquième étage, sous la coupole ». Le rapport préconise de « tenir compte des enseignements de la canicule en matière de construction : proscrire à l'avenir les grands espaces vitrés dans les maisons de retraite, écoles, maternités, hôpitaux et bâtiments publics ».

Les conditions d'hébergement restent problématiques dans bon nombre d'établissements : 40 % de résidents n'ont pas de chambre individuelle, 56 % doivent se contenter de douches collectives en maison de retraite et 73 % dans les hôpitaux de long séjour. Ces structures obsolescentes ont souvent été réalisées avec des moyens modestes, dans des conditions minimales qui ont consisté à transformer des dortoirs en boxes. Un inspecteur de la DDASS

1. Présenté en 2004.

de Paris déclare au cours d'un entretien téléphonique qu'une petite chambre, ce n'est pas dramatique. « Je n'ai jamais entendu dire que la taille d'une chambre pouvait faire du mal à quelqu'un », dit une autre responsable. Elle ajoute que certaines maisons auront du mal à respecter les nouvelles superficies et qu'elles seront obligées de fermer. Dans les bâtiments anciens, notamment des hôtels réaffectés, les couloirs, les entrées des chambres ont rarement été conçus pour le passage d'un fauteuil roulant, et encore moins pour celui d'un lit. Les nouvelles normes, plus sévères – des WC et une douche dans chaque chambre, jamais plus de deux lits –, ne sont pas du goût de tout le monde. Surtout pas de cette analyste financière de Fideurman Wargny qui déplore « le facteur risque que représente pour l'investissement le durcissement des normes de sécurité et d'hygiène ».

Des maisons clandestines

Le marché parallèle des résidences clandestines se porte bien, en dépit des trois mois d'emprisonnement et des 30 000 euros d'amende prévus par la loi. Les fermetures sont rares. Et, lorsque les autorités décident de fermer une résidence, les familles protestent. Au cours du reportage de Canal + déjà cité [1], l'équipe de journalistes filme un

1. *Personnes âgées. Le business des mouroirs, 90 minutes*, Canal +, diffusé le 15 septembre 2003.

établissement clandestin bien connu installé à Toulouse, dans un hôtel miteux. Au fond du jardin, un Algéco, c'est-à-dire une baraque préfabriquée utilisée sur les chantiers, fait office d'annexe. Cette misérable construction modulaire abrite des petits vieux à des tarifs défiant toute concurrence : 1 000 euros par mois. Le gérant dément avec la plus grande vigueur : « J'accueillais des personnes âgées, je ne le fais plus. Ici, c'est un hôtel. » Sa femme renchérit : « Vous confondez avec une vraie maison de retraite située plus haut. » L'inscription sur la façade du bâtiment indique : « Résidence, hôtellerie, services/Restauration, pension », les Pages jaunes : « Hôtel avec restauration ». Le voisinage interrogé est formel : il s'agit bien d'une maison de retraite, avec visites de personnels du secteur médical. L'établissement n'est pas répertorié en tant que maison de retraite par la DDASS. En revanche, cette dernière reconnaît que sa « mission régionale d'inspection et d'évaluation a recueilli plusieurs informations d'origines diverses indiquant que cette structure existait bel et bien à ladite adresse ». Apparemment, l'endroit est également connu des services de police. Dans la seule région de Toulouse, une vingtaine d'hôtels de ce type fonctionnent avec la complicité du personnel soignant libéral. À Paris, neuf établissements accueillent sans aucun agrément des personnes âgées dépendantes en toute illégalité. Les résidents bénéficient de l'APA (aide personnalisée à l'autonomie) à domicile et la reversent en partie aux responsables de ces maisons. Le Conseil général, qui intervient dans le cadre de l'attribution de cette aide sociale, ne s'en étonne pas.

On estime à plusieurs milliers le nombre de familles d'accueil, hébergeant clandestinement des personnes âgées. En Auvergne, des octogénaires, pensionnaires d'une famille type Thénardier, sont exploités à la ferme. Un habitant du village dénonce les abus dont ils sont victimes : il les voit été comme hiver, par tous les temps, franchir des fossés et des clôtures pour aller nourrir une jument, charrier le fumier de l'écurie à la brouette, couper le bois pour l'hiver et participer aux travaux des champs. Les autorités restent sans réaction. Une DDASS du Sud-Ouest, prévenue d'abus similaires, répond que « ce n'est pas sa préoccupation du moment ». Une famille épinglée en 1996 pour l'hébergement sans autorisation de quatre personnes est condamnée à deux mois de prison avec sursis et 10 000 francs d'amende. Elle récidive en 2005. Les peines sont moins lourdes pour les gérants de maisons de retraite clandestines. Dans l'affaire de sept maisons de retraite de Haute-Garonne, dont les gérants ou dirigeants sont poursuivis pour des défauts d'agrément et, parfois, pour exercice illégal de la pharmacie et de la médecine, les sanctions vont de deux à trois mois de prison avec sursis et de 300 à 500 euros d'amende, sans interdiction de gérer.

Lorsque des maisons de retraite sont fermées – ce qui a été le cas pour 117 d'entre elles, dont 36 clandestines, en 2004 –, certaines rouvrent en toute légalité après une courte période de purgatoire. Le

28 mai 2003, Pierre Lasbordes, député de l'Essonne, propose la création d'une commission d'enquête sur « le fonctionnement des maisons de retraite et établissements de soins publics et sur la maltraitance des personnes âgées ». Officiellement, cette proposition est rejetée pour risque de « redondances avec les travaux du Sénat », qui a déjà une commission d'enquête sur la maltraitance envers les personnes handicapées, et en raison d'« une stigmatisation générale d'établissements dont seule une minorité est réellement en cause ». Et parce que, explique Paulette Guinchard Kunstler, « la terminologie utilisée est obsolète ». Elle précise qu'on ne parle plus de maisons de retraite mais d'établissements d'hébergement pour personnes âgées dépendantes.

Maltraitances ordinaires

Les maladies liées à l'âge sont vécues par la personne concernée comme un véritable drame. Elles rompent l'équilibre précaire des mécanismes de défense qui existait auparavant. Cette rupture est facteur de dépression ou tout au moins d'anxiété, de désengagement, de régression psychomotrice voire d'agressivité. Il existe également des obstacles à la communication propres à la personne âgée elle-même. Ils font intervenir, à des degrés divers mais complémentaires, le vieillissement neuro-sensoriel, le déficit socio-psychologique, les facteurs individuels. Nonobstant les états de démence, le vieillissement neuro-psycho-sensoriel s'accentue avec l'âge. Il conduit à une détérioration progressive des facultés d'entente et d'écoute. Ces deux attitudes sont nécessaires à la communication puisque d'elles dépendent la réception et le traitement des informations. La presbyacousie, la dysphonie sénile obèrent l'échange. L'amputation de la perception des sons aigus qui caractérise la presbyacousie peut être à l'origine de situations particulièrement compliquées. Il en va de même pour les troubles de l'élocution qui caractérisent la dysphonie sénile. Par ailleurs, un état psychologique satisfaisant est nécessaire à une bonne communication. Le déficit socio-psychologique est une caractéristique du sujet âgé qui le place dans une situation de dévalorisation à laquelle concourent plusieurs facteurs : perte d'une position et d'un rôle sociaux actifs, perte de considération, renversement de la relation traditionnelle enfant-adulte, rapport de force social défavorable. Dans le même sens, on retiendra le pessimisme du sujet âgé, conscient de ses insuffisances et infirmités, de ses difficultés à communiquer, qui peuvent le conduire à une exclusion sociale volontaire et, plus fréquemment qu'on ne le croit, à des conduites addictives (alcoolisme) ou au suicide. La qualité de la communication, une perception souvent maladroite de la personne âgée, parfois considérée comme un simple objet de consommation, une absence de formation spécifique, un sentiment plus ou moins conscient de supériorité aboutissant à une attitude autoritaire, voire à une militarisation de la relation, une charge de travail trop importante et des périodes de saturation mettent également à mal la disponibilité médicale, et ce malgré les récupérations de temps de travail, le problème étant plus qualitatif que quantitatif. Toutes ces situations sont autant d'entraves à une relation constructive. Leurs effets se cumulent pour constituer une barrière au dialogue et décourager la communication chez le sujet âgé.

Les OVNI

« Aucune personne âgée ne doit être considérée comme un objet passif de soins, que ce soit au domicile, en institution ou à l'hôpital[1] », stipule vainement la Charte des droits et des libertés de la personne âgée dépendante. Objet de soins à l'hôpital, objet de consommation dans les maisons de retraite, objet encombrant pour les autorités, et parfois OVNI – objet vivant non identifié – pour le personnel, le vieux dépendant cesse d'être un sujet. Ce nouveau statut s'accompagne d'une absence de communication, sauf pour les remontrances, et d'une totale infantilisation. La personne âgée sent le peu de considération qu'on lui porte et adapte son comportement à cette attitude. Utiliser un langage infantilisant est un obstacle à la communication. Il n'est pas plus recommandable de parler

1. Article IX de la Charte des droits et des libertés de la personne âgée dépendante, Fondation nationale de gérontologie, ministère de l'Emploi et de la Solidarité, 1997.

« petit vieux » que de parler « petit nègre ». Il en va de même pour le tutoiement ou pour toute familiarité excessive. Il faut conserver à la personne âgée une apparence physique valorisante, préconisation qui ne fait pas toujours partie de la culture d'entreprise. Comme dans cet établissement qui enrubanne une vieille dame avec de la bande adhésive « pour éviter qu'elle enlève sa robe dans la salle de restaurant ». Les dessous deviennent un luxe inutile. Lorsque la fille d'Annette demande où sont passés les sous-vêtements de sa mère, le personnel lui répond : « Quelle importance ? Personne ne la baisera plus. » La même indifférence s'applique aux diverses prothèses. Une vieille dame qui ne peut se déplacer sans sa canne doit attendre deux semaines avant que le personnel ne se décide à la chercher. Une famille constatant la prostration et le délabrement physique et psychique de son résident au bout d'à peine trois mois signale la disparition de ses lunettes et de sa prothèse dentaire. La direction lui répond qu'« ici il n'en a plus besoin ». Quand la fille d'un autre patient remarque que ce dernier ne porte plus son appareil dentaire et demande des explications à la femme de service, celle-ci, fort étonnée, lui répond : « Nous n'avons jamais fait attention au fait qu'il portait un appareil dentaire. » C'est peut-être ce qui explique le nombre ahurissant de prothèses dentaires, de prothèses auditives et de paires de lunettes égarées, dans l'indifférence générale du personnel. « Ils deviennent transparents, inexistants », dit la fille d'un ancien résident d'une maison médicalisée près de Toulouse. Alors qu'elle passe récupérer les effets de son père décédé, elle trouve un vieux monsieur allongé entièrement nu dans un couloir du rez-de-chaussée. Par terre depuis des heures, il supplie qu'on le relève, mais, dit-il, « ils ne me voient pas ».

Les OVNI sont secoués énergiquement lorsqu'ils n'avancent pas assez vite, poussés sans précaution dans les fauteuils roulants ou plongés par mégarde dans des bains brûlants. Dans deux établissements différents, le personnel n'a pas pris la peine de vérifier la température de l'eau avant d'y plonger Louise et Marguerite. Ce terrible accident est qualifié de « bévue » par une direction en Côte-d'Or.

Délits de coups et blessures

Les OVNI font l'objet de sévices répétés et souvent on ne les croit pas.

Isabelle, ancienne veilleuse de nuit, reconnaît avoir perdu son sang-froid et brutalisé Fernande, une vieille dame de 87 ans. Cette nuit-là, comme d'habitude, elle était seule en charge de plusieurs pensionnaires. Quelques-uns ont été malades et certains très agités, dont Fernande, qui n'arrêtait pas de sortir de sa chambre. Isabelle explique qu'elle n'a pas frappé la vieille dame mais qu'elle l'a remise au lit brutalement à plusieurs reprises et que, excédée, elle aurait fini par la laisser déambuler dans le couloir. Elle se dit incapable d'expliquer les traces de coups sur le visage de la vieille dame, le nez enflé, l'hématome sous l'œil, le mobilier déplacé et le pot de fleurs cassé. Elle concède finalement qu'elle a « peut-être cogné Fernande en la remettant au lit ». Puis se reprend : « Effectivement elle s'est cognée au lit lorsque je l'ai recouchée. Je ne sais pas combien de fois elle s'est cognée, en aucun cas je ne l'ai frappée. » Fernande confirme qu'elle s'est levée plusieurs fois ce soir-là et que cela a énervé la veilleuse de nuit, qui a crié très fort et l'a attrapée pour la recoucher en lui donnant des coups au visage. L'une des deux directrices indique que le cahier de transmission fait état de personnes âgées malades pendant la nuit dont certaines n'auraient pas voulu regagner leur lit. Mais il n'est fait aucune mention des blessures de Fernande. Elle rapporte les propos d'Isabelle lui expliquant que « certains patients étaient épouvantables ce soir-là et qu'ils n'obéissaient pas aux injonctions orales ». Isabelle a précisé : « Lorsque je dis quelque chose, je veux que ce soit comme ça. » Une employée de maison qui connaît bien Fernande et qui est certaine qu'elle dit la vérité affirme qu'Isabelle est une personne qui s'emporte facilement et très rapidement, quel que soit le sujet. Une autre employée déclare que Fernande « est une résidente qui bouge beaucoup mais elle n'est pas plus ennuyeuse que les autres ». L'agent de service qui fait le ménage et qui a trouvé Fernande le lendemain matin, tremblante et apeurée, dit qu'elle a entendu des rumeurs sur le fait qu'Isabelle n'était pas bien psychologiquement. La plainte déposée par Fernande est classée sans suite.

Les profileurs[1] feront remarquer que les maltraitants physiques dans ces établissements ont souvent tendance à avoir des soucis de communication, à être dominateurs, autoritaires, à perdre leur sang-froid et à souffrir de problèmes psychologiques. L'aide-soignant en poste la nuit à la maison de retraite Marie Lehmann à Balma, près de Toulouse, poursuivi pour des violences physiques sur des personnes âgées dépendantes, est un homme à la personnalité fragile, au statut de travailleur handicapé. Pourtant, on lui confie la responsabilité de 80 résidents. Les critères de recrutement laxistes dus au manque d'effectifs, le turnover incessant, la dévalorisation du personnel, souvent en situation précaire, contribuent à favoriser les situations de maltraitance. Ce qui n'empêche pas les pouvoirs publics de déplorer l'absence de vocation et d'intérêt pour les métiers du grand âge. On peut également s'interroger sur les motivations du tribunal qui condamne une jeune femme accusée de « violences avec menace d'une arme sur une personne dépositaire de l'autorité publique avec outrage et rébellion » à 240 heures de travail d'intérêt général dans une maison de retraite de Maubeuge[2].

1. Étude suédoise : B. Saveman, S. Astrom, G. Bucht et A. Norber, « Elder abuse in residential settings in Sweden », *Journal of Elder Abuse & Neglect*, 10(1/2), p. 43-60, 1999. Étude américaine : M.M. Shaw, « Nursing home resident abuse by staff : exploring the dynamics », *Journal of Elder Abuse & Neglect*, 9(4), p. 1-21, 1998.

2. *Région Nord*, 24 avril 2002.

La maison où travaillait Isabelle accueille une majorité de vieillards très dépendants, dont un grand nombre d'Alzheimer. Les deux directrices brillent par leur absence, témoigne Francine, la fille d'un résident, qui a elle aussi porté plainte contre l'établissement. Elle dénonce le manque de soins, de compétence, de sérieux et de personnel[1]. Sans oublier le refus d'embaucher davantage en dépit d'un excellent exercice comptable pour 2003 (54 868 euros de bénéfice) et ceci avec des investissements matériels importants. La fille de Fernande avoue qu'elle n'avait jamais tenu compte des plaintes de sa mère « parce qu'elle n'avait pas de traces ». Les coups et blessures sont toujours difficiles à prouver, même lorsqu'ils laissent des traces. Les vieux déments sont incapables d'en expliquer l'origine. « J'ai été surprise de constater que M. P. présente un hématome au niveau de l'œil gauche, comme s'il avait pris un coup de poing », écrit un ancien médecin coordonnateur licencié. En examinant de plus près le dossier, le médecin découvre une série d'hématomes aussi nombreux que variés.

Patrice culpabilise de ne pas avoir cru sa mère quand elle disait : « Ils sont méchants. » « On mettait

1. Deux agents l'après-midi pour quarante-deux personnes. Ils doivent les changer, distribuer le goûter, aller en lingerie, prendre une demi-heure de pause, dresser les tables, distribuer les médicaments, faire manger neuf personnes, les coucher, servir neuf repas au reste de la troupe, et enfin déshabiller et coucher tout ce petit monde.

cela sur le compte de la maladie, explique-t-il. On se dit qu'on aurait dû davantage leur faire confiance quand ils nous disaient ce qui se passait. » La fille d'une autre victime de la Caravelle de la Ferme devine que son père a été frappé en voyant la marque des doigts sur la peau. Le Dr Nadine Cabretosa témoigne avoir accueilli une vieille dame de 92 ans, prostrée, ne parlant pas et couverte de bleus suspects. « Elle levait le bras de peur d'être battue dès qu'elle voyait une blouse blanche de docteur. » Les coups et blessures, fondés sur une simple suspicion, n'ont pas été prouvés. Aucune charge n'est retenue contre la gouvernante, baptisée Hitler, ni contre la femme de ménage. Au final, rares sont les cas de maltraitance qui sont décelés et rares sont les personnes âgées que l'on croit. Le vice-procureur du tribunal de Toulouse a fustigé les « faits particulièrement odieux » qui se sont déroulés à la maison de retraite Marie Lehmann de Balma. Mais il a aussi mis en cause « une conspiration du silence » dans la structure : « Il ne faut pas que ça se sache, sauf quand ça devient gros... Dans ces conditions, ça aurait pu continuer. »

Des vieux violés

Un détraqué sexuel sévissait dans une maison de retraite médicalisée d'Annemasse. Pourtant les médias français sont restés muets. C'est la *Tribune de Genève* qui a rapporté le délit. De temps en temps, un fait divers défraie la chronique, comme ces 14 dames âgées, souffrant de la maladie d'Alzheimer, victimes d'un aide-soignant modèle à l'hôpital de Meulan-Les Mureaux. Au cours du procès, il explique qu'il aime bien les vieilles dames et regrette qu'à l'hôpital personne ne leur consacre assez de temps. Il est condamné pour quatorze « atteintes » ou « agressions sexuelles imposées à des personnes particulièrement vulnérables[1] ». Un aide-soignant de la maison de retraite de Picquigny, près d'Amiens, est condamné à cinq ans de prison ferme pour agressions sexuelles et violences commises sur une douzaine de résidentes, toutes très âgées, grabataires et démentes pour la plupart. À part quelques rares cas révélés, il n'existe pas actuellement en France de statistiques officielles sur ce phénomène. Le Dr Luc Massardier[2] reconnaît qu'il n'y a pas vraiment de données fiables. Très peu d'études abordent ce sujet. Les psychiatres qui évoquent la réalité de la maltraitance sexuelle en institution spécialisée reconnaissent que la littérature est très pauvre dans ce domaine, « ce qui contraste avec la pratique clinique quotidienne ». Ils signalent également qu'en général les victimes âgées qui souffrent de démence ne peuvent pas se plaindre. Les autres, celles qui sont en état de le

1. Condamné à 3 ans d'emprisonnement dont 9 mois ferme et 27 mois avec sursis ainsi que mise à l'épreuve de 3 ans, obligation de se faire soigner et interdiction définitive d'exercer la profession d'aide-soignant.

2. Psychiatre, praticien hospitalier à l'hôpital Sainte-Anne à Paris et consultant en milieu pénitentiaire.

faire, ne se plaignent pas directement parce qu'elles ne comprennent pas et parce qu'elles ont peur de ne pas être crues. À juste titre d'ailleurs, car la tendance de l'institution est toujours à la minimisation et à l'incrédulité. Les personnes âgées plaignantes, quel que soit le grief, sont accusées de délirer et sont calmées à coups de médicaments.

Des études anglo-saxonnes[1] indiquent que cette forme de maltraitance est courante et qu'elle s'exerce pratiquement toujours sur des personnes totalement dépendantes. Des victimes idéales, incapables de se défendre, incapables de partir. Lorsqu'on sait que, dans les établissements médicosociaux qui accueillent les handicapés, les violences sexuelles représentent en moyenne 60 à 70 % des maltraitances chez les mineurs[2], il y a peu de chances pour que les personnes âgées en France soient épargnées par ce fléau. Plus de la moitié des résidents victimes d'agressions sexuelles meurent dans l'année qui suit[3]. Un article de l'hebdomadaire *The Observer*[4] révèle qu'au Royaume-Uni les

1. H. Ramsey-Klawsnik, Ph.D., « Elder sexual abuse : preliminary findings », *Journal of Elder Abuse & Neglect*, vol. 3(3), 1991 ; M.G. Holt, CSS, « Elder sexual abuse in Britain : preliminary findings », *Journal of Elder Abuse & Neglect*, vol. 5(2), 1993.

2. D'après Marie-Thérèse Boisseau, secrétaire d'État aux Personnes handicapées, citée dans le rapport de la commission d'enquête sur la maltraitance envers les personnes handicapées accueillies en établissements et services sociaux et médicosociaux et les moyens de la prévenir, rapport nº 339, 5 juin 2003.

3. « Sexual abuse of nursing home residents », *Journal of Psychosocial Nursing*, vol. 38, nº 6, juin 2000.

4. « Hidden plague of sexual abuse grips care homes », *The Observer*, 25 février 2001.

agressions sexuelles sur personnes âgées dans les maisons de retraite sont aussi importantes que celles liées à la pédophilie : « Il ne s'agit pas de sexe, mais de pouvoir. » Certains sites pédophiles conseillent même aux hommes qui ont du mal à trouver des enfants de se faire embaucher dans les maisons de retraite. Il est précisé sur ces sites que « le sexe est aussi satisfaisant qu'avec des enfants et les risques de se faire prendre sont nettement moins importants ». Le nombre des victimes n'est pas connu pour la simple raison qu'aucune enquête nationale n'a jamais été menée, en dépit des demandes répétées des différentes associations pour que le gouvernement finance la recherche. Jackie Pritchard, unique spécialiste britannique dans ce domaine, affirme qu'à quelques exceptions près ces maltraitances sont endémiques dans pratiquement toutes les maisons de retraite. Tous les abus – des attouchements au viol – suivent, exactement comme pour les enfants, le même schéma : choix de victimes vulnérables, mobilité et organisation des agresseurs. « Les abus sexuels sur personnes âgées par le personnel sont les abus les plus cachés du pays. Ils sont très peu surveillés. C'est un énorme scandale qui attend d'éclater. » En Australie, le Pr John Braithwaite[1] déplore le manque de données officielles et explique que, à moins de briser le silence complice de tous, ces crimes contre les

1. De la Research School of Social Sciences, Australian National University, Canberra.

personnes âgées vulnérables continueront. « Il y a des choses que les directeurs de maison de retraite font, lorsqu'ils sont confrontés à des allégations de viol, qu'aucun directeur d'école n'oserait faire aujourd'hui », dit-il. Il dénonce le silence complice comparable à celui qui entoure les crimes pédophiles et explique qu'il faudra mettre fin à la carrière d'un bon nombre de directeurs dans l'industrie des maisons de retraite avant de pouvoir changer cette culture.

Les homicides cachés

Après un décès « surprenant » dans une maison de retraite près de Toulouse, un médecin légiste fait remarquer que le nombre de morts dans cette résidence est étonnamment élevé. Une ancienne aide-soignante explique à ce propos que lorsqu'une personne âgée, en pleine forme la veille, décède le lendemain, « c'est surprenant, mais bon, elle avait 87 ans ». Il y a bien sûr un petit détail que la famille ne connaît pas et que la direction se gardera bien de divulguer. La veille, c'est une personne non qualifiée qui lui a fait sa piqûre quotidienne, et elle la lui a faite dans la carotide au lieu du bras.

La mort des vieux, même inhabituelle, est acceptée facilement. Les demandes d'autopsie sont de plus en plus rares, en France comme ailleurs. Cette situation devrait conduire d'ailleurs à une réflexion sur la médecine de notre pays. Car, n'en déplaise aux partisans d'une médecine purement technologique, les scanners, IRM et autres PETSCAN ne sont pas encore capables de donner des renseignements aussi précis que ceux fournis par l'autopsie. Il est d'ailleurs regrettable qu'une législation sanitaire récente favorise cet état de choses. Dans un établissement de l'Est, la direction informe les enfants d'une patiente que leur mère, qu'ils ont quittée la veille en pleine forme, est décédée. Sur place, le médecin traitant leur explique qu'elle a été appelée au chevet de la vieille dame, a constaté le décès et donné le permis d'inhumer. Ce n'est qu'après l'inhumation qu'elle a appris que sa patiente avait été victime d'actes de maltraitance. Elle a averti le procureur et conseille à la famille de demander une autopsie.

Il n'existe pas d'étude sur ces homicides cachés en France, « puisqu'ils sont cachés », fait remarquer un médecin. Un ancien policier américain, Joseph Soos Senior, a mené une enquête sur ce qu'il appelle « les meurtres gris » aux États-Unis. Ces homicides sont selon lui « l'ultime maltraitance envers les personnes âgées ». Il demande aux médecins légistes américains les plus connus s'il est possible qu'on laisse passer des homicides sur personnes âgées. Tous répondent par l'affirmative, mais personne n'est capable de quantifier l'étendue du problème ni de citer de travaux sur le sujet. L'université du Missouri a fait une étude sur les homicides perpétrés sur les jeunes enfants. Elle révèle que plus de 2 000 cas de décès d'enfants de 5 ans ou moins ont été mal classés. Leur mort a été attribuée à des causes naturelles, accidentelles ou indéterminées, alors qu'elle aurait dû l'être à des abus ou à de la négligence. La même méthode d'investigation a été appliquée aux personnes âgées. Cette fois, on a constaté que, même si la mort est « normale » pour les personnes âgées, sur 1 700 000 décès en 2000, seuls 574 ont été classés comme homicides, alors que sur les 26 000 décès d'enfants pendant la même année 1 100 ont été classés comme homicides. Ce qui indique que les personnes âgées sont très protégées ou qu'il y a des lacunes dans l'évaluation des décès. Par ailleurs, comme nous l'avons dit, à cela s'ajoute – partout dans le monde, même en cas de mort suspecte – une baisse importante des demandes d'autopsies, surtout pour les personnes âgées. Cinquante pour cent des décès d'enfants donnent lieu à des autopsies contre moins de 1 % chez les vieux. Le Dr Burton, médecin légiste, constate qu'il y a un taux de 44 % de discordance sur les causes de la mort entre le diagnostic des cliniciens et celui des légistes. Il note également que la plupart des certificats de décès concernant des personnes âgées sont faits par le médecin traitant. La justice, les services sociaux et la communauté médicale ne repèrent pas forcément les nombreux homicides dont cette catégorie de population est victime : effets iatrogènes involontaires ou volontaires, décès à la suite de maltraitances ou d'abus, signatures falsifiées.

Des résultats d'autopsies indiquent, entre autres causes ayant entraîné la mort des personnes âgées autopsiées, en plus de la terrible trinité, le « syndrome de l'adulte secoué [1] ». On parle beaucoup du syndrome du bébé secoué (SBS), mais très peu de celui qui concerne les adultes. Les blessures sont les mêmes dans un cas comme dans l'autre : hémorragie de la rétine, décollement de la rétine, hématomes sous-duraux – qui sont, surtout chez le vieillard, des poches de sang situées entre la substance nerveuse et la dure-mère –, hématomes divers, etc. Dans les années 1970, aux États-Unis, les médecins voyaient tellement d'enfants avec des blessures à la tête que les journaux médicaux parlaient d'« hématomes sous-duraux spontanés », parce que, explique le Dr Patricia McFeeley [2], tout le monde pensait qu'ils se produisaient naturellement. Des lois plus sévères et des autopsies plus nombreuses ont prouvé que les enfants étaient victimes de violences et que leur mort n'avait rien de naturel. C'est pourtant le discours que l'on tient aujourd'hui aux familles. « C'est normal, ils sont plus fragiles ! » dit une aide-soignante lorsque la fille d'un pensionnaire demande des explications sur l'origine de l'hématome sous-dural de son père. À la clinique, le médecin l'attribue à une déshydratation sévère. La fille d'une autre résidente a pris des photos : cinq hématomes et des marques de

1. Le Pr Derek Pounder découvre en 1997 que la mort d'un prisonnier palestinien est due à ce qu'il est le premier à appeler le « syndrome de l'adulte secoué ». *American Journal of Forensic Medicine*, 18, p. 321-324, 1997.

2. Médecin légiste à l'université de New Mexico.

doigts sur le corps d'une pensionnaire décédée, qui ne pesait plus que 28 kilos. Ces faits ne donnent lieu à aucune enquête. La fille de la vieille dame se dit que peut-être on l'aura cognée en la déplaçant. Deux enquêtes DDASS ne révèlent aucune maltraitance mais une aide-soignante commente : « Quand on a des bleus, ce n'est pas pour rien. Bien sûr, un résident peut se cogner aux barreaux, mais dans ce cas on met des protections. »

Une tendance au suicide

Lorsqu'elle revient à elle dans la salle de déchoquage, les premiers mots de Valentina à sa fille sont : « La directrice sera bien débarrassée, elles ont été si méchantes avec moi. Pourquoi si méchantes ? Autant mourir. » Pour le psychiatre, le geste de la vieille dame est dû à l'ambiance de la résidence. Dans cet EHPAD chic, on lui dit qu'elle n'a « rien à faire dans le couloir ». Le personnel refuse régulièrement de la changer, de la laver, de la rincer ou de la sécher après la douche par manque de temps. Valentina se plaint de vexations multiples, comme celle qui consiste à lui mettre une couche sale sous le nez. Elle a donc avalé tous les Di-Antalvic qu'elle avait sous la main. Les sociologues indiquent que, chez les personnes âgées, les conduites suicidaires aboutissent presque toujours au décès : une réussite pour trois tentatives. Non seulement les vieux sont ceux qui se suicident le mieux, mais ceux qui se suicident le plus, sans que cela émeuve les autorités.

Elles s'intéressent davantage aux 5 000 morts sur la route qu'aux 11 000 suicides annuels, dont les plus de 65 ans représentent un tiers. Quant aux plus de 75 ans, ils sont champions d'Europe. L'INSERM indique que le taux de suicide des femmes est plus élevé en maison de retraite que chez elles[1]. Des chiffres qui militent pour le maintien à domicile !

Sans parler d'une grande vague d'autodestruction, les chercheurs reconnaissent néanmoins qu'il existe une tendance qu'ils s'efforcent de décrire. Dans les maisons de retraite, les raisons de vouloir en finir ne manquent pas. Il est même étonnant qu'il n'y ait pas plus de candidats à la pendaison ou au saut de l'ange du troisième étage – les deux méthodes les plus utilisées pour se supprimer dans ces établissements. De l'avis d'un psychiatre, le fait que seuls 65 % des patients présentant un syndrome dépressif majeur reçoivent un traitement[2]

---

1. F. Casadebaig, D. Ruffin, A. Philippe, « Le suicide des personnes âgées à domicile et en maison de retraite en France », *Revue d'épidémiologie et de santé publique*, février 2003. Les taux de suicide sont plus importants en maison de retraite qu'au domicile pour les deux sexes. Pour les hommes, les taux de suicide en maison de retraite sont du même ordre que les taux enregistrés pour les personnes isolées vivant à domicile. Au contraire, pour les femmes, la maison de retraite apparaît comme un risque spécifique, avec des taux de suicide qui se détachent nettement des autres situations étudiées. En maison de retraite, contrairement aux hommes, ce sont les femmes les plus jeunes (65-74 ans) qui ont les taux de suicide les plus élevés. Le mode du suicide par pendaison est le plus utilisé, au domicile et en maison de retraite. Le saut d'un lieu élevé constitue la seconde cause de décès par suicide en maison de retraite, où les suicides par arme à feu et par absorption de substances sont beaucoup moins fréquents.

2. *Revue de gériatrie*, 2002.

contribue sans doute à expliquer la moyenne de soixante suicides par semaine chez les plus de 65 ans. Et encore ces chiffres ne tiennent-ils pas compte des suicides masqués, fréquents en institution et dont la plupart ne sont pas comptabilisés. Il n'est pas rare, reconnaît le Dr Thierry Martin, de voir arriver des petites grand-mères dans un état confusionnel dû en réalité à une tentative de suicide ratée par absorption de médicaments. C'est souvent ce qui se produit lorsque des personnes âgées sont envoyées en maison de retraite contre leur gré, ou lorsque les vieux citadins sont expédiés loin de chez eux faute de place. Les pouvoirs publics ne s'en préoccupent pas outre mesure. Le suicide des vieux est souvent considéré comme « légitime » ou « inéluctable », selon le Dr Michel Walter[1], parce que la dépression du sujet âgé correspond au stéréotype que l'on se fait de la vieillesse : « Il a vécu sa vie, c'est normal... » Contrairement au suicide des jeunes, le suicide des vieux est passé sous silence. Il n'intéresse pas plus l'opinion publique que les experts ou les chercheurs. Sur les quelque 700 articles publiés sur le thème de la dépression dans la littérature scientifique internationale, seulement 12 sont consacrés aux personnes âgées.

Un mois après sa tentative de suicide, Valentina est priée de quitter l'établissement. Son contrat n'est pas renouvelé parce qu'elle a porté plainte pour abus d'autorité sur personne en état de fai-

1. Chef du service psychiatrie au CHU de Brest.

blesse et absence intentionnelle de soins entraînant des lésions physiques et des troubles de l'état général.

Cobayes cacochymes

Le principe du « consentement volontaire du sujet humain absolument essentiel » du Code de Nuremberg de 1947 est la base des recommandations internationales relatives aux expérimentations sur les êtres humains. Ce texte a été revu par les accords d'Helsinki, qui sont tout aussi clairs : les participants doivent être pleinement informés des risques qu'ils encourent avec le test. L'OMS et le Conseil international des sciences médicales reprennent en 1982 la déclaration d'Helsinki : « La participation d'êtres humains en tant que sujets à la recherche biomédicale doit être subordonnée, dans la mesure du possible, à la possibilité pour ceux-ci d'y consentir librement en toute connaissance de cause[1]. » Mais ces deux organismes ajoutent, avec un pragmatisme certain, qu'il faut bien, en fin de compte, que toutes les nouveautés en matière de diagnostic, de prophylaxie et de thérapeutique soient évaluées sur des sujets humains. Et que, étant donné le coût de la recherche dans les pays développés, il n'est pas improbable que l'on assiste à une accentuation de la tendance à entreprendre

1. Dans les directives internationales proposées pour la recherche biomédicale impliquant des sujets humains.

des travaux là où ils peuvent être menés à bon compte et avec un minimum de restrictions. C'est le cas dans les pays en voie de développement, les quartiers défavorisés de Los Angeles ou les maisons de retraite, en Inde comme en France, par exemple dans celle de Montvenoux, à Tarare, qui est loin d'être la seule concernée, si l'on en croit le témoignage de nombreux infirmiers. En 2001, les médecins de l'établissement font, pour le compte de laboratoires pharmaceutiques, des essais cliniques sur certains résidents souffrant de la maladie d'Alzheimer. Ces tests sont menés sans le consentement des patients, incapables de le donner, mais avec celui des familles ou des tuteurs. Les membres de la famille d'une ancienne résidente racontent que le médecin leur a demandé s'ils étaient d'accord pour que leur mère subisse un traitement expérimental top secret. Il leur a recommandé de ne pas en parler à leur médecin ou à la pharmacie. « Nous devions lire le protocole, signer, déchirer la notice explicative et n'en parler à personne. Nous avons refusé. » Les familles qui refusaient auraient été, selon différents témoignages, soumises à des pressions de toutes sortes : « Si cela ne vous convient pas, reprenez votre mère [ou votre père], d'autres attendent la place. » La sœur d'un ancien résident explique que l'établissement a adressé à chaque famille un document, que fort heureusement elle n'a pas détruit, intitulé « Information du patient et du tuteur – Étude de l'Olanzapine versus placebo dans le traitement des troubles psychotiques ». Le document mentionne les effets secondaires indésirables sévères possibles de l'Olanzapine[1] : malaises, crises convulsives, augmentation de la glycémie qui peut être responsable (rarement) d'une acitocétose diabétique, confusion, déshydratation, nausée et vomissement, voire coma. Et, encore plus rarement, un syndrome malin des neuroleptiques pouvant mettre en jeu le pronostic vital. Le laboratoire, très prudent, met le patient et le tuteur en garde contre les risques encore inconnus aujourd'hui d'interaction avec d'autres médicaments. Quid du code d'éthique médicale, qui précise que la santé du patient doit être la première préoccupation du praticien ? Interrogé par la presse, le directeur de la maison de retraite reconnaît qu'il peut y avoir des risques, « mais les tests cliniques sont fréquents et parfaitement légaux ». Ces tests sont très rémunérateurs. Pas pour les patients, ni pour leurs familles, qui ne sont pas payés, mais pour les médecins qui dirigent la maison de retraite. Pour traiter avec les laboratoires, ils montent une SARL – FAR MEDICA – qui utilise les patients et les installations de leur établissement associatif. Les essais cliniques de l'Olanzapine permettent à FAR MEDICA de facturer 285 000 francs (43 540 euros) à un laboratoire pharmaceutique. L'augmentation de la glycémie qui provoque une acitocétose diabétique, signalée dans le document d'information, n'a rien de rare. Une étude américaine indique que ces

1. Un antipsychotique « atypique ».

problèmes sont connus de longue date[1]. La même année, les agences de contrôle des médicaments britannique et japonaise mettent en garde les médecins contre d'éventuels liens entre le diabète et l'Olanzapine – commercialisée sous le nom de Zyprexa[2] par le laboratoire Eli Lilly. La

1. E.A. Koller et D. Murali, « Olanzapine-associated diabetes mellitus », *Pharmacotherapy*, 7, p. 841-852, 22 juillet 2002. Les auteurs de cette étude, tous deux médecins, ont fait des recherches dans MedWatch, le système de surveillance de la FDA (Food and Drug Administration), MEDLINE (une base de données biomédicale), et ont étudié les communications des colloques de psychiatrie sur huit ans. Ces données ont permis d'identifier 289 cas de diabète chez des patients qui avaient reçu de l'Olanzapine. Parmi ces 289 cas, 225 étaient des cas de pathologie diabétique créée *de novo*. Cent malades ont développé une cétose diabétique et vingt-deux une pancréatite ou une inflammation du pancréas. Il y a eu vingt-trois décès, dont celui d'un adolescent de quinze ans par pancréatite nécrotique. Ces décès sont survenus pendant les six premiers mois de traitement dans 71 % des cas.

2. Le Zyprexa se vend très bien. C'est même ce qu'on appelle un blockbuster, c'est-à-dire un produit qui peut rapporter 1 milliard de dollars par an ou plus pendant la durée de vie du brevet. En 2001, le Zyprexa est non seulement le médicament Eli Lilly le plus vendu mais c'est aussi le premier à rapporter plus de 3 milliards de dollars de revenus annuels. Une croissance capitale pour le labo, dont le brevet pour le Prozac (qui rapporte 2,6 milliards de dollars en 2000) a pris fin le 2 août 2001. Les médicaments qui ne seront plus protégés par des brevets à partir de 2005 et qui par conséquent tombent dans le domaine public représentent 20 milliards de dollars de ventes annuelles. Cette triste perspective conduit les entreprises pharmaceutiques à redoubler d'efforts pour étendre la durée des brevets. Parmi les solutions possibles, l'élargissement de l'application est une stratégie qui permet aux grands groupes pharmaceutiques de tirer quelques millions de dollars supplémentaires de leurs blockbusters. Par exemple, les fameux inhibiteurs sélectifs de la recapture de la sérotonine (ISRS) – une famille fort lucrative à laquelle appartiennent des

FDA (Food and Drug Administration), publie un avertissement similaire en 2003, alors que la seconde ligne de produits la plus lucrative du laboratoire

---

stars nommées Prozac, Zoloft, Celexa et Luvox – ont d'abord été approuvés comme antidépresseurs. Puis ils ont obtenu un élargissement de leur application et sont maintenant prescrits pour des troubles divers et variés, dont les TAG, ou troubles anxieux généralisés (qui vont de l'addiction au chocolat à la fièvre acheteuse en passant par l'angoisse d'ouvrir un compte en banque), les attaques de panique, le syndrome de stress post-traumatique, le trouble d'angoisse sociale, le trouble dystrophique prémenstruel (TDPM), à ne pas confondre avec le syndrome de tension prémenstruel (TPM), lequel « présente des symptômes physiques plus légers, des maux de tête et des changements d'humeur moins marqués » (*Journal of Psychiatry and Neurosciences*, 25(5), p. 459-468, 2000). C'est ainsi que le laboratoire Eli Lilly a obtenu l'autorisation de mise sur le marché (AMM) de la FDA pour le Serafem, présenté comme un nouveau médicament pour traiter le « tout nouveau » trouble dystrophique prémenstruel (TDPM). Ce problème de santé féminin, jusqu'alors inconnu, est ainsi très largement médiatisé, peu de temps avant le lancement sur le marché du « tout nouveau médicament miracle » permettant de le résoudre. À ce détail près que le Serafem n'est autre que le fameux Prozac « repackagé ». Avec Serafem, la transnationale a maintenant un brevet différent pour protéger le faux nouveau médicament contre la fausse nouvelle maladie, et ce jusqu'en 2007. Cette opération permet de compenser un manque à gagner qui risque d'atteindre 1 milliard de dollars dans les 12 mois suivant l'introduction de l'équivalent générique de la pilule rose du bonheur. Eli Lilly a dépensé près de 2,3 milliards de dollars en marketing et frais administratifs pour Serafem, contre 1,5 milliard de dollars en recherche et développement. Un autre point non négligeable pour les labos est qu'une nouvelle indication peut être obtenue en moins de 18 mois, alors que pour un nouveau médicament il faut 8 ans. Avec le « tsunami Alzheimer » attendu dans les années à venir, une autre nouvelle application de l'Olanzapine à cette maladie serait la garantie d'un nouveau blockbuster, encore plus lucratif. Malheureusement pour le laboratoire, les essais cliniques menés en vue d'obtenir cette précieuse AMM n'ont pour l'instant pas encore été concluants.

Eli Lilly est celle des médicaments pour traiter le diabète, qui rapportent collectivement 2,51 milliards de dollars. Dans un communiqué de presse, l'AFSSAPS (Agence française de sécurité sanitaire des produits de santé)[1] signale que des essais cliniques menés chez des patients âgés de plus de 65 ans atteints de démence ont montré trois fois plus d'accidents vasculaires cérébraux et deux fois plus de décès que chez des patients ayant reçu le placebo. L'incidence plus élevée des décès n'était pas, selon l'AFSSAPS, corrélée à la dose d'Olanzapine ni à la durée de traitement. Ce qui est faux[2].

1. AFSSAPS, « Sécurité d'emploi des neuroleptiques chez les patients âgés atteints de démence », 9 mars 2004. L'AFSSAPS avertit les professionnels que « des essais cliniques menés chez des patients âgés de plus de 65 ans, atteints de démence et souffrant de troubles psychotiques et/ou de troubles du comportement, ont montré dans le groupe de patients traités par Olanzapine comparativement au groupe de patients ayant reçu le placebo une incidence trois fois plus élevée des accidents vasculaires cérébraux (AVC) et une incidence environ deux fois plus élevée des décès. L'incidence plus élevée des décès n'était pas corrélée à la dose d'Olanzapine ni à la durée de traitement. Cependant, des facteurs de risque ont été identifiés, tels qu'un âge supérieur à 65 ans, une sédation, une dysphagie, une malnutrition, une déshydratation, une pathologie pulmonaire (pneumonie avec ou sans inhalation), une utilisation concomitante de benzodiazépines. [...] Il a été observé qu'une démence vasculaire préexistante était significativement associée à une incidence plus élevée d'accidents vasculaires cérébraux. L'efficacité de l'Olanzapine chez cette population n'a pas été démontrée au cours de ces essais cliniques ».

2. Dans son livre *Mad in America* (Perseus Publishing, 2001), Robert Whitaker révèle qu'au cours d'essais cliniques pour des antipsychotiques atypiques – Risperdal (Rispéridone), Olanzapine, Seroquel (quétiapine) et Sertindole – le taux de mortalité a été de 1 pour 145. Ces morts n'ont jamais été mentionnées dans

En conclusion : « L'efficacité de l'Olanzapine chez cette population n'a pas été démontrée au cours de ces essais cliniques. » Le laboratoire a mis fin au contrat avec FAR MEDICA. Aucun décès n'a été attribué à l'Olanzapine à Montvenoux. Pourtant une étude financée par la FDA publiée en 2005[1] indique un taux de décès de 15 % chez les malades prenant ces nouveaux antipsychotiques, qui ne sont pas beaucoup plus efficaces que ceux de la génération précédente. Finalement, ce n'est pas tant le médicament qui est choquant que l'utilisation qui

---

la littérature scientifique. Sur les 2 500 patients qui ont participé aux essais cliniques avant la commercialisation de l'Olanzapine et qui ont pris ce médicament plutôt qu'un placebo, 20 sont morts, 12 se sont suicidés et 22 % ont souffert de « sérieux problèmes ». Deux tiers des patients qui prenaient l'Olanzapine n'ont pas terminé les essais. La FDA, qui avait ces données, délivre pourtant en 1996 une AMM pour l'Olanzapine dans le cadre du traitement de la schizophrénie et des épisodes maniaques modérés à sévères et dans la prévention des récidives chez les patients présentant un trouble bipolaire. L'Olanzapine obtient également l'AMM en France la même année. En raison des décès provoqués par des effets secondaires, le laboratoire Eli Lilly est contraint de signaler aux médecins, le 15 janvier 2004, que son médicament best-seller, le Zyprexa – dont les ventes mondiales pour 2003 représentent 4,3 milliards de dollars et la moitié des bénéfices du laboratoire – augmente « de manière significative les risques de décès et d'attaque chez les patients âgés déments ». Eli Lilly précise que 3,5 % des patients âgés déments qui ont pris du Zyprexa pendant des essais cliniques sont morts de causes diverses, soit deux fois le taux de mortalité constaté chez des patients prenant des placebos.

1. P.S. Wang, S. Schneeweiss, J. Avorn, M.A. Fischer, H. Mogun, D.H. Solomon, M.A. Brookhart, « Risk of death in elderly users of conventional vs. atypical antipsychotic medications », *New England Journal of Medicine*, 353, p. 2335-2341, 1er décembre 2005.

en est faite. Sans oublier que les actionnaires réclament une rentabilité toujours plus grande.

L'omerta à l'hospice

Parmi les raisons qui poussent les proches et les intervenants à garder le silence, explique le Dr Massardier, il faut citer les intérêts particuliers, l'absence de solutions alternatives, la peur du scandale, de voir fermer l'établissement, de perdre son emploi.

Les directions évitent de donner des explications sur les accidents dont sont victimes leurs pensionnaires. Le plus souvent, les familles découvrent par elles-mêmes les blessures. « Je l'ai retrouvée avec un bleu sur l'œil, dit la fille d'une dame grabataire. On m'a dit à l'époque qu'elle s'était cognée à la fenêtre. Ce que j'ai du mal à croire. » « À cet âge la peau marque très facilement », dit un médecin d'un établissement médicalisé. Et, à force d'en voir, on s'habitue. Comme cet autre médecin, qui admet bien avoir remarqué un hématome sur une petite grand-mère, mais explique qu'il n'a posé aucune question parce qu'il voyait « régulièrement des personnes âgées avec des bleus ». Certains contrats vont jusqu'à inclure une clause de non-responsabilité en cas de fugue ou d'accident d'un résident[1].

1. Une recommandation demande que soient éliminées des contrats proposés par des établissements hébergeant des personnes âgées les clauses ayant pour effet ou pour objet : 20° d'exonérer par avance le professionnel de sa responsabilité ; 21°

Les accidents ne sont pas toujours notés dans le cahier de transmission, ce qui signifie que le personnel n'en est pas informé non plus. Une aide-soignante évoque le cas d'un kiné faisant travailler une vieille dame sans se douter qu'elle a l'épaule fracturée, puisque la chute n'a pas été signalée. Pour calmer le jeu, certaines directions proposent aux familles d'assister aux réunions de l'établissement. « Cet incident sera rapporté dans le cadre d'une démarche qualité et vous pourrez participer aux réunions », propose la direction à la famille d'une vieille dame au crâne largement suturé. Les personnes âgées qui sont en état de porter plainte ne le font pas par crainte des représailles. Un ancien résident d'une maison médicalisée d'Albi témoigne qu'on menace de les envoyer faire un petit séjour à l'hôpital psychiatrique. Le rapport de la DDASS pour Maria Bugiéra indique : « Certains personnels nous ont confié que les personnes âgées étaient menacées de devoir quitter l'établissement si elles ne se pliaient pas au règlement. »

Les familles sont alors contraintes d'accepter des conditions inacceptables : « Avec les calmants, il a fini par s'habituer au fauteuil », explique le fils d'un résident, qui décide d'annuler sa plainte. Me Christine Maze[1] constate « que les familles sont

---

d'exclure tout recours du consommateur pour les accidents de tous ordres dont il serait victime. « Recommandation n° 85-03 concernant les contrats proposés par les établissements hébergeant des personnes âgées », *Bulletin officiel des conventions collectives*, 4 novembre 1985.

1. SCP Delom Maze, Bordeaux.

craintives à introduire une action en justice, craignant des représailles sur le parent concerné, et que d'une manière générale tout le monde résiste à parler sur des agissements pénaux de ceux qui sont mis en cause ». Voir leurs parents expulsés contraindrait les familles à trouver un autre établissement, avec tous les problèmes que cela représente. Les maisons de retraite, explique Me Maze, « sont aussi frileuses à prendre quelqu'un qui a introduit une action en justice à l'encontre d'un autre établissement ». Quant à la personne âgée, le traumatisme du déménagement peut accélérer sa mort.

Les familles assez téméraires pour critiquer le sort réservé à leurs parents ne sont pas en odeur de sainteté. Dans un premier temps, la direction agite la menace d'interdiction de visite. Pour les récalcitrants qui osent récidiver, la menace est mise à exécution. Évidemment, lorsque le visiteur devient *persona non grata* dans les locaux, le résident est puni par la même occasion. « Vous n'avez pas respecté cette règle. Je suis donc contraint de suspendre votre droit de visite du 10 au 16 décembre inclus », édicte la direction dans une lettre recommandée. Les stratégies sont bien rodées pour tuer dans l'œuf toute tentative de rébellion de la part des contestataires. Une ancienne aide-soignante d'une résidence médicalisée toulousaine indique qu'elle a reçu pour consigne de négliger les requêtes des familles dans un discours culpabilisant visant à les « remettre en place », avec pour principal argument : « Si elles ne sont pas contentes, elles n'ont qu'à changer d'établissement. » La mise sous tutelle est une autre menace que n'hésitent pas à brandir certains établissements : « Madame, c'est intolérable, vous avez déposé une plainte à la DDASS mais vous allez voir, vous vous occuperez moins de votre père lorsque la tutelle va être mise en place. » La fille du résident, accablée, constate qu'elle n'est pas la seule victime d'un abominable chantage : se taire, payer sa facture ou partir. « Il ne faut jamais prononcer le mot de "maltraitance" – assimilé dans les esprits à sévices physiques – dans une maison de retraite médicalisée », témoigne Pierre, qui s'est vu menacer de l'expulsion sous un mois de ses parents de 92 et 95 ans handicapés, sans médiation possible ni révision de sa position par l'établissement.

Les questions des proches, jugées inopportunes par la direction, les plaintes auprès de la DDASS ou du procureur se soldent souvent par le renvoi du résident pour « manque de confiance » et « suspicions ». Le directeur d'une résidence d'Aulnay-sous-Bois déclare à la presse : « La famille n'a plus confiance en nous. La prise en charge n'est donc plus possible[1]. » Les clauses de certains contrats prévoient d'ailleurs le renvoi en cas de différend avec la famille. « Il nous est devenu impossible de garder votre maman dans l'établissement en application de l'article IV chapitre 6 du règlement intérieur : "en cas de mésentente avec la famille incompatible avec la bonne marche de la maison et

1. *Le Parisien*, 21 juillet 2003.

non-respect du règlement intérieur". » Une clause qui revient à interdire toute forme de critique. Selon Me Brigitte Sillam, le règlement intérieur peut avoir force de loi, à condition qu'il ne comprenne pas de clauses abusives. Lesquelles ne manquent pas si l'on en croit la recommandation de la Commission des clauses abusives préconisant la suppression de trente-deux types de telles clauses [1]. Mais seul un juge peut décider si une clause est abu-

---

1. La loi n° 97-60 du 24 janvier 1997 (*Journal officiel*, 25 janvier 1997) instituant une « prestation dépendance » a étendu à l'ensemble des établissements (privés et publics) l'obligation de rédaction d'un contrat. Depuis le mois d'août 1997, toute personne qui réside ou entre dans un tel établissement doit, par conséquent, être en possession d'un contrat. Mais si cette loi a instauré le principe d'un contrat écrit, les clauses devant y figurer n'ont pas été définies, les textes d'application sur le contenu de ces contrats n'ayant pas encore été adoptés. Deux enquêtes ont été diligentées par la DGCCRF (Direction générale de la concurrence, de la consommation et de la répression des fraudes), en 1997 et en 1998. Cette dernière avait pour but de vérifier si les établissements hébergeant les personnes âgées respectaient les nouvelles dispositions instituées par la loi du 24 janvier 1997. « La dernière enquête [1998] portait sur les établissements qui, avant la loi de 1997, n'avaient pas obligation de disposer d'un règlement intérieur ni de fournir un contrat : 228 établissements ont été contrôlés. Elle a notamment montré que, si 70 % d'entre eux avaient mis en place un règlement intérieur, seuls 56 % proposaient un contrat de séjour écrit à leurs pensionnaires. Au surplus, 20 % de ces contrats comportaient des clauses abusives (exonération de responsabilité de l'établissement en cas de vol ou droit de résilier unilatéralement le contrat dans certaines circonstances). Enfin, 30 % des établissements contrôlés étaient en infraction, les principaux manquements concernant l'affichage du prix de journée, des prix des prestations annexes (coiffure et pédicurie en particulier) et du repas visiteur. » « Les établissements hébergeant des personnes âgées », *BOCCRF*, rapport d'activité du Conseil national de la consommation pour l'année 2000.

sive ou non. Me Sillam estime que la notion de « mésentente avec la famille » ouvre la porte à toutes les dérives. « Les pensionnaires n'ont qu'un droit : celui de se taire. Ce qui est clairement inadmissible. » Patrick, qui est défendu par cette avocate et dont la mère a été renvoyée, attribue cette sanction à un article qu'il a fait paraître dans la presse locale pour dénoncer l'entassement de 110 personnes dans un établissement prévu pour 90 lits. Une situation confirmée par la DDASS, qui a bien constaté « l'état de surcapacité de la structure, qui n'était pas habilitée à accueillir jusqu'à 110 résidents ».

Plainte contre les plaignants

Marguerite, terrorisée, refuse de porter plainte : « Ma mère n'était pas sous tutelle. C'est elle qui devait porter plainte. Mais elle préférait se taire. » Les personnes âgées en institution sont très mal représentées au sein de l'institution judiciaire. Me Maze reconnaît qu'elles auront du mal à faire valoir leurs droits et à avoir accès à une procédure pénale très complexe. Très démunies, elles ne pourront agir en justice que par la voie de la tutelle, si elle existe, et difficilement par la voie de la famille, qui n'est pas autorisée à agir pour le compte de la personne âgée. Au niveau pénal, le préjudice sur lequel il sera statué doit être direct, c'est-à-dire concerner directement la victime. Si la famille est vraiment décidée à porter plainte au nom de la personne âgée, le tribunal exige la mise sous tutelle, qui prend environ six mois, et un dépôt de garantie dans le cadre d'une plainte avec constitution de partie civile. Ce sont deux moyens de dissuasion efficaces. Le facteur temps joue évidemment contre la personne âgée. Le délai imposé est suffisamment long pour qu'elle ait le temps de mourir. Et le dépôt de garantie exigé n'est pas à la portée de toutes les bourses.

Me Maze précise que la justice ne tient pas à instruire ce type de dossier, dont une très grande partie sont classés sans suite. Les choses ne s'arrangent pas une fois que la personne est sous tutelle. Car, explique l'avocate, les tutelles (gérants de tutelle, associations tutélaires, etc.) sont très frileux quand il s'agit d'ester en justice et de porter la voix de celle ou celui qu'elles représentent : « Je constate une inertie évidente des tutelles, qui ne dénoncent pas les situations inadmissibles dans lesquelles se retrouve la personne âgée, et [...] les droits de cette dernière ne sont pas ainsi respectés. » Il existe un blocage institutionnel qui fait que la victime âgée est très peu aidée pour faire valoir ses droits, dès lors d'ailleurs qu'elle reste très souvent dans l'institution qui l'a maltraitée. « Les infractions pénales sont quelquefois difficiles à étayer sur le plan juridique et ces dossiers sont bien souvent trop rares », ajoute Me Maze, qui note que, fréquemment, alors que la DDASS dénonce au procureur de la République des désorganisations importantes du service avec des suspicions de maltraitance, ces faits ne font pas pour autant l'objet de l'ouverture d'une information auprès des juges compétents. « Je dirais que le secteur de la vieillesse est le parent pauvre de la justice et que cela vient du fait que la voix de la personne âgée n'est pas portée. Cela est extrêmement regrettable dès lors que des tutelles institutionnalisées existent et qu'il serait de leur rôle de respecter la personne âgée ne serait-ce que dans ses droits. » Un autre fait troublant est que de nombreuses tutelles ont des liens d'intérêt avec les établissements pour personnes âgées. « Il n'est pas rare de retrouver plusieurs de leurs protégés dans une même structure », constate l'avocate. Cela pourrait expliquer leur réticence à mettre en cause ces établissements.

Si l'affaire parvient à franchir les portes du tribunal, les juges font le plus souvent preuve d'une grande mansuétude envers les accusés, quand ceux-ci ne bénéficient pas tout simplement d'un non-lieu. Dans l'affaire des Caravelles, le président du tribunal correctionnel de Melun condamne les quatre directeurs pour l'homicide involontaire de quatre pensionnaires mais ne retient pas l'infraction de délaissement[1] d'une soixantaine de résidents pour lesquels les prévenus étaient également poursuivis. Ce n'est pas une surprise. S'il l'avait fait, l'affaire

1. Réprimé par l'article 223-3 du code pénal, puni d'une peine de cinq ans d'emprisonnement et d'une amende de 75 000 euros. Il devient un crime s'il a entraîné une infirmité permanente ou la mort de la personne délaissée.

aurait presque été une première juridique. À la fin de l'année 2005, le procureur du tribunal de grande instance de Villefranche-sur-Saône, très optimiste, avait indiqué qu'il espérait faire jurisprudence dans une affaire de délaissement impliquant un médecin poursuivi à la suite du décès d'un patient dépendant. Le médecin a été relaxé. Le procureur a indiqué qu'il envisageait de faire appel du jugement.

Jean Fatosme est condamné à deux ans d'emprisonnement avec sursis et 30 000 euros d'amende. Ses adjoints Laurent Savry, Jean-Pierre Vaysse et René Thouvenin sont condamnés à des peines de douze mois avec sursis et 10 000 euros d'amende. Force est de remarquer que les lois concernant les animaux sont plus sévères [1]. Le tribunal correctionnel de Boulogne-sur-Mer a condamné le 13 janvier 2004 un homme à quatre mois de prison ferme pour avoir tué son caniche. « Très clairement, la vie d'un vieux, ça vaut deux ans avec sursis », déclare le petit-fils d'un résident. Le procureur explique qu'il ne voit pas l'utilité d'emprisonner des gens qui ont refait leur vie. Il préfère infliger une amende : « Ils ont péché par l'argent, ils paieront par l'argent [2] », dit-il en confondant le droit laïc avec la morale chrétienne. Il reconnaît qu'il a requis des peines clé-

1. Voir le site de la Ligue française des droits de l'animal, http://www.league-animal-rights.org/conseils.html, en particulier le chapitre des atteintes volontaires à un animal : sévices, mauvais traitements, mort donnée volontairement...

2. Extrait des minutes du greffe du tribunal de Melun, jugement correctionnel du 29 septembre 2004, nº 3083/04.

mentes parce qu'il « lui était impossible de charger les prévenus alors que d'autres personnes ayant bien plus de choses à se reprocher n'ont jamais été inquiétées [1] ». Autre détail surprenant, alors que l'avocat de Jean Fatosme demande simplement que les dommages et intérêts exigés par les victimes soient « ramenés à de plus justes proportions », le tribunal les supprime et déboute les parties civiles. Peut-être pour les dissuader de faire appel, un avocat de la défense fait remarquer aux membres d'une famille de plaignants qu'ils devraient s'estimer heureux de ne pas avoir été attaqués pour procédure abusive. Un risque qu'ils encourent effectivement.

Pour essayer de secouer l'inertie des autorités, des familles médiatisent parfois les mauvais traitements dont sont victimes leurs parents. Apparemment, la place du marché d'une petite ville reste un endroit efficace pour faire circuler l'information. Armée de quelques photos des monstrueuses escarres et de la maigreur effarante de son père, envoyées sans résultat à la DDASS, la fille d'un résident alerte la population. Cette opération de publicité négative lui vaut aussitôt une plainte pour diffamation sur la voie publique de la part de l'établissement. Les critiques de Nicole concernant les soins, l'alimentation, la qualité du travail et le personnel soignant ont entraîné, selon la direction, « une détérioration de l'ambiance de travail, une tension permanente et un climat de suspicion ». En conséquence, la plaignante est poursuivie pour

1. *Ibid.*

harcèlement moral. La direction, qui nie l'existence de toute maltraitance, déclare à la presse que « les agents se sentaient espionnés ».

Le tribunal de grande instance de Valence déboute une famille de sa plainte et considère que son comportement – un signalement à la DDASS – justifie la résiliation du contrat de séjour de leur mère. Le 1er janvier 2005, la famille est condamnée à payer « 4 000 euros à titre de dommages et intérêts pour "préjudice moral" causé à l'établissement et 1 000 euros pour les frais ».

Une justice bien tiède

Le président du tribunal correctionnel de Melun constate le silence complice de tous. Les directeurs savaient ce qui se passait[1]. Le jugement rendu établit que les médecins, les infirmières, les kinésithérapeutes, les auxiliaires de vie et une femme de ménage qui ne leur aurait pour rien au monde confié sa grand-mère savaient tous. Et qu'à une exception près personne n'a rien dit[2]. L'hôpital de

1. « Jean-Pierre Vaysse, Laurent Savry et René Thouvenin connaissaient parfaitement les résidences Caravelles du Mée-sur-Seine ainsi que l'état de santé des résidents soit parce qu'ils les avaient fait entrer dans les lieux soit parce qu'ils ne pouvaient pas manquer de les rencontrer dans l'établissement. » Conclusions du tribunal correctionnel de Melun, 21 juin 2005, affaire 9721468, p. 52.

2. « Il est en effet incontestable que les médecins et infirmiers libéraux qui sont intervenus auprès des patients auraient dû alerter les familles des conditions dans lesquelles leurs proches rési-

Melun, qui entre 1995 et 1998 a accueilli soixante-cinq autres résidents des Caravelles hospitalisés en urgence pour défaut de soins, n'a fait aucun signalement. Cinq ans avant les courriers du Dr Nadine Cabretosa, l'administration était au courant. Un rapport de la DDASS signale des dysfonctionnements détaillés dans un rapport à en-tête du Conseil général : hygiène insuffisante, conditions de travail déplorables, carences graves de l'organisation médicale, résidents enfermés à clé, exercice illégal de la médecine, absence de soins, saleté des locaux, chambres aménagées dans des soupentes... Le Dr Falala, employé aux Caravelles pendant cinq ans, précise qu'il a attendu d'avoir 55 ans pour démissionner dans des conditions lui permettant de bénéficier d'indemnités ASSEDIC convenables[1]. Un autre médecin, qui affirme être resté pour limiter les dégâts, estime que la situation n'est pas meilleure ailleurs. « Je risquais de me retrouver à la rue si je parlais », explique un infirmier. Même mutisme de la part des praticiens libéraux. La liste établie par les enquêteurs révèle que, pour certains, les résidents des Caravelles représentaient une part non négligeable de leur clientèle. L'un d'eux

daient au sein de ces établissements et les inciter à prendre toute mesure utile et salutaire pour la santé. [...] Or l'enquête n'a pas permis d'établir que les médecins ou infirmiers libéraux aient pris leur responsabilité en sollicitant l'hospitalisation de certains de leurs patients dont l'état de santé s'est manifestement aggravé alors qu'ils en avaient pleinement conscience. » *Ibid.*

1. Minutes du greffe du tribunal de grande instance de Melun, jugement correctionnel du 29 septembre 2004, n° 3083/04.

explique qu'il avait bien repéré des anomalies, mais qu'il lui fallait bien gagner sa vie. Les Caravelles constituaient la moitié de sa clientèle, soit à l'époque 400 000 francs bruts (60 900 euros) par an. Un médecin reconnaît que les Caravelles étaient des établissements où l'on cherchait à faire payer les résidents le plus possible en leur fournissant le moins possible de services. Pas question, dans ce cas, de tuer la poule aux œufs d'or.

Les professionnels de la santé ont l'obligation particulière [1] de signaler les conditions inadéquates de prise en charge des personnes fragiles en institution. Paulette Guinchard Kunstler, ex-secrétaire d'État aux Personnes âgées, l'a rappelé après la canicule en expliquant qu'il y a, en cas de plainte, un dispositif de dénonciation de maltraitance, « y compris en faisant appel au procureur de la République, donc ça existe [2] ». Pourtant, à la demande du parquet, le président du tribunal correctionnel de Melun relaxe cinq prévenus – aide-soignante, médecins, femme de ménage – sur les neuf inculpés. Selon les conclusions de l'enquête, « le juge d'instruction n'a pas souhaité mettre en examen les différents membres du corps médical pour des raisons à ce jour ignorées [3] ». Le tribunal dénonce les errances de

1. L'article 434-3 du code pénal impose de révéler la maltraitance envers les personnes qui ne sont pas en mesure de se protéger en raison de leur âge ou de leur vulnérabilité. Si les faits ne sont pas dénoncés, les témoins risquent 3 ans d'emprisonnement et 45 000 euros d'amende.

2. i-Télévision, 16 septembre 2003.

3. Extrait des minutes du greffe du tribunal de Melun, jugement correctionnel du 29 septembre 2004, n° 3083/04.

l'instruction, les incohérences et inexactitudes du réquisitoire définitif, les anomalies juridiques et judiciaires de ce procès.

La loi [1] protège les salariés ou agents qui signalent les mauvais traitements ou les privations infligés à une personne accueillie en institution. Mais la pratique est bien différente de la théorie [2]. Pour y remédier, en février 2004, une nouvelle rédaction de l'article 226-14 offre une meilleure protection, non seulement pour les victimes mais aussi pour les professionnels. Les urgentistes sont également autorisés à lever le secret médical « en cas de maltraitance sur mineurs ou personnes vulnérables ». Cette protection promise est rarement accordée dans les faits.

L'homicide est défini comme un acte de commission ou d'omission. Les maisons de retraite sont payées par l'État et les familles pour prendre soin de leurs parents, leur donner à manger, à boire, et elles ne le font pas. Les établissements ne sont pas sanctionnés parce qu'ils ne sont pas surveillés. La mort due à la négligence est plus difficile à prouver et à punir que la plupart des autres décès. Pour changer cela, il faudrait que la justice, les médecins et la police soient impliqués. Or, souvent, il y a barrage sur toute la ligne. À la gendarmerie, quand

1. Loi du 2 janvier 2002, article L. 313-24.

2. Le député Richard Mallié rappelle au garde des Sceaux que si la loi a institué une obligation de dénonciation, elle n'a pas donné aux professions de santé de protection garantissant l'exercice de ce devoir de dénonciation. Assemblé nationale, question écrite, 22 juillet 2003.

Bernadette veut procéder à un dépôt de plainte pour délaissement sur personne vulnérable, le gendarme refuse de l'enregistrer en prétextant qu'il en a « marre de brosser du papier ». La négligence, explique un inspecteur de police, est un secteur relativement nouveau du point de vue de la loi. La plupart des policiers préfèrent traiter un meurtre classique ou faire une descente dans un squat plutôt que dans une maison de retraite. Il est beaucoup plus facile de découvrir qui a tiré sur quelqu'un que d'éplucher les dossiers médicaux. « Si je suis vieux et qu'il me reste six mois à vivre et qu'on ne me donne plus à manger ou à boire et que je passe l'arme à gauche, c'est un homicide. » Dans certains commissariats, les policiers tirent au sort pour savoir qui se chargera des dossiers encombrants concernant les crimes et délits contre les personnes âgées. Un inspecteur déplore le manque de formation de la police, les autopsies rarissimes, les dossiers égarés, la complexité des cas et l'indifférence générale. La situation a peu de chances de s'améliorer avec les restrictions budgétaires, qui vont réduire davantage encore le nombre d'autopsies.

Il convient également de dénoncer les carences des parquets dans les affaires d'atteinte aux personnes, tant en ce qui concerne les informations générales que le développement des enquêtes. Les magistrats ne sont pas en mesure de répondre aux demandes des plaignants faute d'avoir le temps, parmi les charges accentuées, de prendre complètement connaissance de ces dossiers embarrassants, qui ne seront jamais prioritaires.

Le business de la vieillesse

Les mannes de l'État

« 20 ans = une douche par jour, 80 ans = une douche par semaine », « Où va notre argent ? », « Citadine, quelle cité pour nos anciens ? » disent les pancartes que brandissent, le 2 mars 2006, trente-deux familles de résidents devant la Citadine, à Massy, dans l'Essonne. Parce que leurs plaintes n'ont trouvé aucun écho, ces manifestants inhabituels affichent leur révolte devant un EHPAD pilote, dans un département qui se targue d'appliquer, selon Jérôme Guedj, vice-président du Conseil général en charge des solidarités, la « tolérance zéro[1] » dans le domaine de la maltraitance. La DDASS, le Conseil général, la direction de la Citadine, la maison mère Isatis, la présidente d'Isatis et l'Inspection du travail ont été prévenus par des membres du personnel[2]. La DDASS et le

1. *Le Parisien*, 24 février 2006.

2. Déjà, le 18 octobre et le 9 novembre 2004, par lettre recommandée avec accusé de réception, 22 professionnels exerçant dans

Conseil général, très longs à intervenir, ne constatent pas de maltraitance lors d'une première visite. L'AFPAP adresse le dossier de plaintes au procureur de la République et demande à la DDASS et au Conseil général de bien vouloir procéder à un nouveau contrôle de la résidence. Il faudra plusieurs jours de pression médiatique pour que les autorités se déplacent dans la structure. Les interrogations des journalistes contraignent les autorités à rendre publique une partie des résultats de l'inspection. « Des dysfonctionnements graves et nombreux, mais qui ne relèvent pas de la justice[1] », résume le communiqué conjoint de la DDASS et du Conseil général. « Il n'y a pas eu d'actes de maltraitance délibérés, mais une maltraitance indirecte

---

la maison de retraite avaient alerté le préfet de l'Essonne, le président du Conseil général de l'Essonne et la présidente du groupe Isatis. Les salariés dénonçaient des dysfonctionnements graves au sein de l'établissement. Le système d'appel malade, défectueux depuis deux ans, est complètement hors service. La gestion des médicaments les inquiète beaucoup. Les résidents chutent énormément, l'équipe se sent impuissante à enrayer ce phénomène, qui avait été quantifié durant l'été 2004... La résidence n'est pas équipée de chaises de douche roulantes, cela rallonge le temps des toilettes et prive les résidents à mobilité réduite, les amputés notamment, du confort d'une douche car les transferts sont difficiles, voire impossibles dans certains cas... La fontaine d'eau rafraîchie de la salle à manger n'est pas entretenue ni vérifiée régulièrement. Le personnel refuse de la consommer car le système de conduite d'eau semble souillé. Ce sentiment de laisser-aller est renforcé par les insectes rampants qui circulent à l'intérieur du mécanisme comme dans les vaisseliers et d'autres lieux de la résidence. Malgré tout, cette eau est toujours servie quotidiennement aux résidents.

1. TF1, journal de 20 heures, 9 mars 2006.

causée notamment par de gros problèmes d'organisation, constate Jérôme Guedj. Il s'agit d'une maltraitance institutionnelle[1]. » Pour Bernard Lerembourre, directeur de la DDASS, « il n'y a pas de maltraitance au sens pénal du terme [et pour cause[2] !], mais des dysfonctionnements empêchant la bien-traitance[3] ».

L'analyse des autorités de tutelle est une perle du politiquement correct. Les 247 chutes en treize mois, soit une moyenne de trois accidents par résident, le manque de surveillance, le système de sonnettes d'appel défaillant, les médicaments oubliés ou administrés à des personnes qui n'en sont pas les destinataires, la perte de poids, la déshydratation, les problèmes d'hygiène, les repas servis froids, les personnes âgées déposées comme des colis à l'hôpital ne sont que des dysfonctionnements empêchant la bien-traitance. Les autorités et les directions minimisent les cas de maltraitance. C'est la bien-traitance, pas la maltraitance, qui inspire toutes les grandes options de la loi de 2002[4] ainsi que la procédure de conventionnement des EHPAD. Et motus sur la maltraitance dans les

1. *Ibid.*

2. La maltraitance n'est pas une notion juridique ou légale : il n'existe pas d'infraction de maltraitance. Mais le code pénal prend en compte la particulière vulnérabilité des personnes âgées.

3. TF1, journal de 20 heures, 9 mars 2006.

4. Seul l'article 8 de la loi (art L.311-4 du CASF) mentionne explicitement la prévention de la maltraitance comme un objectif de la remise aux résidents de la Charte des droits et libertés et du règlement intérieur.

dispositifs mis en place à travers les conventions tripartites qui traitent uniquement de la bien-traitance[1]. Deux études américaines[2] démontrent au contraire que les plaintes sont justifiées, qu'elles sont trop rares – seul un cas sur quatorze est dénoncé – et que, dans tous les cas, les maltraitances sont graves.

La direction de la maison de retraite ne se montre pas très loquace et se refuse à commenter le rapport de la DDASS. *A priori*, ces dysfonctionnements auraient dû être évités. En effet, la Citadine dépend du groupe privé associatif Isatis[3], qui gère huit autres résidences pour personnes âgées dépendantes ainsi que deux centres de prévention. Parmi les autres activités du groupe figurent l'étude et le conseil[4]. Le vice-président d'Isatis, Jean Detolle, est également directeur du Geriapa (Groupement d'études, de recherche et d'initiatives pour l'aide aux personnes âgées – activité mécénat de la

1. Loi nº 97-60 du 24 janvier 1997 sur la réforme de la tarification et du financement des EHPAD.

2. Florida Task Force, « Tort reform and nursing homes, Center for Medicare Advocacy, 2005 », *in* David Stevenson et David Studdert, « The rise of nursing home litigation : findings from a national survey of attorneys », *Harvard Study in Health Affairs*, mars-avril 2003.

3. Créé par la Caisse des dépôts et consignations, CNP Assurance, Icade, Icade g3A et SCIC Habitat Ile-de-France.

4. Sur les thèmes suivants : élaboration de schémas et de programmes gérontologiques, montage de dossiers CROSM (comités régionaux de l'organisation sociale et médico-sociale), mise en place de CLIC (centres locaux d'information et de coordination) et audit d'établissements EHPAD, et plus encore formations d'aide à l'élaboration de projet de vie, projet de soins et d'aide à l'exercice de la fonction de direction d'EHPAD.

société CNP Assurance) et spécialiste qualité, initiateur de la norme NF (label Afnor) qui accrédite les maisons de retraite[1]. Il remplit aussi la fonction de trésorier de la Fédération ALMA France – Allô Maltraitance des personnes âgées. Quant au médecin-conseil scientifique d'Isatis, Laurence Hugonot-Diener – la fille du président fondateur de l'ALMA, le professeur Robert Hugonot –, elle a participé en 2005, pour le compte de l'association de son père et avec le concours des laboratoires Lundbeck, à la réalisation d'un DVD de prévention de la maltraitance : *Comment maltraiter un vieillard en institution en dix leçons ?*

À l'origine des problèmes habituels dénoncés par les familles des résidents, il y a les carences en

1. Le Geriapa a élaboré avec l'Afnor une certification pour les maisons de retraite. Cette certification, fondée sur l'autoévaluation et l'autodéclaration des directeurs de maisons de retraite, permet aux établissements certifiés d'apposer le label « NF Service » sur leurs brochures publicitaires et autres documents de communication : un gage de la qualité du service fourni aux yeux du grand public et de la clientèle. « Le choix entre plusieurs établissements pourra s'en trouver simplifié », indique le Geriapa. En clair, le label vise à rassurer et à séduire le client potentiel. Pascal Champvert, président de l'ADEHPA (Association des directeurs d'établissements publics, associatifs et commerciaux pour personnes âgées), a participé activement aux travaux d'élaboration du label « NF Service ». Sa maison de retraite l'Abbaye des Bords de Marne a d'ailleurs été choisie pour la présentation et la promotion de cette certification. Le Geriapa promeut une « éthique professionnelle » commune à ses membres, il anime et soutient des démarches visant à accroître et à garantir la qualité des services rendus et à impulser une démarche nationale qualité, il fournit une information aux personnes aidées et à leurs familles afin qu'ils disposent d'un référentiel précis, homologué et publié au *Journal officiel*. Parmi les

personnel qualifié. Progressivement, le taux d'encadrement est tombé à 1,3 employé pour 10 patients. Un chiffre très loin des 3 pour 10 préconisés par les textes. Ce ratio est d'autant plus surprenant que la Citadine a été l'un des tout premiers à signer une convention tripartite avec la DDASS et le Conseil général, avec, à la clé, des subventions publiques conséquentes. L'augmentation de la contribution des pouvoirs publics avec la création en 2001 de l'allocation personnalisée d'autonomie (APA) et la signature des conventions tripartites – État, département et établissement – a été faite en échange d'un engagement des établissements à améliorer leurs prestations et à embaucher du personnel qualifié. Jérôme Guedj reconnaît que « les postes de personnels soignants ont été budgétés mais n'ont pas été pourvus[1] ». En janvier 2004, au cours de la réunion « Bilan canicule après cinq mois » tenue à la préfecture de l'Essonne, Jean-Louis Églantier, président de la Commission des solidarités et de la famille, souligne la nécessité d'envisager des mesures correctives pour les maisons de retraite dont les taux d'encadrement, notamment en matière de soins, sont inférieurs aux recommandations du CROSS (Comité régional de l'organisation sanitaire et sociale). Sur les 37 établissements du département habilités à l'aide sociale en 2003, seuls

---

membres du Geriapa figurent la Fédération nationale de gérontologie (FNG) et le groupe Isatis.

1. TF1, journal de 20 heures, 9 mars 2006.

11 affichent le taux recommandé de 0,3 ou plus en « ratio soins »[1].

La Citadine n'est pas un cas isolé. De nombreux EHPAD se sont engagés à améliorer leur prise en charge, à se doter de personnel qualifié, et ont empoché l'argent sans tenir leurs promesses. « Ils ont recruté, oui, mais des employés non qualifiés, et ils se sont gardé le reste des subventions pour leur profit », déplore l'ancien directeur d'un établissement appartenant à un groupe privé commercial dont le président contribue à l'élaboration de la politique vieillesse en France. Ce directeur a été licencié pour avoir refusé de cautionner de telles pratiques. Il explique que celles-ci sont d'autant plus tentantes que rien n'est prévu pour encourager les directions à honorer les promesses faites. La signature de la convention tripartite vise seulement à engager un processus d'amélioration de la qualité. Elle n'est pas l'aboutissement mais une première étape de l'engagement de ce processus. Cela signifie qu'il n'y a pas, légalement, d'autre prérequis à la signature de la convention tripartite que la réalisation du diagnostic qualité[2]. L'accessibilité des locaux, par exemple, n'est pas exigée avant la signature, alors qu'elle constitue un objectif qui peut être assigné à l'établissement dans le cadre d'un

1. Conseil général, extrait du procès-verbal de la réunion du 20 janvier 2004 en préfecture.

2. Instruction du 13 janvier 2003 relative à la négociation des conventions tripartites au bénéfice des établissements d'hébergement pour personnes âgées dépendantes

échéancier prévu à la convention. Et, pour encourager les signatures, les DDASS peuvent demander la création d'un poste de nuit sans forcément exiger une qualification précise. Ce qui permet à certains établissements d'embaucher en toute légalité des personnes sans qualification et sans expérience, tout en touchant les aides publiques. La vérification de la mise en place n'est pas faite...

Les financements des conventions tripartites se font par trois enveloppes : soins, dépendance et hébergement. Les soins sont payés par l'assurance maladie, la dépendance est prise en charge en partie par l'APA, financée par le Conseil général, et l'hébergement est à la charge du résident. Les textes imposent un quota pour le personnel payé par l'assurance maladie et par le Conseil général. En revanche, les maisons de retraite non habilitées au titre de l'aide sociale peuvent embaucher autant de personnels non soignants qu'elles veulent sur la partie hébergement, à condition de les payer sur leurs propres deniers. Or la partie hébergement représente environ 70 % des recettes des maisons de retraite. Le chiffre d'affaires du secteur privé, public et associatif représente sur la seule partie hébergement « le chiffre de 13 milliards d'euros, soit 0,7 % du PIB [1] » de la France.

Non seulement les maisons de retraite n'embauchent pas, mais elles remplacent des infirmières par

1. Luc Broussy, *Le Mensuel des maisons de retraite*, 13 février 2006.

des aides-soignantes et les aides-soignantes par des agents de service. William Livingstone, président de Convergence infirmières, constate que les établissements signataires des conventions tripartites signent leur convention en termes de « projection de formation » pour les personnels non qualifiés. « Les prises en charge jusque-là effectuées par des infirmières, libérales en particulier, sont alors accomplies par des personnels vraiment beaucoup moins qualifiés[1]. » La plupart des directeurs se justifient en invoquant la difficulté de recruter du personnel qualifié, précisant que les rares salariés disponibles se précipitent vers le public. Ce qu'ils oublient de dire, c'est que les salaires y sont supérieurs de 20 %.

Alors que cette nouvelle tarification devait diminuer la facture des résidents, elle l'a au contraire augmentée. Christian Meurin, directeur départemental des affaires sanitaires et sociales du Finistère, explique que la réforme de la loi sur la tarification n'a pas permis de faire diminuer le coût moyen d'hébergement. Et que le secteur hospitalier « supportait des charges d'hôtellerie qui étaient indûment imputées sur des dotations de soins de l'assurance maladie. On a vu aussi des postes d'aides-soignantes imputés sur des sections d'hébergement[2] ».

1. « La crise sanitaire et sociale déclenchée par la canicule », rapport d'information de l'Assemblée nationale, 24 septembre 2005.

2. « Les opérations "sincérité des comptes" ont mis en évidence des transferts de charges et montré notamment que le secteur hospitalier supportait des charges d'hôtellerie qui étaient indûment

Par un subtil transfert de charges, la réforme de tarification s'est traduite par une augmentation de 300 à 400 euros par mois pour le résident. Et la qualité promise n'est pas au rendez-vous. En revanche, la signature des conventions tripartites contribue à améliorer la rentabilité du secteur. Une maison de retraite dans la Drôme porte plainte contre une famille de plaignants pour le préjudice financier qu'elle estime avoir subi. Les agissements de la famille ont, selon la direction, eu des répercussions sur le fonctionnement de l'établissement, « notamment au niveau financier par le blocage d'une convention tripartite et d'aides financières ». Le tribunal de grande instance de Valence, parce que la maison de retraite « n'apporte aucun élément chiffré permettant d'apprécier l'étendue de son préjudice financier, notamment en produisant le texte de la convention tripartite ou les demandes d'aides sollicitées et réfutées », ne retient « en l'espèce qu'un préjudice moral [1] ».

MEDIDEP explique sa « contre-performance » en 2003 par le fait « qu'il pensait signer beaucoup plus de conventions tripartites avec les pouvoirs publics pour ses établissements [2] ». En revanche, le

---

imputées sur des dotations de soins de l'assurance maladie. On a vu aussi des postes d'aides-soignantes imputés sur des sections d'hébergement. Tout cela faisait obstacle à une clarification des enveloppes entre l'hébergement, la dépendance et les soins. » Rapport d'information sur le financement des établissements d'hébergement des personnes âgées, Assemblée nationale, 17 mai 2006.

1. Signification du jugement à l'avocat de la famille, le 1er février 2005.

2. *La Tribune*, 24 octobre 2003.

rapport annuel 2004 du groupe indique que la montée en puissance des conventions tripartites signées en 2004 « contribuera à l'amélioration de la marge opérationnelle ».

Le jackpot gérontologique

« À la Bourse, le grabataire est à la hausse[1]. » Grâce à cette manne financière que constituent les conventions tripartites, les bénéfices de certaines maisons de retraite privées atteignent des sommets. MEDIDEP annonce pour 2003 une hausse de 25,5 % de son chiffre d'affaires[2]. Et, sur l'année 2005, le cours de l'action a progressé de 31,2 %[3]. Le groupe a multiplié par dix ses bénéfices (12,4 millions d'euros) en sept ans. Les actions d'ORPEA ont doublé en moins d'un an, son chiffre d'affaires pour 2004 (237,1 millions d'euros) affiche une augmentation de 23,3 %. Médica France annonce un résultat opérationnel courant de 37,1 millions d'euros en 2005, en croissance de 38 % par rapport à 2004, sur un chiffre d'affaires de 272,7 millions (+ 17 %). Son résultat net est de 11,8 millions d'euros, contre 1,5 million en 2004[4].

1. *Charlie Hebdo*, 28 avril 2004.
2. 250,7 millions d'euros contre 200 millions un an auparavant.
3. MEDIDEP, document de référence 2005, déposé auprès de l'Autorité des marchés financiers le 16 juin 2006.
4. Boursorama, 5 juin 2006.

Le chiffre d'affaires de ce marché, qualifié de « jackpot gérontologique[1] » par Jean-François Lacan, devrait dépasser les 30 milliards d'euros en 2020. Les chiffres d'affaires des trois plus grandes chaînes de maisons de retraite privées commerciales sont en 2003 de 250 millions d'euros pour ORPEA (avec des prévisions de 500 millions d'euros en 2008[2]), 192,3 millions pour MEDIDEP et 156 millions pour Domus Vi. Les trois barons de l'or gris à la tête de ces entreprises sont au palmarès des plus grosses fortunes de France[3]. Ces empires valent leur pesant d'or. Dans une interview sur Radio-France[4], Jean-Claude Marian, PDG du groupe ORPEA, décrit un marché à forte visibilité dont la progression est « indexée » sur l'évolution démographique et le vieillissement de la population. Dans « Le mot du président aux actionnaires », en 2005, il confirme « la visibilité exceptionnelle du secteur[5] ». Les analystes financiers

1. Jean-François Lacan, *Scandales dans les maisons de retraite*, Albin Michel, 2000.

2. Dans un entretien accordé au *Journal des finances*, Jean-Claude Marian, président du groupe, affirme tabler sur un chiffre d'affaires « de 500 millions d'euros en 2008 avec des marges maintenues ».

3. En 2003, le magazine *Challenges* classe Jean-Claude Marian (ORPEA) 131e, avec une fortune professionnelle estimée à 123 millions d'euros ; Yves Journel (Domus Vi et président du SYNERPA) est 196e avec 80 millions d'euros et Philippe Austruy (MEDIDEP), proche d'Alain Madelin pendant la campagne présidentielle, 245e avec 68 millions d'euros.

4. Le 28 mai 2004.

5. « Les résultats annuels 2005 que nous avons présentés confortent notre modèle robuste de développement combinant croissance solide et rentabilité pérenne. [...] Aujourd'hui, le secteur de

conseillent ce marché très porteur, rentable, très lisible, avec une tendance démographique forte et prévisible. Ils évaluent le taux de rentabilité à 15 %, mais, « une fois les investissements immobiliers amortis, le taux de rentabilité dépasse facilement les 25 % », indique Luc Broussy. La visibilité sur le long terme est assurée par l'arrivée massive des papy-boomers dépendants qui devraient, selon l'INSEE, augmenter de 40 % d'ici à 2020. « Nous pensons que les maisons de retraite sont naturellement bien positionnées pour capitaliser sur cette opportunité croissante », explique un conseiller

---

la dépendance sur lequel se positionne ORPEA bénéficie d'une visibilité exceptionnelle. En effet, 20 à 25 % des personnes de plus de 85 ans souffrent d'un niveau de dépendance qui rend nécessaire d'entrer en institution pour se faire assister. Les besoins en matière de dépendance vont s'accentuer fortement dans les dix prochaines années, dans la mesure où cette tranche de population va quasiment doubler avec l'arrivée des "baby-boomers" de l'après-Première Guerre mondiale : de 1,2 million aujourd'hui, les plus de 85 ans seront près de 2,1 millions en 2020, avec une forte poussée dès 2005. [...] Le groupe ORPEA continuera à se positionner comme l'acteur de référence en France dans son secteur, grâce à des atouts décisifs pour assurer une croissance rentable en 2006 :

– un marché porteur peu sensible à la conjoncture,

– un environnement réglementaire favorable et de fortes barrières à l'entrée,

– un chiffre d'affaires récurrent et équilibré entre dépendance temporaire et dépendance permanente,

– une structure de coût permettant une évolution maîtrisée des charges d'exploitation,

– des équipes de qualité sur le terrain formées aux métiers de la prise en charge de la dépendance à tous les stades.

Enfin, la croissance externe du groupe vise également l'Europe du Sud, où le potentiel du secteur en Espagne et en Italie reste très important [...] » (www.orpea.biz).

financier. Cet apport garanti de chair défraîchie et un taux de remplissage à 97 % ne peuvent qu'accroître encore une demande déjà très largement supérieure à l'offre et améliorer ces agréables perspectives financières. D'autant plus agréables que le secteur offre une grande sécurité car il brasse beaucoup d'argent public. Les impôts, cotisations et lundis de Pentecôte des contribuables paient 50 % du chiffre d'affaires des maisons de retraite. Et cette part va encore augmenter. Car si les maisons de retraite privées vantent la rentabilité du secteur et son potentiel de croissance à leurs investisseurs et à leurs actionnaires, c'est une tout autre histoire qu'ils racontent à la table des négociations avec le gouvernement. Les syndicats de directeurs d'établissement – qui représentent un lobby puissant conditionnant la politique vieillesse – pleurent misère. Leur porte-parole explique après la canicule que le manque de personnel résulte « du manque de moyens et non de la recherche du profit ». Il faut donc plus d'argent public au profit des dirigeants, car « la dignité du quatrième âge est bel et bien une question d'argent[1] ».

Les fonds publics viennent booster un secteur d'autant plus porteur qu'il est en phase de concentration. Avec l'aide de gros investisseurs, les grands groupes font le bonheur des actionnaires en mettant la main sur les concurrents. Le groupe SUREN, premier groupe français, a racheté

1. *Le Figaro*, 27 août 2003.

MEDIDEP fin 2005 pour 174 millions d'euros. Le fonds de pension britannique Bridgepoint a déboursé 330 millions d'euros en 2003 pour s'offrir les 5 100 lits du groupe commercial Médica France, propriété de la Caisse des dépôts et consignations. Dans l'univers impitoyable de la gestion des gérontes, les grands groupes engloutissent rapidement les petites structures privées fragiles. En Charente-Maritime, par exemple, un tiers seulement des 150 établissements autorisés appartient au secteur public. Le reste est constitué de petites sociétés privées ou associatives. Certains établissements en difficulté financière ou réglementaire font l'objet de procédures de fermeture instruites par la DDASS. Après leur fermeture, ils sont revendus. Un excellent moyen pour les grands groupes d'accroître leur part de marché. Une autre tactique bien rodée est celle de la banqueroute. Dans le sud de la France, une structure associative à but non lucratif d'accueil de personnes âgées regroupant plusieurs établissements a été conduite volontairement à la faillite afin d'être ensuite rachetée par des investisseurs privés à un prix défiant toute concurrence. Dans ce cas précis, la manipulation a été arrêtée à temps. Un inspecteur de l'action sanitaire et sociale[1] explique que, contrairement aux établissements

1. Jean-Pierre Hardy, *Financement et tarification des établissements et services sociaux et socio-médicaux*, Dunod, 2005. Jean-Pierre Hardy est inspecteur de l'action sanitaire et sociale, chef du bureau de la réglementation financière et comptable, Direction générale de l'action sociale (DGAS).

publics autonomes, il n'existe pas pour les associations de disposition législative définissant les pouvoirs et devoirs respectifs du président, du bureau et du conseil d'administration, du ou des directeurs, voire du directeur général de l'association. Il fait également remarquer que, si les associations sanitaires et sociales se doivent d'être non lucratives, « elles ne sont nullement obligées d'être démocratiques, participatives, voire autogestionnaires ». Les deux grandes situations responsables potentiellement d'une crise institutionnelle sont une association dirigée par « un président despote régentant tout », ou une association dirigée par un directeur seul aux commandes « compte tenu d'un conseil d'administration anémié », à plus forte raison quand le même directeur est flanqué d'un « président potiche ».

Dans son rapport annuel 2003, MEDIDEP prévoit qu'en 2004 la mise en place graduelle des conventions tripartites, les efforts de maîtrise des charges salariales et l'impact des augmentations tarifaires du secteur privé[1] (jusqu'à 5,33 % sur le prix d'hébergement dans les EHPAD) permettront de retrouver progressivement une rentabilité proche des niveaux historiques[2]. Les augmentations

1. + 5,33 % au 1er janvier 2004 et + 2,6 % au 1er janvier 2005, soit près de 8 % d'augmentation en deux ans.

2. « MEDIDEP entend poursuivre ses efforts pour renouer progressivement avec des niveaux de rentabilité opérationnelle proches des niveaux historiques (entre 12 et 13 % du chiffre d'affaires). » MEDIDEP, résultats annuels 2003.

tarifaires se traduisent par des prix d'hôtel 4 étoiles, soit deux à trois fois plus élevés que dans les établissements publics ou associatifs. Dans le privé, il faut compter entre 3 000 et 3 500 euros, parfois 4 600 euros par mois à Paris, et entre 1 500 et 1 900 euros en province. Quant au secteur public, moins cher que le privé, il reste selon la Fédération hospitalière de France hors de prix pour un niveau de services passable ou médiocre. Actuellement, le tarif mensuel moyen est de 1 300 euros alors que le niveau des retraites n'est que de 1 100 euros. Mais, pour le plus grand bonheur du privé, les finances des nouveaux papy-boomers sont plus florissantes. Selon les calculs d'ORPEA, 40 % des plus de 65 ans ont des retraites situées entre 1 000 et 2 000 euros et 10 % gagnent plus de 2 000 euros. Le PDG du groupe, Jean-Claude Marian, constate avec satisfaction que « sur les 20 % qui ont besoin d'aller en institution, un nombre significatif a été propriétaire ou dispose de petites économies pour combler la différence. Sans compter que la durée moyenne de séjour est d'un an et demi, ce n'est pas énorme [1] ». Juste le temps de dépenser les petites économies en question. Et les perspectives d'avenir sont excellentes car « les jeunes retraités de 60 ans possèdent un patrimoine plus important que les octogénaires actuels [2] », précise Luc Broussy. L'heure venue, ces jeunes retraités mettront la main au portefeuille

1. *Le Nouvel Observateur*, 14 avril 2005.
2. *Capital*, janvier 2006.

pour financer leur maison de retraite. La facture risque d'être élevée car les sociétés privées s'approprient progressivement un domaine traditionnellement détenu par le secteur public et associatif. Actuellement, elles sont responsables des deux tiers des créations de nouveaux lits. Entre 1996 et 2003, selon les données d'une enquête de la Direction de la recherche, des études, de l'évaluation et des statistiques (DREES), les maisons de retraite à but lucratif ont augmenté leur nombre de lits de 21 %, alors que le nombre de places en maisons de retraite a connu une croissance totale de 7 % [1]. Comme ailleurs, l'État se désengage progressivement de sa mission de service public et passe la main au privé commercial. Aux États-Unis, 3 habitants sur 5 auront bientôt besoin d'une prise en charge médicale à long terme et 2 sur 5 devront intégrer une maison de retraite. Les chiffres indiquent que 70 % des résidents en maisons de retraite épuisent toutes leurs économies en l'espace d'un an. Alors que l'espérance de vie augmente, les personnes âgées doivent faire face de plus en plus aux problèmes médicaux et financiers. Pour éviter d'avoir à honorer des frais de soins importants, de nombreux seniors envisagent de répartir leurs économies entre leurs héritiers afin de se rendre insolvables pour bénéficier du service public de santé.

1. Rapport d'information sur le financement des établissements d'hébergement des personnes âgées, Assemblée nationale, 17 mai 2006.

Des millions pour les actionnaires et une misère pour les pensionnaires

Accusé de faire de l'argent avec les personnes âgées, Luc Broussy ne s'en défend pas : « Oui, on fait de l'argent avec des petits vieux. Tant mieux, si c'est le résultat d'une bonne gestion[1]. » Le problème, c'est que l'argent est rarement réinvesti au profit des petits vieux. Près de Toulouse, la publication du rapport de gestion d'une maison de retraite fait état d'une avance de 405 000 euros versée par l'établissement à une société « ludo-touristique » qui affiche un passif de –627 621 euros. La directrice des deux établissements met en avant la logique d'entreprise. Elle explique que « les deux sociétés privées sont des filiales d'une même entreprise[2] ». Les familles des résidents qui n'ont pas cette vision entrepreneuriale déplorent « un manque de personnel et d'investissement[3] ».

Luc Broussy estime également que le secteur commercial a apporté une culture de services et que la plupart des grands groupes sont ceux qui ont fait progresser la qualité. Pourtant, l'inspecteur de la DDASS de Paris, Michel Dayraud, moins enthousiaste, déclare qu'on n'aurait jamais dû ouvrir ce marché au secteur lucratif : « On ne peut pas faire du commercial sur le dos des personnes âgées[4]. »

1. *L'Express*, 25 septembre 2003.
2. *La Dépêche du midi,* 27 octobre 2004.
3. *Ibid.*
4. *L'Express*, 25 septembre 2003.

Paulette Guinchard Kunstler, ex-secrétaire d'État aux Personnes âgées sur proposition de Martine Aubry et députée du Doubs, va dans le même sens lorsqu'elle déclare que si les maisons de retraite gagnent réellement de l'argent, c'est vraiment « sur la non-prise en charge correcte des personnes âgées[1] ». Pour survivre sur ce marché, comme toutes les entreprises, elles doivent réduire les coûts au maximum. Et, pour cela, faire des économies drastiques sur tout. Ce qui signifie : salaires minimum, turnover important, personnel peu ou pas qualifié et en sous-effectif... Tout en sachant pertinemment que la réduction de personnel compromet la qualité des soins. Quelques études anglo-saxonnes démontrent que moins les ratios de personnel qualifié sont importants, et plus il y a de risques pour les patients[2]. Les résultats sur les résidents sont les problèmes habituels : perte de poids, escarres mal soignées, pas de traitement de la douleur, hospitalisation, dénutrition, déshydratation. Pour cela, les clients paient cher. En revanche, moins les établissements dépensent pour les patients, plus ils empochent pour eux et leurs actionnaires. C'est même le seul moyen de réaliser les bénéfices qu'exigent les investisseurs.

Les conditions de travail des employés et les conditions de vie des résidents passent au second plan. Les dirigeants managent leurs sociétés comme

1. i-Télévision, 16 septembre 2003.
2. Voir la note 1, p. 108.

des entreprises de fast-food ou de textile. Elles ne peuvent être rentables qu'au prix de sacrifices qui ont fait leurs preuves dans les autres secteurs industriels. Pour l'instant, la seule recette qui n'ait pas été appliquée en France est la délocalisation. Mais cela risque d'arriver. Le projet de délocaliser en Hongrie des malades allemands à un stade avancé d'Alzheimer est à l'étude. Le personnel hongrois coûte moins cher que le personnel allemand ou autrichien. Peu importe que les vieux allemands ne comprennent pas le hongrois, explique le Pr Marc Berthel[1], ils sont alzheimériens et ne comprennent rien, de toute façon. On délocalise le soin de la même manière que la production de chaussettes ou de chemises. Comme pour les autres industries, le seul moteur est la recherche du profit.

Le Bureau de la protection des personnes au sein de la Direction générale de l'action sociale (DGAS) indique dans son bilan annuel 2001 que les structures privées (associatives, commerciales) sont plus touchées par la maltraitance que les structures publiques (70 % contre 30 %). Il n'existe pas d'enquête en France sur le lien entre la recherche du profit et cette « non-prise en charge correcte », mais une étude de l'université Harvard et de l'université de Californie le confirme[2]. La qualité de la prise en charge médicale et du niveau de soins est nettement

1. Du pôle de gériatrie du CHRU de Strasbourg.
2. C. Harrington *et al.*, « Does investor ownership of nursing homes compromise the quality of care ? », *American Journal of Public Health*, septembre 2001.

inférieure dans les maisons de retraite privées commerciales. Et c'est dans les 14 % des établissements les plus rentables que l'on constate le plus grand nombre de dysfonctionnements. Les stratégies visant à augmenter les bénéfices s'opèrent au détriment de l'efficacité et alourdissent les coûts pour les patients. Plus les bénéfices sont élevés et plus les dysfonctionnements le sont aussi. Le taux de dysfonctionnement est nettement plus fort dans le privé (+ 47 %) et le taux de plaintes contre les établissements y est également plus important[1]. L'étude indique par ailleurs que la qualité des soins est particulièrement mauvaise dans les maisons de retraite privées commerciales des grands groupes. Les manquements dénoncés vont de la mauvaise gestion des informations et de dossiers médicaux mal tenus à des problèmes d'hygiène et à des négligences mettant en danger la vie des résidents. L'étude démontre aussi que les établissements privés commerciaux font des économies sur les personnels infirmiers, qu'ils remplacent par des aides-soignants et des ASH. Ils embauchent du personnel sous-formé, sous-payé, et encouragent le turnover pour casser la dynamique syndicale. Apparemment le schéma est le même en France. En 2004, en Gironde, une trentaine d'employées sur un effectif

1. En Californie, 75 % des établissements publics n'ont pas fait l'objet de plainte sur trois ans. En revanche, plus de la moitié des établissements privés ont fait l'objet d'une ou de plusieurs plaintes pendant la même période. (« Much ado about nothing », *California Advocates for Nursing Home Reform*, 2003.)

total de quarante-sept, toutes catégories confondues, décident de se mettre en grève. Elles protestent contre les conditions de travail habituelles : sous-effectif, surexploitation du personnel, glissement des tâches, le tout pour 920 euros mensuels. À cela s'ajoute le fait que toute tentative d'implantation syndicale est énergiquement combattue par des licenciements. De même que la grève. Nathalie et ses collègues ont été licenciées et poursuivies pour fait de grève par un groupe de maisons de retraite.

Plus de fraudes

Un rapport de 1996 de la cour des comptes américaine indique que « les fraudes et les facturations abusives sont fréquentes, très répandues et plus importantes dans les maisons de retraite privées [1] ». Un autre rapport indique que, pour chaque dollar versé à l'assurance maladie, le contribuable perd 11 cents en fraude. Et les établissements privés sont plus enclins à frauder [2]. Une fois de plus, les études sur ce sujet sont inexistantes en France. Ce qui ne veut pas dire que les fraudes à la Sécurité sociale ne sont pas connues des autorités. Les plus courantes

1. Rapport du GAO (Government Accountability Office) sur les paiements de Medicare.
2. S. Woohandler, D.U. Himmelstein, « The high cost of for profit care », *Canadian Medical Association Journal*, 170, p. 1814-1815, 2004.

sont les facturations abusives. Pendant le procès des Caravelles, parmi les manquements aux règles déontologiques les plus élémentaires de certains intervenants libéraux du corps médical et paramédical, le tribunal évoque l'absence de vigilance, des visites trop rapides, des soins bâclés, des ordonnances établies sans consultation et des facturations d'actes ne correspondant pas aux soins dispensés. Jean Fatosme reconnaît qu'« ils établissaient des dizaines d'ordonnances sans même voir les patients ». Un rapport des autorités sanitaires confirme que des médecins signaient des ordonnances vierges, remplies ensuite par les auxiliaires de vie et par une pharmacie voisine, « fournisseur exclusif et intéressé aux bénéfices de l'établissement ». Un rapport de la Caisse primaire d'assurance maladie indique que les médecins et les praticiens libéraux surfacturaient des actes médicaux fictifs, en échange de quoi ils rétrocédaient 20 % de leurs honoraires à la direction. Quant aux ordonnances, selon l'un des dirigeants, elles étaient toutes adressées à une pharmacie en échange d'un loyer mensuel de 2 000 francs. Dès 1992, la Caisse primaire d'assurance maladie émet un rapport sur le fonctionnement des établissements. « Ces structures ont été organisées par des investisseurs immobiliers pour exploiter le filon de la Sécurité sociale. » Il n'y a pas la moindre poursuite judiciaire. Les praticiens libéraux ne sont même pas interrogés. Apparemment, les caisses les ont sanctionnés sans les signaler aux autorités judiciaires. « De tels comportements ne sont pas si rares. »

L'autre fraude courante consiste à revoir à la hausse les niveaux de dépendance des résidents pour obtenir plus d'argent public. Le fils d'un résident constate que, dès l'arrivée de son père dans l'établissement, après évaluation de sa dépendance par le médecin coordonnateur, tout est fait pour le rendre plus dépendant. La recette habituelle de la grabatisation accélérée – fauteuil roulant et couches imposées – permet de réévaluer son niveau d'autonomie à la baisse. À son entrée, le vieux monsieur est en GIR 4[1], c'est-à-dire peu dépendant. Très rapidement le médecin de l'établissement le reclasse en GIR 2, ce qui signifie qu'il est très dépendant et surtout que le montant de l'APA (aide personnalisée à l'autonomie) est multiplié par deux. Comme il n'est pas d'accord avec cette évaluation, le fils fait intervenir le médecin du Conseil

1. Le GIR (groupe iso ressources) représente le degré ou la classification de dépendance d'une personne. Le degré de dépendance est déterminé selon des critères établis par les pouvoirs publics avec la grille AGGIR. Des groupes iso ressources sont déterminés. Ils comprennent les personnes qui nécessitent le même type d'aide. Dépendance totale : GIR 1 : perte totale de l'autonomie motrice et mentale ; GIR 2 : prise en charge de la plupart des activités de la vie courante. Dépendance partielle : GIR 3 : dépendance corporelle ; GIR 4 : dépendance corporelle partielle. Dépendance légère : GIR 5 : dépendance légère ; GIR 6 : pas de dépendance notable. Seule l'obtention des GIR 1 à 4 permet de bénéficier de l'APA. Son montant est de plus fixé en fonction des ressources du bénéficiaire et du lieu d'hébergement (domicile ou établissement spécialisé). Par exemple, pour une personne dépendante dont les revenus sont inférieurs à 646 euros par mois, le montant mensuel de l'APA, selon le barème au 1er janvier 2005, sera de : GIR 1 : 1 148 euros par mois ; GIR 2 : 984 euros par mois ; GIR 3 : 738 euros par mois ; GIR 4 : 492 euros par mois.

général, qui reclasse aussitôt son père en GIR 4. L'établissement a également tout intérêt à exagérer le niveau de dépendance moyenne de l'ensemble des résidents (GIR moyen pondéré – GMP), car c'est cette moyenne qui déterminera le montant des fonds publics qui lui seront attribués dans le cadre de la convention tripartite. La grabatisation imposée s'accompagne de l'inéluctable et irréversible dégradation de la santé de la personne âgée pour obtenir toujours plus d'argent public. L'Institut national de la consommation dénonce le procédé lorsque c'est l'établissement lui-même qui évalue le niveau de dépendance de ses résidents, car il a peu de chances d'être contredit. Une circulaire du ministère envoyée aux DDASS indique bien que « des vérifications ponctuelles pourront être diligentées en cas de doute ou par tirage au sort ». Mais, dans les faits, il n'y a pratiquement aucun contrôle sur l'utilisation des fonds publics octroyés aux maisons de retraite.

La faillite du système

Lorsque l'équipe de Canal +[1] filme en caméra cachée deux inspectrices de la DDASS de Haute-Garonne, l'une d'elles, interrogée sur sa mission de contrôle des établissements, confie que dans leur

1. *Personnes âgées. Le business des mouroirs*, *90 minutes*, Canal +, diffusé le 15 septembre 2003.

département la DDASS fait une inspection par mois, soit dix par an. Pour 160 maisons de retraite, cela fait une inspection tous les seize ans par établissement. L'inspectrice dénonce l'inefficacité du ministère, où « ils pondent des circulaires maltraitance à tout bout de champ » et imposent des contrôles tout en sachant pertinemment que les constats faits par des inspecteurs non assermentés[1] n'ont aucune valeur. « Donc, ça veut dire que même si vous constatez dans l'établissement X qu'on a vraisemblablement drogué une personne âgée, parce que c'est ça qu'ils font pour pas qu'elle remue et qu'elle soit embêtante, même si vous constatez ça et que vous retranscrivez ça au procureur, il n'y aura pas de sanction. » Cette même inspectrice conclut : « Donc, les contrôles des services de l'État sont nuls ! »

Joseph Soos, spécialiste des homicides cachés, dénonce ce qu'il appelle « l'effet Grand Canyon », lequel, malgré son nom typiquement américain, s'applique parfaitement aux autres pays : le manque flagrant de coordination entre les services humains,

1. La loi du 2 janvier 2002 prévoit l'assermentation des inspecteurs des affaires sanitaires et sociales, qui ont dorénavant la possibilité de constater des infractions et d'effectuer des saisies conservatoires. Elle crée de nouveaux outils de contrôle et de sanction : élargissement des motifs de fermeture aux associations dont le fonctionnement ne respecte pas les statuts, transfert d'une autorisation et de l'ensemble des financements octroyés à une autre personne morale en cas de fermeture définitive. Néanmoins, le décret fixant les conditions de l'assermentation des inspecteurs des affaires sanitaires et sociales n'a toujours pas été publié.

policiers, médicaux, légaux et les autres. « C'est pour la même raison, dit-il, que les procédures de contrôle sont inefficaces ou inopérantes, minées par les rivalités institutionnelles ou les rivalités personnelles[1]. » La mise en œuvre de la lutte contre la maltraitance suppose une collaboration étroite entre la DDASS d'une part et le Conseil général et le procureur d'autre part. Ce qui est rarement le cas. La méconnaissance réciproque du monde de la justice et des affaires sociales, ainsi que la rareté des contrôles conjoints Conseil général-DDASS, sont soulignés dans le rapport de l'IGAS d'avril 2006[2]. Déjà, en 1989, un rapport de l'IGAS (Inspection générale des affaires sociales) concernant les conditions d'accueil et d'hébergement des personnes âgées en France, réalisé par deux inspecteurs généraux des affaires sociales, faisait état d'une situation critique et concluait à la nécessité d'un renforcement d'urgence des moyens de contrôle des établissements. Le gouvernement socialiste de l'époque a préféré refermer le dossier. En 2006, soit dix-sept ans plus tard, rien n'a changé !

Le président de l'Association nationale des directeurs d'action sociale, Jean-Vincent Trellu, explique

1. « Gray murders undetected, homicides of the elderly », *Victimization of the Elderly and Disabled*, vol. 3, n° 3, septembre-octobre 2000.

2. Françoise Bas-Théron, Christine Branchu, « Évaluation du dispositif de lutte contre la maltraitance des personnes âgées et des personnes handicapées mis en œuvre par les services de l'État dans les établissements sociaux et médico-sociaux », Inspection générale des affaires sociales, 27 avril 2006.

qu'on peut très bien organiser des contrôles surprises[1]. Mais c'est rarement le cas. Il semble qu'il y ait généralement des fuites. À la suite des plaintes de Nicole, la DDASS fait deux enquêtes dans la maison de retraite. Elle ne détecte aucun manquement, aucune maltraitance. Nicole remarque qu'étrangement « tous les résidents étaient bien pomponnés, ça veut dire que la direction était prévenue du contrôle par la DDASS ». Un directeur de la DDASS confirme : « Quand un médecin inspecteur vient à la suite d'un signalement, on prévient un ou deux jours avant[2]. » Il précise également que les DDASS ne sont pas là pour sanctionner mais pour accompagner. Il est évident que les établissements n'ont aucune raison de craindre la DDASS. La directrice d'une maison de retraite à Aix-les-Bains le confirme : « La DDASS n'est pas un gendarme mais un partenaire[3]. »

Les DDASS ne remettent jamais le rapport d'inspection aux familles plaignantes, qui sont pourtant les premières concernées. Les familles n'ont aucun moyen d'être informées sur les préconisations et les injonctions faites aux établissements. En revanche, lorsque les familles ou les résidents déposent une plainte auprès des DDASS, l'identité des plaignants est communiquée au dirigeant de l'établissement mis en cause, sauf s'ils demandent

1. *L'Express*, 29 septembre 2003.
2. *Viva Magazine*, février 2005.
3. *Hebdo des Savoies*, 11 février 2005.

expressément que leur anonymat soit préservé afin d'éviter tout risque de représailles éventuelles[1].

Dans les couloirs du ministère, un représentant des directeurs de maison de retraite clame haut et fort que les DDASS devraient aller contrôler ailleurs que dans les maisons de retraite et cesser de faire des préconisations que les établissements ne peuvent pas tenir.

Quant à la fermeture provisoire ou définitive de l'établissement, elle est très rare (1 %[2]). Et pour cause ! Elle pose le problème du relogement alors que les places manquent, que 30 % des personnes âgées ne survivent pas au transfert d'une maison de retraite à une autre et que le personnel risque de se retrouver au chômage.

La maltraitance, cause nationale

Le responsable d'une antenne départementale de l'ALMA explique que le dispositif repose entièrement sur l'écoute et la gestion des signalements de maltraitance. Il reconnaît que l'association préconise la médiation pour désamorcer les conflits, qu'elle encourage les familles à la conciliation et à prendre en compte la souffrance des maltraitants, « que l'on a trop souvent tendance à oublier ». Ce même res-

1. Cf. « Plainte contre les plaignants », p. 203.
2. Bilan annuel du Bureau de la protection des personnes, Direction générale de l'action sociale (DGAS), 2001.

ponsable donne des statistiques, beaucoup d'informations sur la maltraitance en général, mais rien sur les cas particuliers, secret professionnel oblige.

Créée en 1995 par le Pr Robert Hugonot, l'ALMA a contribué à médiatiser l'étendue de la maltraitance dont sont victimes les personnes âgées en France. Le médecin a repris pour l'ALMA la méthode utilisée pour le signalement de toutes les détresses : un numéro d'appel diffusé dans les médias et des permanences d'écoute organisées en réseau d'antennes départementales. L'ALMA devient rapidement l'association de référence dans la lutte contre la maltraitance, légitimée par le secteur et par les autorités, qui lui octroient de généreuses subventions. Le 18 novembre 2002, le gouvernement déclare la maltraitance « cause nationale » et dote la France d'un dispositif de prévention et de lutte, par convention, en conférant à l'association ALMA – Allô Maltraitance des personnes âgées (rebaptisée depuis « Fédération ») des prérogatives considérables[1]. Le cœur de ce dispositif repose sur l'écoute et la gestion des

1. Aux termes de la convention du 18 novembre 2002 avec le ministère des Affaires sociales, l'ALMA doit assurer « les activités générales d'écoute téléphonique des signalements de la maltraitance des personnes âgées ainsi que leur développement sur le territoire ; le suivi des demandes ainsi que leur évaluation ; le soutien psychologique aux plaignants ; la formation des écoutants bénévoles et des référents ainsi que des professionnels de terrain ; la réalisation d'études et de publications [...] ; l'élaboration de statistiques nationales [...] ; la formation des formateurs ». Ce dispositif a été « officialisé en toute discrétion » par la signature d'une convention, la veille de la mise en place, par le secrétaire d'État Hubert Falco, du

signalements de maltraitance. L'ALMA collecte des données[1] dont se sert le gouvernement. Pour l'année 2004, les statistiques indiquent que 78,6 % des « dossiers en institution » ayant fait l'objet d'une enquête de l'ALMA mettent en évidence de véritables situations de maltraitance[2]. Dans 68 % des cas, les maltraitances sont infligées par des per-

---

Comité national de vigilance contre la maltraitance des personnes âgées. Cette convention a été signée sans information ni concertation préalable avec l'ensemble des membres devant siéger à ce même comité.

1. Le nombre d'appels reçus, émis, concernant des dossiers déjà ouverts, le nombre de nouveaux dossiers ouverts concernant des signalements sur le domicile ou l'institution, le profil des appelants, des maltraitants, des maltraités, les principales catégories de maltraitance, associées, repérées, évaluées après enquête, etc.

2. Selon la classification du Conseil de l'Europe (1992) :

– violences physiques : coups, brûlures, ligotages, soins brusques sans information ou préparation, non-satisfaction des demandes pour des besoins physiologiques, violences sexuelles, meurtres (dont euthanasie)...

– violences psychiques ou morales : langage irrespectueux ou dévalorisant, absence de considération, chantages, abus d'autorité, comportements d'infantilisation, non-respect de l'intimité, injonctions paradoxales...

– violences matérielles et financières : vols, exigence de pourboires, escroqueries diverses, locaux inadaptés...

– violences médicales ou médicamenteuses : manque de soins de base, non-information sur les traitements ou les soins, abus de traitements sédatifs ou neuroleptiques, défaut de soins de rééducation, non-prise en compte de la douleur...

– négligences actives : toutes formes de sévices, abus, abandons, manquements pratiqués avec la conscience de nuire

– négligences passives : négligences relevant de l'ignorance, de l'inattention de l'entourage

– privation ou violation de droits : limitation de la liberté de la personne, privation de l'exercice des droits civiques, d'une pratique religieuse...

sonnels exerçant dans les structures. En dépit de ce constat et de l'identification des maltraitants et des maltraités, aucun indicateur démontrant l'existence du dispositif de lutte n'apparaît dans les données publiées. Les seuls éléments présents concernent les contacts pris dans le cadre des enquêtes et du suivi des dossiers. Ils révèlent que les autorités de tutelle censées gérer les plaintes n'ont été contactées que dans 4,2 % des cas pour le Conseil général et dans 7,2 % des cas pour la DDASS. Les autres contacts pris n'ont pas démontré leur efficacité.

Inutile de compter sur l'État pour s'insurger contre les maltraitances et autres abus, il les a toujours occultés dans les maisons de retraite comme dans les hôpitaux psychiatriques et les prisons, établissements publics dont il conserve, pour l'instant, le monopole. Ce que dénonce Marie-Thérèse Boisseau, secrétaire d'État aux Personnes handicapées, est étrangement familier : la camisole chimique dans les hôpitaux psychiatriques, la maltraitance en milieu hospitalier par manque de soins, en milieu sanitaire parce qu'on ne prend pas en compte la douleur – soins dentaires sans anesthésie, nutrition parentérale à vif, fauteuil roulant imposé, mixage de toute nourriture, refus de répondre au désir de la personne d'aller aux toilettes, « tout cela souvent par manque de temps ou de personnel, mais pas seulement[1] ». Le constat est tout aussi accablant

1. Secrétaire d'État aux Personnes handicapées, citée dans le rapport de la commission d'enquête sur la maltraitance envers les personnes handicapées accueillies en établissements et services

dans les prisons. Les députés et sénateurs, en rendant leur rapport, l'ont intitulé « Prisons : une humiliation pour la République [1] ».

Les plaintes des maisons de retraite ont-elles plus de chances d'être entendues ? En effet, avec leurs derniers « outils », les directeurs sont bien préparés à la gestion des crises éventuelles. Le cabinet Huon Cornil Assurances, spécialiste des maisons de retraite, a développé l'assistance à établissement en danger. Comme aucun établissement n'est à l'abri d'une crise, il étudie toutes les catastrophes possibles : une famille qui découvre des traces de coups sur le corps d'un proche, l'annonce publique de l'ouverture d'une enquête à l'encontre d'une résidence, une épidémie de listériose qui terrasse plusieurs personnes âgées, un incendie qui cause la mort de quelques résidents, une grève du personnel, le suicide d'un des responsables de la maison de retraite, le piratage informatique... Bref, tout peut être « dommageable, voire fatal, à une maison de retraite ». C'est là qu'intervient un concept innovant, le « contrat gestion de crise ». « Il ne s'agit pas de dramatiser, lit-on dans la brochure, mais force est de reconnaître qu'aujourd'hui les dangers sont multiples. » Sans compter que des « amplificateurs » donnent à des événements parfois mineurs une importance exagérée : les familles des résidents

sociaux et médico-sociaux et les moyens de la prévenir, n° 339, 5 juin 2003.

1. Rapport n° 449, tome 1 (1999-2000), commission d'enquête.

de plus en plus enclines aux réclamations, les associations de consommateurs et les médias.

On les tue partout

L'activiste californienne Ila Swan découvre que sa mère, lourdement dépendante, a perdu 17 kilos après quinze jours en maison de retraite. La vieille dame est complètement droguée, couverte de bleus et d'escarres parce qu'on ne la change pas. Ila apprend par sa voisine de chambre, une dame lucide mais handicapée, que le personnel l'a laissée tomber plusieurs fois en la manipulant. Puis sa mère est hospitalisée dans le coma pour une infection urinaire parce que sa sonde n'a pas été changée. De retour à la maison de retraite, elle est violée par un infirmier.

Ila porte plainte et découvre trop tard que le département de la Santé est en cheville avec la maison de retraite. Sa plainte est déboutée. L'établissement, qui porte plainte contre Ila, obtient que le tribunal limite la durée des visites à une heure par jour. De plus, les visiteurs sont sommés de s'annoncer une heure avant leur venue. Une autre pensionnaire, tombée en essayant d'escalader la barrière de son lit, est laissée sans soins pendant des heures en dépit des appels de sa voisine de chambre. Elle décède pendant la nuit. Ila demande à consulter le certificat de décès de la vieille dame deux semaines plus tard. L'employé de mairie l'informe qu'elle peut acheter le certificat à condition qu'elle le recherche dans les dossiers à sa place. Elle reconnaît les noms de plusieurs pensionnaires de la maison de retraite de sa mère. Dénutrition, déshydratation, escarres et erreurs de distribution de médicaments apparaissent régulièrement. Ila décide alors d'acheter les certificats et de mener une enquête. Pendant trois ans, elle sillonne la Californie, parcourt 90 000 kilomètres et achète plus de 3 000 certificats de décès et d'autopsies. Ses investigations révèlent que la plupart de ces décès auraient pu être évités. Elle confie l'affaire à un cabinet d'avocats, qui réquisitionne tous les certificats de décès de Californie des trois dernières années. Finalement, elle obtient une audition au Sénat. Le sénateur Grassley lui propose de travailler avec le GAO, la cour des comptes américaine. Elle accepte la proposition et participe à neuf mois d'enquête, au bout desquels le GAO publie un rapport. Un tiers des maisons de retraite californiennes tuent les vieux par manque de soins, un tiers ne sont pas aux normes et seuls 2 % des établissements satisfont au minimum d'exigences légales. Le rapport ne donne lieu à aucune poursuite. Ila se penche alors sur les rapports du GAO et les auditions au Sénat des trente dernières années. Tous vont dans le même sens. Les taux de mortalité dus à la déshydratation sont très élevés [1]. Quatorze mille

1. K.M. Davis et K. Minaker, « Disorders of fluid imbalance : dehydration and hypernatremia », *in* N. Hazzard, E. Burman, J. Blass *et al.* (éd.), *Principles in Geriatric Medicine and Gerontology*, McGraw Hill, 1994, 3e édition, p. 1183-1190 ; M.-M.G. Wil-

personnes ont succombé à une épidémie de déshydratation et de dénutrition en quatre ans[1]. Ces « squelettes dans le placard » des maisons de retraite sont classés en tête des décès évitables par les enquêteurs du gouvernement et les experts médicaux[2]. Un communiqué d'une fédération de représentants de maisons de retraite publiques et privées et d'établissements pour handicapés[3] indique que tous les incidents d'abus et de négligence sont inacceptables, mais qu'il est irresponsable de vouloir faire un lien quelconque entre les décès à la suite de ces maladies et un défaut de soins. Or une enquête menée sur 62 pensionnaires décédés dans les maisons de retraite californiennes et choisis au hasard prouve que la cause du décès était, dans la totalité des cas, imputable à la déshydratation, à la dénutrition et/ou aux escarres surinfectées du fait d'un manque de soins[4].

---

son, « The management of dehydration in the nursing home », *in* M.J. Arnaud, R. J. Baumgartner, E. Morely (éd.), *Hydration and Aging*, Springer, 1999.

1. « Patients' deaths are scrutinized », *Detroit News*, 30 janvier 2005.

2. « Federal law enforcement in long term care », *University of Maryland, Journal of Health Care Law and Policy*, vol. 4, n° 2, 2002.

3. American Health Care Association (AHCA), fédération des organismes de santé.

4. Le GAO, qui réquisitionne les dossiers médicaux et les cahiers de liaison des établissements, demande à une équipe d'infirmières et à un médecin de déterminer la cause des décès de 62 pensionnaires de maisons de retraite californiennes. Les sujets ont été choisis au hasard dans des établissements qui avaient connu des décès multiples.

Selon diverses études, 80 % des cas de maltraitance ne sont pas dénoncés[1]. Et seulement 11 % des plaintes contre les maisons de retraite ont été traitées en 2003[2]. Les établissements argumentent pour se justifier, affirmant qu'ils créent des emplois et que, faute de plus de moyens et d'indulgence juridique, ils se verront contraints de mettre la clé sous la porte. Auquel cas le gouvernement se retrouverait dans la perspective d'avoir à reprendre le secteur, de financer et de gérer toutes ces maisons dont il ne veut pas. Tout est donc mis en place pour protéger les maisons, pas les résidents.

Sur les 500 plaintes qu'Ila a déposées, seules 50 sont retenues. « J'ai réussi à faire changer la loi en Californie, dit-elle. Mais devinez quoi ? Rien n'a changé. Ils tuent toujours les vieux. C'est l'holocauste américain ! Personne ne les en empêche. Il ne s'agit pas de DDT[3] dans l'environnement. Il s'agit de gens qu'on tue en ce moment et personne ne fait rien. » On assiste donc à la mise en place, en toute légalité, d'une véritable industrialisation et instrumentalisation de la mort, et l'on en arrive à

1. Le sénateur John Breaux déclare à la presse que les cas de maltraitance en maison de retraite sont estimés à environ 5 millions par an et que 80 % des cas de maltraitance ne sont pas dénoncés. Interrogé sur ces chiffres, le cabinet de son remplaçant, le sénateur Gordon H. Smith, les confirme.

2. Selon le dernier rapport national, « The availability and utility of interdisciplinary data on elder abuse : a white paper for the National Center on Elder Abuse », 27 avril 2006.

3. Le dichloro-diphényl-trichloroéthane, ou DDT, est un insecticide interdit depuis 1972.

se demander si une telle gestion n'a pas pour objectif réel et non avoué de satisfaire les actionnaires et les dirigeants plus que les patients. Avec, en plus, une doléance ahurissante exprimée à l'égard des fonds publics attribués, jugés insuffisants. On croit rêver. Les établissements fonctionnent avec un turnover de 49 à 143 % et avec des personnels en sous-effectif, sous-qualifiés, sous-payés. Et les résidents tombent comme des mouches. En tête de liste, les décès évitables qui devraient, selon un ancien substitut du procureur de San Francisco, être considérés comme des homicides. « Une mauvaise prise en charge est aussi mortelle qu'un coup de couteau en plein cœur », dit-il. Mais, avec les certificats de décès qui portent dans 95 % des cas les mentions « mort naturelle », « mort de vieillesse », « le cœur a lâché », « arrêt respiratoire » ou « âge avancé », et les situations de maltraitance non dénoncées, les vieux continuent de mourir, avec la bénédiction d'un pouvoir politique acheté et d'une justice complaisante qui ne tient pas à condamner.

« Non seulement on doit prouver qu'il y a eu négligence, mais que le personnel savait ce qu'il faisait », regrette un inspecteur de police. Faute de pouvoir le faire, certains procureurs ont dépoussiéré une loi datant de la guerre de Sécession, signée par le président Abraham Lincoln en 1863 pour sanctionner les marchands qui falsifiaient les factures pour la nourriture, les uniformes et les munitions à destination de l'armée. Grâce à cette loi, 17 maisons de retraite de Pennsylvanie ont été condamnées à plus de 500 000 dollars d'amende. Le substitut du procureur[1] qui, le premier, a appliqué la loi explique que les maisons de retraite sont payées pour prendre en charge les personnes qui leur sont confiées. Si ces personnes meurent de faim, de soif ou d'infections qui auraient pu être évitées, les établissements ne font pas ce pour quoi ils sont payés. Et il y a fraude. D'autres procureurs[2] ont poursuivi des maisons de retraite pour publicité mensongère. Des cabinets d'avocats qui pensent avoir trouvé une affaire rentable font de plus en plus appel à des détectives privés pour enquêter dans ces résidences.

« Qu'est-ce que les vieux de ce pays ont fait pour que le gouvernement et leurs voisins aient une telle envie de les faire mourir de faim, de délaissement et de défaut de soins ? » demande le sénateur Claude Pepper en 1982. « Ce péché n'est pas un secret », répond-il en faisant référence au travail de l'ancien sénateur Frank Moss qui, vingt ans auparavant, avait présenté un rapport monumental[3] mettant déjà en cause les négligences mortelles des maisons de retraite.

En 1978, Elma Holder va dans l'Arkansas pour témoigner de maltraitances dans les maisons de

---

1. David Hoffman, substitut du procureur des États-Unis à Philadelphie en 1996.

2. En Louisiane, en Floride, en Virginie et dans le Missouri.

3. *Nursing Home Care in the United States : Failure of Public Policy* (*La prise en charge dans les maisons de retraite aux États-Unis : un échec de politique publique*).

retraite. Un procureur général du nom de Bill Clinton lui confie qu'il n'acceptera jamais d'argent de l'industrie de la vieillesse. En 1996, devenu président des États-Unis, Clinton récolte 1,1 million de dollars auprès de ces entreprises. L'année suivante, sur sa recommandation, les démocrates nomment un magnat des maisons de retraite du Massachusetts qui a milité pour moins de réglementations au poste de trésorier du parti. En 2004, l'industrie des cliniques et maisons de retraite privées est en vingtième position sur la liste des plus généreux donateurs de la campagne de George W. Bush, avec 1 524 847 dollars.

En Angleterre, le stockage des vieux en batterie, la rentabilité imposée aux hôpitaux et aux maisons de retraite privés et publics et l'impunité générale garantissent que les grabataires ne traîneront pas trop longtemps. Après la forte médiatisation du traitement scandaleux des vieux dans les hôpitaux, grâce aux témoignages de médecins et d'un reporter du *Times*[1] qui a fait la taupe dans deux établissements pendant six semaines, le gouvernement de Tony Blair se félicite néanmoins des progrès réalisés en matière de prise en charge des personnes âgées dans les hôpitaux. Un diagnostic rapidement démenti par un reportage de la BBC[2] qui a placé deux de ses journalistes au Royal Sussex County

1. Dr Adrian Treloar (gérontopsychiatre), *The Daily Telegraph*, 6 novembre 1999 ; Dr Rita Pal, *The Sunday Times*, 2 avril 2000 ; Mark Macaskill, *The Sunday Times*, 12 mars 2000.
2. *Undercover Nurse*, *Panorama*, BBC, 20 juillet 2005.

Hospital à Brighton. Pendant trois mois, une infirmière et une journaliste qui joue les ASH filment en caméra cachée un service dans lequel la majorité des personnes âgées sont négligées. Le spectacle est accablant : les patients meurent seuls, ils souffrent parce que les calmants ne sont pas administrés correctement. Au milieu de la nuit, un vieux monsieur supplie qu'on lui fasse une piqûre de morphine pendant que l'infirmière explique « qu'on le fait souvent attendre longtemps avant de soulager ses souffrances ». Dans les cuisines, le personnel mange les plateaux repas intacts qui ont été retirés aux malades incapables de s'alimenter seuls. Les cas de dénutrition et de déshydratation, largement documentés par des rapports et dans les médias, sont si nombreux dans les hôpitaux et les maisons de retraite britanniques que la Chambre des lords dépose en 1999 un projet de loi pour rendre illégal l'arrêt ou le refus d'administrer un traitement, de donner de l'eau ou de la nourriture à un malade avec l'intention de causer ou de hâter sa mort[1]. Le projet est bloqué par le Parlement[2]. En février 2003, la Chambre des lords propose un nouveau projet de loi pour interdire le refus d'hydrater et d'alimenter les patients âgés ou déments[3]. Adopté par la Chambre des lords, il est rejeté par la Chambre des communes. Les peines dont écope un

1. *Medical Treatment Prevention of Euthanasia Bill (MTPEB)*, 15 décembre 1999.
2. *The Daily Telegraph*, 6 octobre 1999.
3. *Patient's Protection Bill.*

berger du Suffolk « qui a fait souffrir inutilement des douzaines de moutons sur ses terres en ne leur donnant pas suffisamment à boire et à manger[1] » sont plus lourdes que celles infligées aux rares responsables condamnés. Deux rapports[2] indiquent que des pensionnaires sont systématiquement drogués pour soulager le personnel. La situation est encore pire dans les maisons non médicalisées.

Le conseiller de Tony Blair pour les personnes âgées, le Dr Chai Patel, fait l'objet d'une enquête judiciaire. Ce médecin millionnaire, généreux donateur du parti travailliste – 100 000 livres –, a fait fortune dans les maisons de retraite. Les dysfonctionnements habituels sont dénoncés dans l'un de ses établissements[3]. Une enquête est ouverte. Il est blanchi et, en 2006, Blair propose qu'il soit anobli. Sa nomination est refusée pour cause de prêts occultes au Premier Ministre – 1,5 million de livres.

Les mêmes dysfonctionnements sont dénoncés en Écosse. Dans une maison près de Dundee, les pensionnaires perdent rapidement du poids et meurent de faim. Le directeur, contraint de démissionner, admet : « Bien sûr que j'ai choisi ce secteur pour faire de l'argent et j'étais sûr que la qualité des soins était excellente. La responsabilité de la maison dans les décès des résidents n'a jamais été

1. *East Anglian Daily Times*, 6 mars 2003.
2. Rapport *Keep Taking the Medicine*, ou « Continuez à prendre les médicaments ».
3. *The Guardian*, 9 juin 2002.

prouvée – ils seraient morts de toute façon[1] ! » Un membre du parlement écossais dénonce des usines à vieux qui « appartiennent à de grandes entreprises particulièrement riches et qui en plus n'ont pas de scrupules à utiliser la fragilité des vieillards comme source de profits. Certaines sont d'ailleurs enregistrées dans des paradis fiscaux comme l'île de Man[2] ».

En Belgique, les membres du Sénat se déclarent « fort bouleversés[3] » par les problèmes mis au jour dans trois structures de la région liégeoise. Des vieillards incontinents sont abandonnés dans leur literie souillée, des grabataires attachés à leur lit, des aliments périmés servis à des pensionnaires sous-alimentés, des personnes laissées sans nourriture ou sans boisson pendant plusieurs jours. Ils ont de même été « scandalisés » par la mort à Bruxelles d'un pensionnaire d'une maison de repos, ligoté sur son lit par une ceinture de contention trop serrée provoquant une nécrose intestinale alors qu'il n'y avait qu'un seul infirmier pour 52 résidents déments graves, grabataires profonds et/ou atteints par des maladies dégénératives neuro-cérébrales.

En Inde, des maisons qui promettent deux résidents par chambre n'hésitent pas à en empiler quinze et à interdire le droit de visite aux familles pour éviter les problèmes. En Corée du Sud, les

1. *Daily Express*, 26 juillet 1999.
2. Parlement écossais, 28 septembre 2000.
3. Doc. 3-61/1, Sénat de Belgique, 9 juillet 2003.

vieux meurent de dénutrition ou de déshydratation mais les décès, là aussi, sont considérés comme normaux. Une commission d'enquête des droits de l'homme découvre les restes de 221 personnes dans un établissement près de Séoul, empilés dans un placard derrière le funérarium. Ces résidents n'avaient pas de famille pour payer l'enterrement. « Nous n'avons pas voulu enterrer les corps au cas où les familles viendraient les réclamer[1] », a expliqué la direction.

Le suicide civique

Traumatisés par ce qu'ils ont vu aux Caravelles et ce qu'ils ont entendu pendant le procès, Patrice et son épouse ont décidé que jamais ils n'iraient en maison de retraite. « On préfère aller se faire euthanasier en Suisse », déclare Patrice, très choqué. Pour la plupart des États, les vieux apparaissent comme un fardeau inutile, au point que certains penseurs n'hésitent pas à encourager les personnes âgées dépendantes à se suicider pour remplir ainsi leur dernier devoir civique. Parmi les avocats du suicide civique, Jacques Attali fait remarquer que l'homme qui vit après 65 ans vit plus longtemps qu'il ne produit et qu'alors il coûte cher à la société[2]. La baronne et philosophe Mary Warnock

1. *JoongAng Daily*, 21 septembre 2005.
2. Jacques Attali, *in* Coll., *L'Avenir de la vie*, Seghers, 1981.

– députée à la Chambre des lords et spécialiste britannique de l'éthique médicale – explique que les personnes âgées vulnérables devraient se suicider plutôt que de devenir une charge pour la société[1]. Le philosophe américain John Hardwig est partisan de la déconstruction du serment d'Hippocrate parce que la société n'assume plus la responsabilité de la prise en charge des personnes dépendantes. Un médecin néerlandais propose que celles qui optent pour l'euthanasie soient honorées comme des héros nationaux parce qu'elles font faire des économies à l'État. Aux États-Unis, à la demande de Medicare, différentes études ont calculé cette épargne potentielle[2]. En extrapolant à partir des chiffres néerlandais – 2,7 % des patients demandant le suicide assisté avec une réduction de vie d'un mois en moyenne – et en les transposant à la société américaine, on aboutit à une économie étatique de 2 millions de dollars[3]. Qui plus est, si l'on se réfère, toujours aux Pays-Bas, au chiffre de 4,3 % de patients euthanasiés sans leur consentement, l'économie passe à 1,63 milliard de dollars. Un hôpital londonien propose déjà sur son formulaire d'admission la case à cocher « Ne pas réanimer en cas de

1. « Jasper Gerard meets Baroness Warnock – You do want to die before you get old », *The Sunday Times*, 12 décembre 2004.
2. « Potential cost savings from legalizing physician assisted suicide », *New England Journal of Medicine*, 339, p. 1789-1790, 1998 ; « Cost savings at the end of life. What do the data show ? », *American Medical Association*, 275, p. 1907-1914, 1996.
3. « Potential cost savings from legalizing physician assisted suicide », art. cité.

problème ». Un pas dans la direction recommandée par des documents émanant du secrétariat d'État à la Santé, malencontreusement tombés aux mains du *Daily Mail*[1]. Il y est écrit noir sur blanc que la nécessité de réduire les coûts hospitaliers passe avant celle de préserver la vie des patients.

En 1997, lorsque Tony Blair prend les commandes, il promet que dans l'Angleterre qu'il va construire personne ne sera oublié. Effectivement, personne ne sera oublié, et surtout pas les anciens, puisque tous les mois 1 000 d'entre eux seront amenés à mourir seuls au Royaume-Uni. Il se passe parfois des semaines avant que les corps ne soient découverts. Tous les hivers, dans l'indifférence générale, des milliers de Britanniques meurent de froid. Cette surmortalité[2] annuelle, supérieure à celle de la canicule en France, ne suscite aucun émoi, sans doute parce que les pompes funèbres sont mieux organisées. Au passage, on fera également le constat que 48 000 vieux sont sans abri et qu'un vieux est victime d'un crime toutes les vingt-quatre secondes[3].

Partout où leur sort s'occidentalise, les vieux sont maltraités. L'Afrique elle-même n'échappe pas à cette épidémie sociale. En effet, un vieillard qui

1. « Too costly to be kept alive », *The Daily Mail*, 5 février 2005 ; « Health minister accused of putting costs before patients' lives », *The Sunday Herald*, 6 février 2005.

2. + 53 800 morts pendant l'hiver 1999-2000 ; + 27 320 en 2000-2001 ; + 29 140 en 2001-2002, avant la canicule ; + 26 210 en 2002-2003 ; + 28 700 en 2003-2004 ; + 32 000 en 2004-2005, avec 24 700 de plus de 75 ans. Données de l'association Help the Aged.

3. K.B. Old et B. Woods, truevisiontv.com, 11 novembre 2004.

meurt n'est plus, contrairement à ce que disait l'écrivain malien Amadou Hampâté Bâ, une bibliothèque qui brûle. On constate, et de plus en plus, que les vieux appartiennent aux groupes les plus marginalisés et les plus pauvres d'Afrique. Il s'agit là d'un phénomène essentiellement urbain. Tavengwa Nhongo, directeur régional pour Help Age International en Afrique, explique ainsi que les personnes âgées sont abandonnées et marginalisées par leurs gouvernements et leurs familles. Elles sont battues et volées, parfois par leurs propres enfants. Partout, la maltraitance est un phénomène plus important et plus courant que ne veulent bien l'admettre les gouvernements[1]. Et il risque d'augmenter avec le vieillissement de la population. Tous les jours, la presse indienne, japonaise, chinoise, africaine, sud-américaine rapporte des cas de maltraitance ou d'exclusion de personnes âgées, souvent pour leur voler leur retraite ou leur maison. Hong Kong, le Japon et l'Inde ont fait passer des lois pour essayer d'endiguer le phénomène. Le gouvernement chinois, qui ne peut plus compter sur Confucius et la piété filiale, a été obligé de voter une loi pour forcer les enfants à s'occuper de leurs parents.

Les médias n'ont pas fait grand cas des vieux rescapés du tsunami et du cyclone Katrina. « Pendant les catastrophes, on oublie souvent les vieux », explique Tilak de Zoysa, une bénévole pour Help

1. Voir le rapport de l'OMS, *Missing Voices : Views of Older Persons on Elder Abuse*, WHO/INPEA, 2002.

Age International. Le rapport de cette organisation sur *L'Impact du tsunami sur les personnes âgées*[1] confirme qu'elles ne sont jamais une priorité et qu'elles sont toujours marginalisées. À la différence des enfants et en dépit des directives humanitaires internationales, ni les gouvernements ni les ONG ne les considèrent comme un groupe vulnérable. « Les vieux et les blessés ne reçoivent rien », déplore un vieil Indien. Les plus forts accaparent la nourriture et les meilleurs abris. Le directeur d'un camp explique que « les personnes âgées ont du mal à dormir par terre, mais elles ne se plaignent pas[2] ». Deux semaines après la catastrophe et alors que les distributions avaient bien eu lieu, les 1 507 personnes âgées interrogées à Cuddalore, en Inde, n'avaient encore rien reçu. Les vieux et les malades ne faisaient pas partie des priorités d'évacuation après le cyclone Katrina. Les besoins spécifiques des personnes âgées ont été négligés au lendemain du désastre. Certaines sont mortes de soif parce que, une fois sauvées, on a oublié de les hydrater. Les médias ne se sont pas davantage étendus sur le budget Bush qui a essayé de diminuer l'aide sociale, dont les principaux bénéficiaires sont les personnes âgées les plus pauvres.

1. *The Impact of the Indian Ocean Tsunami on Older People*, Help Age International, 2004. L'étude a été coordonnée avec les antennes régionales de Help Age International (Help Age India, Help Age Sri Lanka et InResAge in Indonesia). Des équipes de chercheurs en Inde, au Sri Lanka, en Thaïlande et en Indonésie ont dirigé les recherches.

2. *Ibid.*

Le génocide des anciens

Les responsables politiques se contentent de mettre en œuvre les priorités dictées par Bruxelles et l'Organisation mondiale du commerce – dont on rappellera qu'elle finalise les accords de Marrakech au terme de l'Uruguay Round. Parmi elles, la nécessaire privatisation des services publics, définis par la Banque mondiale comme « un obstacle à l'abolition de la pauvreté dans le monde ». Tous les membres de l'OMC s'y sont engagés en signant l'Accord général sur la commercialisation des services (AGCS) au moment du passage, en 1994, du GATT à l'OMC. Ratifié en pleine partie de bras de fer entre les États-Unis et l'Europe sur la question agricole, l'AGCS, un texte parmi les soixante autres de l'Uruguay Round, est passé totalement inaperçu. Et ce avec d'autant plus de facilité que la liste des services qu'il répertoriait n'avait pas été transmise aux responsables politiques. Ce qui, au demeurant, ne les a pas empêchés de ratifier l'accord. Or toute adhésion à l'AGCS entraîne *de facto* un transfert de prérogatives des parlements vers l'instance non élue qu'est l'OMC. Alain Juppé, ministre des Affaires étrangères du gouvernement Balladur, rapporte [1] que la définition du champ d'application de l'AGCS [2] couvre tous les

1. Dans son exposé des « motifs de la loi autorisant la ratification de l'accord instituant de l'Organisation mondiale du commerce ».

2. L'AGCS couvre 160 secteurs de services. Leur champ est aussi vaste que mal défini. Tous les services d'intérêt collectif gérés par les gouvernements sont transférés à la sphère mar-

services de tous les secteurs, à l'exception des services fournis dans l'exercice du pouvoir gouvernemental : la justice, l'armée et la police nationale [1]. Ces exceptions mises à part, l'AGCS, sans précédent et sans équivalent juridique, contraint ainsi les pays membres à renégocier périodiquement jusqu'à la privatisation complète de tous leurs secteurs de services. Cette situation étonnante, voire consternante, n'a donné lieu à aucun débat politique, pas même à quelques lignes dans la presse grand public. En ce qui concerne la santé, l'article 1er de l'AGCS ne s'applique pas aux pays où les hôpitaux, les cliniques et les maisons de retraite facturent directement les traitements aux patients ou à leurs assurances. La procédure est inverse dans les pays où le secteur privé et le secteur public sont concurrentiels. Mais, qui plus est, dès lors qu'il y a utilisation de fonds publics et privés, le secteur doit être obligatoirement ouvert à la concurrence étrangère. L'article VI-4 de l'AGCS, ou *Necessity Test*, a lui aussi été ratifié sans la moindre hésitation par les négociateurs européens le 19 mars 2001. Il fait passer l'AGCS à la vitesse supérieure en exigeant des nations qu'elles prouvent que leurs réglementations [2] ne sont en aucun cas des

---

chande du secteur privé. Seuls les services intégralement gratuits et fournis par l'État échappent à l'AGCS – ceux que traditionnellement en économie on appelle les invisibles : l'enseignement, la santé, les diverses formes de protection sociale, les transports et les communications, entre autres.

1. Art. 1-3-b.
2. Sur la santé publique, l'éducation nationale, la pollution ou le travail des enfants.

obstacles au commerce. Les pays qui traînent un peu les pieds dans le secteur de la santé se font rappeler à l'ordre par le secrétariat de l'OMC. La France, accusée de résister à la commercialisation du secteur hospitalier parce qu'elle considère les hôpitaux comme faisant partie de son patrimoine national, a fini par obtempérer. Ainsi, le système de soins passe progressivement dans l'économie de marché et la santé n'apparaît plus comme un besoin indispensable ou un droit légitime, mais comme une marchandise.

Placée dans le seul contexte économique où la dépendance remplace la sagesse, la vieillesse inactive n'est plus envisagée qu'en termes de contraintes, de charges et d'inutilité. La grande lâcheté des États permet un véritable génocide gériatrique sans culpabilité parce que, lorsqu'on est vieux, on doit mourir. De temps en temps, un effet d'annonce vient mettre un bémol. Le plan quinquennal Solidarité grand âge 2006-2011, avec ses 5 objectifs, 20 recommandations et 45 mesures, a été préparé par deux gériatres [1] dont la compétence ne peut être mise en doute et il est chiffré à 3 milliards d'euros. Interrogés par des journalistes économiques sur le financement de ce plan, les politiques intéressés n'ont donné aucune réponse satisfaisante. Il apparaît donc que la consultation d'experts sert de paravent à une démarche démagogique purement politicienne. La chance qu'a ce plan de se concrétiser est des plus infimes. Il en va de même pour la gestion éthique des vieux dans une

1. Claude Jeandel et Pierre Pfitzenmeyer.

économie de marché. Le phénomène n'est pas nouveau. Depuis le XVIIIe siècle, les observateurs sociaux, dont Adam Smith, affirment qu'il y a une relation inversement proportionnelle entre le développement économique et le statut des personnes âgées. Chez les Indiens, écrit l'économiste, l'âge est la base du rang alors que dans les « nations civilisées opulentes » son rôle n'est plus que résiduel [1]. Un glissement historique de la vénération à la dégradation. Deux siècles plus tard, le sociologue Ernest Burgess parvient aux mêmes conclusions [2]. Une étude sur les Peuls [3] indique que l'idéal de la tradition africaine du « vieux aux cheveux blancs », monument humain respecté et entouré d'affection dans la communauté, disparaît dans les villes modernes sous l'effet conjugué de l'économie de marché et de l'idéal de vie individualiste qu'entraîne la modernité. Cette exclusion est le symptôme d'une société vivant dans le déni du vieillissement et de la mort et, selon une sociologue indienne [4], « d'une société orientée vers les enfants plutôt que les parents ». Un fait significatif pour le Dr Jean-Pierre Lejonc [5] est que, pendant la

1. Adam Smith, *Recherche sur la nature et les causes de la richesse des nations* (1776).

2. Ernest Burgers, *Aging in Western Societies*, University of Chicago Press, 1960.

3. Sow Alhassoumi Salamatou, « Les représentations de la solitude et de la vieillesse dans la culture peule », conférence « Living and "curing" old age in the world », Gênes (Italie), 13-16 mars 2002.

4. Pr Kum Kum Srivastava.

5. Chef du département médecine et gériatrie à l'hôpital Henri-Mondor de Créteil.

canicule, « aucun vieux ayant des “z-origines”, comme on dit, n’a été concerné. Nous n’avons pas eu de morts (du moins aux urgences hospitalières) d’origine maghrébine, africaine, asiatique... ». *Le Parisien* a publié, en hommage, la liste des 400 noms de ceux dont les corps n’avaient pas été réclamés par les familles en région parisienne et qui ont été inhumés dans le cimetière de Thiais en présence du président de la République et du maire de Paris. Parmi eux, des Martin, des Delarivière, des Dupont, des Durand, etc., mais pas un N’guyen, pas un Benmabrouk, pas un Keita. Pourtant, les départements d’Ile-de-France où l’on a compté le plus de vieux morts de canicule et d’abandon sont le 92 et le 75. Le 93 n’en fait pas partie...

Une réalité s’impose donc : celle d’une politique d’exclusion des personnes âgées qui refuse de dire son nom mais qui n’en existe pas moins. On ne peut pas ne pas être interpellé par un tel constat, qui reflète une situation sociale délétère mais aussi illogique dans la mesure où elle apparaît comme une négation du phénomène du vieillissement, pourtant incontournable. Dans ce cas, comment l’expliquer ? Certainement par une collusion entre le pouvoir politique, le pouvoir administratif et – il faut bien le reconnaître même si on le regrette – le pouvoir médical. Sans doute aussi par « cette crainte de la vieillesse que l’on n’est pas sûr de pouvoir atteindre », comme le soulignait déjà La Boétie. Effectivement, Molière n’est pas mort. Ses médecins sont toujours vivants. La forme a changé, mais le fond reste identique. Il faut du courage pour affronter et accepter la vieillesse et ses fissures. Il faut aussi de l'humour et l'amour de la vie. Et se souvenir avec sérénité, comme disait Picasso, que « nos morts continuent à vieillir avec nous ».

L'insuffisance non avouée – et même plus : volontairement obérée et masquée – de cette approche du vieillissement explique que, trois siècles après La Rochefoucauld, on constate que « toujours peu de gens savent être vieux ». Plus que jamais, nos responsables, tant politiques qu'administratifs et médicaux, devraient, tous les matins en se levant, réfléchir aux propos d'Amadou Hampâté Bâ, qui déclarait que la qualité d'une société se reconnaît à la façon dont elle traite ses vieux.

Table des matières

Ouvrage composé par Nord Compo
Villeneuve d'Ascq

Achevé d'imprimer en mars 2007
sur les presses numériques de l'Imprimerie Maury S.A.S.
Z.I. des Ondes – 12100 Millau

35-57-3133-2/05

Dépôt légal : mars 2007
N° d'édition : 86231 – N° d'impression : C07/40694 O

Imprimé en France